Henry Jaeger kam als Sohn eines Kupferschmieds am 29. Juni 1927 in Frankfurt am Main zur Welt. Das bewegte Leben, das er hinter sich hat, ist hinlänglich bekannt. »Ich habe«, sagt er, »alle Stadien der Revolte kennengelernt und habe meinen Preis dafür zahlen müssen.« Der Autor, der heute in Ascona lebt, will nicht mehr über sich reden; er will seine Bücher für sich sprechen lassen.

Von Henry Jaeger sind außerdem
als Knaur-Taschenbücher erschienen:

»Der Club« (Band 259)
»Auch Mörder haben kleine Schwächen« (Band 1039)

Vollständige Taschenbuchausgabe

Umschlaggestaltung Adolf Bachmann, Reischach
Umschlagfoto Studio Schmatz, Egmating
Druck und Bindung Clausen & Bosse, Leck
Printed in Germany 5 4 3 2 1
ISBN 3-426-01359-2

Henry Jaeger:
Amoklauf

Roman

Knaur

ISBN 3-426-01359-2 780

1.

Dolly war noch schläfrig, aber sie zwang sich dazu, auf die Uhr zu sehen. Langsam und vorsichtig löste sie sich aus seiner Umarmung. Benny hatte die Augen geschlossen, aber sie wußte, daß er nicht schlief.
»He«, sagte er und zog sie wieder zu sich heran.
Er war zärtlich, und sie konnte es nicht verhindern, daß ihr Körper reagierte. So war es fast jeden Abend. Ihr Dienst begann um neun Uhr in »Bill's Tavern«. Er hatte um neun Uhr abends seine kleine Snackbar zu öffnen, die er seit drei Monaten betrieb. Sie schliefen am Tag, und seit etwa zwei Monaten schliefen sie zusammen. Er holte sie morgens in »Bill's Tavern« ab. Sie fuhren dann zu Dollys Einzimmerappartement.
Es war knapp, aber ausreichend eingerichtet. Ein großes Bett, zwei bequeme Sessel, Plattenspieler, Fernseher und Radio. Es war alles da: vollautomatische Küche, ein gekacheltes Bad. Benny Winston fühlte sich wohl in diesem Appartement. Und er fühlte sich auch wohl bei Dolly.
Sie hatte die Augen geschlossen. Ihr Mund war leicht geöffnet. Ihr langes blondes Haar war gelöst. In diesen glühenden Sekunden war sie sicher, daß sie ihn liebte. Sie verweigerte ihm die Beweise nicht. Aber als sie ein paar Minuten später die Augen aufschlug, mahnte sie doch zum Aufbruch.
»Benny, es ist Zeit«, sagte sie. »Es ist schon acht Uhr, und du weißt genau, daß Bill sauer wird, wenn ich zu spät komme.«
»Jede Nacht in ›Bill's Tavern‹«, maulte er. »Ich sehe es nicht gern, wenn andere mit dir flirten.«

»Was soll ich machen, Liebling? Deine Snackbar wirft noch nicht genug ab für uns beide.«
Er lag im Bett, hatte die Arme hinter dem Kopf verschränkt und sah ihr zu, wie sie sich anzog. Vor dem Spiegel strich sie das seidige Blondhaar zurück. Er fand jede ihrer Bewegungen aufreizend und unnachahmlich.
Sein Gesicht hatte einen mürrischen Ausdruck. Es war ein junges Gesicht von südländischem Typ mit trotzigen blauen Augen. Vielleicht war es der Gegensatz in diesem Gesicht, der sie anzog, das Jungenhafte. Er war groß, gut gebaut mit kräftig modellierten Muskeln. Es stimmte alles – bis auf das Geld. Das wußten sie beide. Und sie sprachen oft darüber.
Sie setzte sich neben ihn auf das Bett, zog die Strümpfe an. Er beobachtete sie dabei. Sie fühlte genau seine Regungen. Ein wenig schnippisch fragte sie: »Bist du etwa eifersüchtig auf die Kerle, die zu mir an die Bar kommen?«
Geringschätzig zuckte er mit den Achseln. Er wollte sich keine Blöße geben. »Eines Tages werde ich genug verdienen. Dann machen wir zusammen eine Bar auf. Ich habe schon die richtigen Ideen. Du weißt genau, daß ich von daheim fort möchte. Mein Vater verträgt sich nicht mit seiner zweiten Frau...«
»Ich weiß, er säuft«, sagte sie nachdenklich.
Benny Winston erregte sich wie jedesmal, wenn die Rede auf seine Familienverhältnisse kam. Er setzte sich im Bett auf, fuhr sich nervös mit beiden Händen durch seinen wirren, dunklen Haarschopf. »Dolly«, sagte er eindringlich, »ich möchte endlich meine eigenen vier Wände haben. Mit dir! Mir hat in meiner Jugend viel gefehlt. Meine Mutter ist zu früh gestorben. Na ja, dann hat der Alte angefangen zu trinken. Er hat nämlich keine mehr gefunden, die so war wie meine Mutter.«
Benny hatte großes Verständnis für seinen Vater, aber das hinderte ihn nicht, bei jeder Gelegenheit Dolly zu erklären: »Ich möchte raus aus Downtown Manhattan!«
Sie seufzte, hatte ihm oft zugehört, wenn er in den zärtlichen Stunden von seinen Plänen redete. Und das Schöne war, er

glaubte daran. Genau wie sein Bruder, den sie allerdings nicht kannte. »Du wirst sehen, Dolly«, sagte er jetzt wieder zu ihr. »Mein Bruder und ich, wir werden noch groß ins Geschäft kommen.«
Sie zog ihre vollen Lippen nach. Er wollte sie noch einmal küssen. »Nein, nicht jetzt! Wir müssen gehen, Benny.«
Eine halbe Stunde später verließen sie Dollys Einzimmerwohnung. Auf der Straße hakte sie sich bei ihm ein. Er brachte sie zum Taxi. Noch einmal winkte er ihr zu, als sie davonfuhr. Wie bei jedem Abschied war er unsicher, wußte nicht genau, ob sie ihn liebte oder ob sie nur einsam war wie er.

Seit Benny Winston in der Christopher Street, am Rand von Greenwich Village und in der Nähe des Theater District von New York, eine kleine Snackbar gepachtet hatte, kamen mehr und mehr Kunden zu ihm, die spät am Abend Lust auf eine Marihuana-Zigarette hatten. Die paar Extra-Dollar steckte er gern ein, denn welches Risiko ging er damit schon ein? Die Kunden kamen, kauften ein oder zwei Zigaretten, aßen einen Hamburger, eine Wurst oder ein halbes Hähnchen und verschwanden wieder. Sein Lieferant arbeitete als Kellner in »Trenton's Place«.
»Trenton's Place« war zwei Minuten von Bennys Snackbar entfernt. Es gehörte zu den zweifelhaften Bierschuppen des District. Ein riesiges Lokal, in dem zehn Kellner Hunderte von Gästen bedienten. Wenn Benny von seinen Plänen sprach, dachte er auch jedesmal an »Trenton's Place«. Er rechnete sich aus, daß er in spätestens zwei Jahren eine hübsche Stange Geld gemacht haben würde. Und dabei half ihm Jim, der Kellner, der ihn mit Marihuana-Zigaretten belieferte.
Benny öffnete die Tür. Wie immer war es eine gemischte Gesellschaft. Viele Musiker, langmähnige Künstler oder solche, die vorgaben, Künstler zu sein.
Er ging an die Theke, bestellte sich ein Bier und wartete auf Jim. Es war nicht möglich, ihn unter diesen drei- oder vierhundert

Menschen gleich zu sehen. Als er beobachtet hatte, in welchem Revier Jim bediente, schlenderte er langsam zu einem seiner Tische.

»Was soll's sein?« fragte Jim, ein hagerer Mann um die Fünfzig.

Benny gab das verabredete Zeichen: Er hob den rechten Daumen. »Ein Päckchen Zigaretten und ein Bier...«.Es war ganz unauffällig. Oft erprobt und gefahrlos. Der Kellner brachte das Bier, legte das Päckchen mit den präparierten Zigaretten auf den Tisch. Er empfing einen Hundertdollarschein und gab das entsprechende Wechselgeld heraus.

Benny hätte jetzt gehen können, aber er blieb noch ein paar Minuten sitzen und schaute sich das Gedränge an. Die Eingangstür wurde plötzlich aufgerissen. Polizisten stürmten im Laufschritt herein. Zehn, zwanzig Polizisten, eine unaufhörliche Kette von Blauuniformierten, die Maschinenpistolen unter dem Arm.

Benny Winston hörte den Befehl: »Hände hoch!«

Ohne eine Sekunde nachzudenken, hob er beide Hände hoch. Kein Kommando war so unmißverständlich wie dieses. Wie erstarrt standen die Gäste in »Trenton's Place«. Niemand bewegte sich mehr, kein Kellner, keiner der Barkeeper. Alle warteten mit erhobenen Händen.

Das Getrappel der Polizeistiefel war überall zu hören. Dazwischen erklangen die etwas langsameren Schritte der Kriminalbeamten in Zivil mit ihren eisigen Gesichtern, in der Hand kurzläufige Revolver. Benny Winston versuchte zu denken. Eine Razzia! Überraschend und groß angelegt. Langsam aber, während er mit erhobenen Händen dastand, dämmerte ihm: Dies war eine gezielte, lang vorbereitete Aktion, bei der es um ganz bestimmte Dinge ging.

Und da zuckte Benny zum erstenmal vor Schreck zusammen. Er dachte an das Päckchen mit »Präparierten«, das er in seiner Hosentasche trug.

Wenn ich die eine Hand vorsichtig herunternehme, das Päck-

chen aus der Tasche ziehe... Ich lasse es fallen... Aber es war schon zu spät.
Die Polizisten hatten sich bereits formiert. Sie waren jetzt über den ganzen Saloon verteilt, hielten die schweren »Thompsons« im Anschlag. Benny musterte ihre Gesichter, sah die Entschlossenheit und ließ beide Hände oben. Immerhin sind so um die achtundvierzig Kugeln in der »Thompson«-Maschinenpistole. Und wegen ein paar solcher Zigaretten, dachte er, könne ihm nicht viel passieren.
Schlecht war nur, daß seine Snackbar jetzt geschlossen blieb. Die Abendvorstellungen der Kinos waren bald zu Ende, und die zwanzig oder dreißig nächtlichen Gäste, von denen er hauptsächlich lebte, würden unzufrieden mit ihm sein. Nachdem er vorher Kellner, Taxifahrer und Milchmann gewesen war und andere vorübergehende Jobs gehabt hatte, war er zum erstenmal selbständig: ein kleines Geschäft mit ein paar hundert Dollar als Anfangskapital, die er mühsam zusammengekratzt hatte. Und als er unterwegs gewesen war von Dollys Wohnung zu »Trenton's Place«, hatte er noch gedacht: Eigentlich habe ich es weit gebracht.
Benny Winston wurde zur Wand geschoben und kundige, rücksichtslose Hände visitierten ihn, holten das Päckchen Zigaretten heraus, sein Bargeld, seine Identitätskarte, Taschentuch, Feuerzeug... Er hörte, wie sein Name buchstabiert wurde: »Benny Winston...« Die Gegenstände wurden aufgezählt.
Zwei Plätze neben ihm zog ein Polizist einem der Gäste den schweren Revolver aus der Brusttasche. »Was willst du mit dem Schießeisen, du Dreckskerl?«
Frauen kreischten, Männer protestierten. Der rüde Befehlston der Polizisten brachte sie alle bald zum Schweigen. Benny Winston verstand immer noch nicht, um was es eigentlich ging.
Als sie sich formieren mußten, im Gänsemarsch an der Polizeikette vorbeigeführt wurden, als die Handschellen um seine Ge-

lenke zuschnappten, hörte er einen Polizeioffizier in Zivil zu einem Uniformierten leise sagen: »Wir haben alles gefunden. Die Notenpresse in einem Keller, Rauschgift und Marihuana-Zigaretten für mindestens eine Million ...«
Benny Winston blieb stehen, aber er erhielt sofort einen Stoß in den Rücken. »Los, geh weiter, du!«
»Was denn, was denn?« sagte er verstört. »Ich habe hier doch nur ein Bier getrunken ...«
Er wurde nach vorn gestoßen, sagte nichts mehr, ging hinter den anderen her. Vor »Trenton's Place« standen sechs geräumige Wagen. Gitterfenster, bewaffnete Polizisten, Absperrungen, dahinter eine Menge von Neugierigen. Dann war er im Wagen, in diesem Gebrodel von Flüchen, Fragen, Protesten. Die Tür schlug zu. Das Auto fuhr ruckartig an.
Er fiel auf eine Seitenbank. Die Gefangenen johlten, beschwerten sich über die Rücksichtslosigkeit. Benny sagte nichts, aber er fürchtete um seine kleine Snackbar und um Dolly.
Als er noch in der gleichen Nacht vor dem Untersuchungsrichter stand, einem kleinen Mann, der ihn durch seine dicken Brillengläser feindselig ansah, glaubte ihm kein Mensch.
Mit schnarrender Stimme rasselte der Richter herunter: »Benny Winston, siebenundzwanzig Jahre alt, Bürger von New York ... Die Anschuldigung lautet auf Verbreitung von Falschgeld und Vertrieb von Rauschgift ... Was haben Sie zu sagen, Benny Winston?«
»Das ist doch unmöglich! Natürlich, ich gebe zu, ich habe mir ein Päckchen Marihuana-Zigaretten gekauft. Ich rauche das Zeug selber ... Aber das mit dem Falschgeld, das ist doch barer Unsinn!«
»Sie hatten zwei Zwanzigdollarnoten und eine Zehndollarnote Falschgeld in Ihrer Tasche.«
»Dann muß ich sie in ›Trenton's Place‹ vom Kellner gekriegt haben. Ich habe es selber nicht gewußt! Ich betreibe eine Snackbar. Mein Geschäft und alles geht jetzt kaputt, wenn Sie mich in Haft behalten.«

»Sie werden Gelegenheit haben, beim Verhör vor der Polizei Ihre Unschuld zu beweisen. Sie haben das Recht auf einen juristischen Beistand. Ich erkläre die Haft.«
Fertig.
Er saß in einer Zelle mit sieben Mann. Sie dösten vor sich hin, führten träge Gespräche. Einem warf man Körperverletzung vor, zwei waren hier wegen Rauschgift, dazu noch zwei Betrüger, ein Zechpreller, ein Dieb und er. Und der Dieb sagte einmal in der Nacht: »Alles Kindereien, was wir machen... Gibt nur eine glatte Sache: Den Zaster dort holen, wo er gebündelt liegt.«
Darüber dachte Benny lange nach. Er hatte Ähnliches schon früher gedacht.
Am nächsten Morgen wurde die Zellentür aufgeschlossen, und der Wärter sagte: »Benny Winston, Sie haben einen Anwalt bestellt...«
Der Anwalt hieß Dr. Bradley. Er saß in der großen Sprechzelle, die weißgetüncht und kahl war. Die erste Frage: »Haben Sie ein Bankkonto? Ich brauche dreihundert Dollar Anzahlung, um Ihren Fall übernehmen zu können. Das ist eine schwierige Geschichte. Rauschgift und Falschgeld. Der Staatsanwalt wird mindestens vier Jahre beantragen...«
Benny saß vor ihm wie benommen. »Aber ich bin doch unschuldig!« rief er zornig.
»Das sagen alle meine Klienten.« Der Anwalt lächelte freundlich. Er blätterte in einem Aktenstück. Ein eleganter Mann von etwa vierzig Jahren. Erfahren, intelligent und von einer überwältigenden Ruhe.
»Ein Bankkonto? Bargeld? Irgendwelche Bürgen?«
»Ich habe ein Geschäft. Ein kleines Geschäft in der Nähe des Theater District. Ich verdiene im Monat immerhin meine siebzehnhundert Dollar...«
»Das verdienen Sie aber jetzt nicht mehr...«
»Ich habe sechshundert Dollar in der Kasse.« Er erwähnte Dolly und seinen Bruder.

»Gut, ich lasse das Geld holen und zu mir bringen. Ich werde versuchen, Sie bis zur Gerichtsverhandlung gegen Kaution freizubekommen. Ich schätze, mit zweitausend Dollar schaffen wir das. Schließlich habe ich meine Verbindungen ... Geben Sie mir die Adressen Ihrer Angehörigen, Braut und so weiter. Bei der Polizei machen Sie die gleiche Aussage wie vor dem Untersuchungsrichter. Sie haben ein Bier getrunken und sich ein Päckchen Marihuana-Zigaretten gekauft für den eigenen Gebrauch. Verstanden?«

»Ja. Ich bin unschuldig. Glauben Sie mir!«

»Schön, schön, das wird sich klären. Bei mir sind Sie in guten Händen. Ich kann eine Menge für Sie tun. Als erstes werde ich Ihr Mädchen anrufen in dieser Bar. Sie kann ja dann zu Ihrem Bruder gehen, wir brauchen noch einmal sechshundert Dollar.«

»Aber Sie sprachen doch nur von dreihundert Dollar.«

»Ja, als erste Rate. Überlegen Sie, was für eine Lauferei ich schon habe, nur um die Schlüssel für das Lokal freizukriegen.«

Benny Winston verstand nichts, er war zu verwirrt, um diesem aalglatten Verteidiger die zusätzlichen sechshundert Dollar ausreden zu können. Er hatte keine Erfahrung mit Rechtsanwälten. Aber er hoffte auf ihn. Überzeugt von der eigenen Unschuld und vom Recht, das sich schließlich durchsetzen würde.

Der Anruf kam am Abend. Sie stand hinter der Bar und bediente zwei Männer, die schon seit einer Stunde einen müden Flirt mit ihr versuchten. Sie stellte die Gläser auf die Bar, wollte gleich kassieren, wie es Vorschrift war. »Zwei Whiskys, das macht ...«

Und da kam Bill und sagte: »Dolly, da ist ein Mann am Telefon. Er will dich unbedingt sprechen. Dringende Angelegenheit, hat er gesagt. Du weißt, ich habe das nicht gern während der Geschäftszeit ...«

»Es kommt doch selten genug bei mir vor, Bill«, sagte sie.

Bill brummelte etwas.
Dolly ging in das Büro und nahm den Hörer auf. Sie verstand nicht gleich.
»Ja, hier Dr. Bradley«, sagte die fremde Stimme. »Ich rufe im Auftrag Ihres Verlobten an...«
»Ich bin noch nicht verlobt.«
»Na ja, also Ihres Freundes, Benny Winston. Sie haben doch einen Freund dieses Namens?«
»Ja.«
Sie hörte schweigend zu, und ihr Gesicht wurde leer vor Überraschung. Sie sagte: »Ja... Ja...«, sagte es überrumpelt und tonlos. Dabei dachte sie: Es ist unmöglich! Er kann nichts mit Falschgeld zu tun haben. Marihuana... das hat er einmal angedeutet. Wie kommt er dazu? Zweitausend Dollar Kaution! Ich soll zu seinem Bruder gehen. Das Geld in der Kasse. Ich soll ihn besuchen? Fünfzehn Minuten Sprechzeit.
»Ja«, sagte sie. »Ja.«
Als sie an die Bar zurückkam, war ihr Gesicht verschlossen. Sie ging nicht auf die Witzeleien ihrer Kunden ein. »Schlecht aufgelegt, das Mädchen«, sagte ein Mann.
Sie dachte: Zweitausend Dollar Kaution! Woher soll ich die nehmen? Wie denkt er sich das? Ich habe nicht einmal zweihundert in bar. Dieser Kindskopf! Was läßt er sich auch auf solche Sachen ein. Dazu ist er nicht clever genug. Und ich habe gerade angefangen, ihn gern zu haben. Vorschuß bei Bill? Nicht einen Dollar würde der hergeben.
»He«, sagte Bill, als sie die nächsten Whiskys in die Kasse tippte. »Du vertreibst mir die Kundschaft mit dieser Trauermiene. Wenn du keine Lust hast, in der Bar zu arbeiten, dann gehe wieder in den Hutsalon.«
»Ja, ja. Schon gut, Bill«, seufzte sie.
»Was ist denn?« fragte Bill, ein wenig freundlicher. »Ist was mit deinem Benny? Ich habe dir immer gesagt, ein Mädchen, das so aussieht wie du, kann sich auch was Besseres leisten als den.«

»Nein, es ist nichts mit ihm. Es ist nur ... Ich bin nicht in Stimmung heute nacht.«
Sie begriff, daß sie sich an Benny Winston gewöhnt hatte, vielleicht war es Liebe, aber sie war sich nicht sicher. Ein paarmal hatte sie schon an Liebe geglaubt. Es hatte sich dann jedesmal herausgestellt, daß es ein Irrtum war. Sie kam aus Washington, und es war nicht leicht, mit dreiundzwanzig Jahren allein in New York zu leben. Ein Vierteljahr hatte sie in einem Hutsalon gearbeitet. Die Arbeit war stumpfsinnig. »Bill's Tavern« hatte in einer Zeitung inseriert. Sie war hingegangen.
»Bill's Tavern« war nur eine kleine Bar. Zwanzig Sitzplätze und acht Barhocker. Dazu Schallplattenmusik und gedämpftes Licht. Der Laden lief.
An einem der ersten Abende war Benny gekommen. Das war jetzt drei Monate her. Er hatte gesagt: »Ich habe nicht weit von hier eine Snackbar aufgemacht.« Es klang stolz. »Zu mir können Sie mal zum Essen kommen. Hamburger und Frankfurter Würstchen, Schinken und Ei, alles sehr preiswert.«
Sie hatte gelacht und sich zu ihm hingezogen gefühlt, weil sie allein war und weil er ihr weniger raffiniert erschien als die meisten dieser selbstsicheren Männer, die sich mit brummigem Gesicht an die Bar setzten, sie mit einem abschätzenden Blick musterten und Whisky bestellten.
Ich werde ihn im Gefängnis besuchen, dachte sie in der Nacht, während sie ihre Gäste bediente. Aber zuerst muß ich seinen Bruder finden.
Am nächsten Tag versuchte sie anzurufen, aber die Winstons hatten kein Telefon. Da sie annahm, der Bruder würde am Tag arbeiten, wartete sie bis zum Nachmittag mit dem Besuch. Sie hatte den Namen der Straße und die Hausnummer notiert. Mit einem Taxi fuhr sie hin. Es war eine der häßlichen kleinen Straßen in der Nähe der Bowery.
Als sie vor der Wohnungstür stand, öffnete auf ihr Klingeln eine Frau um die Sechzig, die sie sofort anfuhr: »Was wollen Sie?«

»Entschuldigen Sie, ich suche einen John Winston, den Bruder von Benny Winston.«
»John ist nicht hier. Er arbeitet noch.«
»Kann ich auf ihn warten? Es ist dringend.«
»Hat er was ausgefressen?« fragte die Alte, und ihr Kopf schnellte neugierig vor. Es klang, als hätte sie immer damit gerechnet, daß John eines Tages eine krumme Sache machen würde.
»Nein, er hat nichts... Es ist nur wegen Benny.« Mit einem verlegenen Blick ins Treppenhaus: »Kann ich nicht hineinkommen?«
»Na schön«, sagte die Frau und trat zur Seite.
Während Dolly an ihr vorbeiging, spürte sie, daß sie genau gemustert wurde. »Sind Sie die Mutter?«
»Ich bin die Stiefmutter.«
»Ist sein Vater nicht zu Hause?«
»Der?« Die Frau lachte schrill. »Jawohl, der ist zu Hause. Aber den können Sie nicht sprechen. Der hat nämlich wieder seine Ladung.«
»Er hat was?«
»Nun ja, betrunken ist er.«
Sie gingen in ein kleines Zimmer. Dolly setzte sich auf einen Stuhl. Der Raum war dürftig möbliert, alles verbraucht und alt. Und jetzt verstand sie genau, warum Benny gesagt hatte: »Ich möchte raus aus Downtown Manhattan.«
Sie wünschte, daß der Bruder bald komme. Die Handtasche auf den Knien, saß sie steif auf dem Stuhl und wartete. Mrs. Winston fragte: »Also, mir wollen Sie nicht sagen, was los ist? Es wird schon nichts Gescheites sein, wenn Sie es so geheimnisvoll machen.«
Dann ging die Tür zum Nebenzimmer auf. Dolly dachte schon, es sei endlich der Bruder. Aber es war der alte Winston. Sie sah sofort die Ähnlichkeit. Er schlurfte herein, sah sie erstaunt an und sagte: »Nanu? Wen haben wir denn da?«
»Sie will zu John, aber sie sagt mir nicht, warum.«

»Guten Tag, Mr. Winston«, grüßte Dolly.
»Ah! Habt ihr das gehört? Sie sagt Mr. Winston zu mir. Das sagte schon lange niemand mehr...« Er murmelte etwas vor sich hin, schien dahinzudämmern. Dann fiel ihm plötzlich ein, was seine Frau gerade erklärt hatte. »Recht hat sie, wenn sie es dir nicht sagt! Jawohl, Miß, ganz recht haben Sie!«
Seine Frau musterte ihn gehässig. Er stand einen Augenblick vor Dolly, schien zu überlegen: »Hübsch ist sie. Was sagt ihr? Ist sie nicht hübsch?« Danach verabschiedete er sich. »Mir ist... Wissen Sie, ich bin...« Er murmelte wieder etwas und ging hinaus. Dolly fand ihn seltsam. Er hatte geredet, als wären noch andere Personen im Raum.
Als der Bruder kam, war ihre Geduld fast zu Ende. Sie stand vom Stuhl auf, sah nach der Tür. Herein kam ein junger Mann. Sie starrte ihn an, schien nicht zu begreifen.
»Benny«, hauchte sie.
»Ich bin nicht Benny. Ich bin John. Und du, du bist wohl Dolly?« Er musterte sie eingehend, betrachtete ungeniert ihre Beine, nickte mit dem Kopf und sagte: »Nicht schlecht, Dolly. Du würdest mir auch gefallen. – Hat er dir nicht gesagt, daß wir Zwillinge sind?«
»Doch, ich erinnere mich, aber ich hätte nicht gedacht, daß Sie ihm so sehr ähnlich sehen.« Dolly drängte nun: »Ich muß Sie sprechen. Es ist dringend!« Sie ging nicht auf die lässige Tonart Johns ein.
»Wenn es sein muß. Aber wir haben hier...« Er machte eine vielsagende Geste mit der Hand, die erklären sollte, daß kein Raum zur Verfügung stand, in dem sie ungestört sein würden.
Noch immer war sie verblüfft. Sie dachte: Es ist kaum zu glauben. Er sieht genauso aus wie Benny. Aber schon nach wenigen Minuten hatte sie begriffen, daß er von einer anderen Gemütsart war. Er schien ihr gerissener als Benny.
Dann gingen sie die Treppe hinunter. Mrs. Winston rief ihnen nach: »Da steckt nichts Gescheites dahinter!«

Auf der Straße sagte Dolly ungeduldig: »Sie sind mir schon eine feine Familie...« Zugleich dachte sie: Was habe ich eigentlich damit zu tun? Was kann ich dafür, daß Benny ein Dummkopf ist? Abrupt sagte sie: »Benny sitzt im Gefängnis.« Danach klärte sie John über alles auf, sagte ihm, was sie von Dr. Bradley, dem Anwalt, erfahren hatte.
Sie standen sich auf der Straße gegenüber. John grinste. »Ich habe es ihm vorausgesagt. ›Dieser Kleinkram mit Marihuana-Zigaretten wird dich noch ins Gefängnis bringen‹, habe ich ihm gesagt. Von Falschgeld weiß ich allerdings nichts. Er ist kein Narr. Aber er benimmt sich wie ein Narr. Und jetzt soll ich ihm aus der Patsche helfen, wie? Der kleine Bruder soll jetzt einspringen?«
»Wieso kleiner Bruder? Ich denke, ihr seid Zwillinge?« Während sie da auf der Straße standen, erfuhr sie einiges über die beiden Brüder. Benny war vierzehn Minuten älter als sein Bruder. Und deshalb hatten sie John in der Familie stets den Jüngeren genannt.
»Von was leben Sie denn?« fragte sie.
»Ich bin Fahrer bei einem Bestattungsunternehmen.«
»Leichen?« fragte sie.
»Damit habe ich nichts zu tun. Ich fahre sie nur und liefere sie ab. Benny hat mich manchmal deshalb ausgelacht, aber ich weiß genau, was ich will. Ich steige nur ein, wenn es sich groß für mich lohnt.« Er überlegte. »Schön, ich werde versuchen, die zweitausend Dollar beizubringen. Danach besuche ich dich mal in deiner Bar.« Er kniff sie leicht in die rechte Wange. »Du gefällst mir nämlich, Baby. Denke nur nicht, John wäre dusselig genug, für zweihundertzwanzig Dollar in der Woche Leichen zu fahren. Übrigens, ich hänge an meinem Bruder. Kannst ihm ausrichten, John läßt ihn nicht im Stich. Allerdings muß ich was dafür riskieren. Das paßt mir nicht ganz in den Kram... Na ja, wir werden sehen.«
Sie wurde plötzlich zornig. Was gingen sie diese Brüder an? Jetzt stand sie hier mit Bennys Ebenbild auf der Straße und

versuchte, Geld zu beschaffen. John sah genau, daß sie wütend war. Und er wußte, wie er mit ihr umzugehen hatte. »Reg dich nicht auf, Dolly! Es wird dein Schaden nicht sein, mich kennengelernt zu haben ...« Er grinste. Sie fand ihn unausstehlich, mußte sich aber eingestehen, daß er auf irgendeine Art interessanter war als Benny.

2.

Der Leichenwagen war ein Cadillac, der glatt seine hundertzwanzig Meilen lief. Es fiel nicht auf, wenn John den Wagen um sechs Uhr abends benutzte. Und um sechs Uhr abends, das hatte John herausgefunden, war die günstigste Zeit, bei »Salinger & Sons«, einem Schuhgeschäft mit zwölf Verkäuferinnen, an die Kasse zu gehen. Nicht etwa, um gekaufte Schuhe zu bezahlen.

Er hatte nur einen Tag gezögert. Dann hatte er sich entschlossen. Um fünf Uhr nachmittags fuhr er das letzte Begräbnis. Danach sagte er zu seinem Vorgesetzten: »Ich fahre jetzt was essen.«

Er kannte das Geschäft genau. Es lag in einer Seitenstraße in der Nähe der Seventh Avenue. Um die Ecke war ein Parkplatz. Reger Verkehr. Viele Fußgänger unterwegs. *Rush-hour,* kurz vor Feierabend.

Der Wagen surrte leise, kaum hörbar. Es war jetzt dunkel. Ein leichter Nieselregen ließ die Straße glänzen. John drückte die letzte Zigarette aus, die er sich zur Beruhigung angezündet hatte. Er prüfte seine automatische Pistole, lud durch und entsicherte. Der Wagen stand zwischen anderen Autos, hatte aber freie Zufahrt zur Straße.

Noch einmal überlegte er: Ich gehe über die Straße, um die Ecke. Dort ist das Geschäft. Ich warte, bis nur wenige Kunden im Laden sind. Dann muß alles sehr schnell gehen. Vielleicht in zehn Sekunden. Ein altes Mädchen steht an der Kasse. Sie wird mächtig erschrecken. Ich muß schnell zugreifen. Und

dann hinaus. Über die Straße. Zwischen den Autos verschwinden. Zu meinem Wagen und ganz langsam losfahren. Er schlug den Kragen seines Mantels hoch. Dann stieg er aus.
Sie hatten oft darüber geredet, denn nicht nur Benny wollte raus aus Downtown Manhattan. Von großen Coups hatten sie gesprochen. Dies hier, sagte sich John, ist nur ein kleiner Coup. Ich muß es machen. Sie haben ihn in der Klemme. Ich muß ihn da rausholen.
Er schlenderte über die Straße, ging um die Ecke. Das Geschäft war hell erleuchtet, aber er wußte, die Kasse war von der Straße aus nicht zu sehen. Zwei Meter rechts neben dem Eingang. Ein Kinderspiel, versuchte er sich einzureden.
Er blieb vor dem Schaufenster stehen. Zu viele Kunden. Warten. Und als er sich abwandte, sah er einen Streifenwagen, der langsam und lautlos die Straße entlang rollte. Das gab ihm einen kleinen Stich. Es war wie ein Schreck, auf den sich der Magen ein wenig zusammenzog.
Er blickte dem Wagen nach, der um die Ecke verschwand. Passanten gingen an ihm vorbei. Keiner sah den anderen. Um diese Zeit wollen sie alle nach Hause. Sie haben ihren Tag abgedient, und jetzt wollen sie heim. Sie wollen essen, ihre Frauen sehen, den Fernseher einschalten. Ich weiß, daß dies die beste Zeit ist.
Aber noch zögerte er. Es war nicht ganz einfach, da hineinzugehen, die Pistole zu ziehen und nach dem Geld zu greifen. Er hatte es noch nicht geprobt. Das erste Mal. Aber einmal ist immer das erste Mal, sagte er sich. Bin ich ein Kind? Ich bin hierhergekommen, um die Kaution für meinen Bruder zu holen. Für mich auch noch ein bißchen was. Soll ich etwa umkehren? Wenn ich hier kehrtmache, werde ich es nie mehr schaffen. Einmal versagt, immer versagt...
Drinnen sah er die Kunden, wie sie Schuhe probierten. Verkäuferinnen in schwarzen adretten Kitteln, das weiße Namensschild über der linken Brust. Hübsche Mädchen, dachte er. Er war schon viermal in diesem Schuhgeschäft gewesen. Aber das war Monate her. Niemand würde ihn dort erkennen,

wenn er mit hochgeschlagenem Mantelkragen den Hut tief ins Gesicht zog. Sie würden erschrecken, aber niemand würde sich an ihn erinnern können.
Der Griff nach der Tür war das Schwerste. Er spürte, daß sein Herz wie ein Hammer schlug.
Dann ist er drin. Er spürt nicht die Wärme des überheizten Raumes. Er schaut nicht auf die Kunden, nicht auf die Verkäuferinnen. Seine Hand hat die Pistole umkrampft. Er geht mit langen, aber nicht zu hastigen Schritten auf die Kasse zu. Die Kassiererin sitzt dahinter. Sie drückt Tasten. Ein Kunde hat gerade bezahlt, geht an ihm vorbei zur Tür hinaus, ohne ihn zu beachten.
Alles um ihn her ist wie hinter einer gläsernen Wand. Er hört nicht auf Geräusche, sieht nur vor sich das Gesicht der Frau. Sie ist etwa fünfundvierzig Jahre alt. Und sie sieht ihn an, noch ohne Mißtrauen.
Dann ändert sich ihr Gesichtsausdruck, als würde sie plötzlich verlegen. Sie sucht mit den Augen im Raum, wird dann ganz starr. Er ist dicht neben ihr und hält die Pistole vor ihren Magen.
»Keine falsche Bewegung! Ich will nur das Geld. Sonst nichts. Seien Sie vernünftig, dann passiert nichts.«
Er zieht die Kasse auf, sieht die gebündelten Scheine liegen, greift nach ihnen, stopft sie in die linke Manteltasche, greift drei-, viermal, dann ist die Kasse leer. Das Hartgeld läßt er liegen.
Die Kassiererin hat kein Wort gesagt. Nur ihre Augen sind schreckhaft geweitet. Sie ist wie gelähmt. Niemand hat bis jetzt John Winston beobachtet.
Aber während er von der Kasse weggeht, steht eine Verkäuferin vor ihm. Sie ist jung, und ihr Gesicht wird vor Schreck dumm.
Dann schreit sie laut auf. Es ist ein spitzer, ängstlicher Schrei, der durch den Raum gellt und alle alarmiert. Er sagt nichts, geht an ihr vorbei, hat die Pistole dicht an sich gedrückt, geht,

ohne von jemandem aufgehalten zu werden, auf die Tür zu. Er zieht sie auf, will hinausgehen. In diesem Augenblick sieht er wieder den gemächlich daherfahrenden Streifenwagen, der den Block umrundet hat. Die große Aufschrift POLICE.
Hinter sich spürt er die Bewegung der erschreckten Verkäuferinnen. Er kann jetzt nicht hinaus.
Er dreht sich um, blickt in das Geschäft. Er hebt die Waffe. Eine Verkäuferin rennt durch den Raum zum Telefon. Fünf, sechs Kunden haben sich zusammengerottet. Sie schauen zu ihm her. Der Wagen fährt dicht vor dem Geschäft vorbei.

John Winston durchlebte ein paar höllisch lange Sekunden, bis der Streifenwagen der Polizei am Geschäft vorbeigefahren war. In diesen Augenblicken, als die erschreckten Verkäuferinnen im Schuhsalon hin und her liefen, erkannte er, daß er eine Stümperarbeit geleistet hatte. Es war nicht einfach, einen Raubüberfall zu machen. Das hatte er jetzt begriffen.
Noch immer wagte niemand, ihn anzugreifen. In dem großen Verkaufsraum standen einige Männer, Frauen, das Dutzend Verkäuferinnen und starrten zu ihm her. Es war noch zu früh, um auf die Straße zu gehen. Der Streifenwagen mußte jetzt an der Ecke sein. Er würde abbiegen, vielleicht am Parkplatz vorbeikommen, wo John den Leichenwagen mit laufendem Motor abgestellt hatte.
Das alles dauerte zehn Sekunden, zwanzig Sekunden. John sah hinaus. Kaum Passanten auf der Straße. Er blickte zurück in den Verkaufsraum. Es war jetzt totenstill. Dann öffnete er die Tür, aber ehe er hinausging, rief er zurück: »Wäre eine schlechte Idee, mir zu folgen. Ich schieße sofort!«
Sie standen wie erstarrt, beobachteten seinen Abgang. Als er die Tür weit öffnete, schlug ihm von draußen die kalte Luft entgegen. Die Pistole mit der rechten Hand umklammernd und tief in die Manteltasche gedrückt, so daß er auch aus der Manteltasche hätte schießen können, ging er langsam nach rechts. Als er die Ecke erreicht hatte, beeilte er sich. Er rannte dreißig,

vierzig Meter, fand eine Lücke im Verkehrsfluß, rannte über die Straße zum Parkplatz. Er fiel nicht auf. Jeder rennt, wenn er eine Straße in New York überquert.
Er verschwand zwischen den vielen geparkten Wagen, öffnete die Tür des schwarzen Cadillacs und setzte sich hinter das Steuer.
Jetzt kam der Rückschlag. Verdammt, das ging doch an die Nerven! Und um ein Haar wäre das Ding schiefgelaufen. Ein Gesellenstück. Nicht gerade hervorragend. Er war mit sich nicht zufrieden: Aber jedenfalls habe ich das Geld für die Kaution. Mein Bruder wird aus dem Gefängnis entlassen.
Mindestens fünftausend Dollar, hoffte er.
Er fuhr los. Das Ziel war die Garage des Bestattungsunternehmens. Vorher hielt er in einer Seitenstraße, zog den Mantel aus, nahm den Hut ab, verstaute Hut und Mantel mitsamt der Pistole und dem Geld in einem Pappkarton. Er würde die Scheine zu Hause zählen.
Unterwegs begegnete ihm eine Polizeistreife mit heulender Sirene. Er dachte: Fahrt nur zu! Er triumphierte, fühlte sich ganz sicher.
In der Garage, wo noch zwei weitere Leichenwagen standen, stellte er den Wagen ab. Er nahm seinen Karton unter den Arm, ging zum Büro und sagte einer Sekretärin: »Ich habe zwei Überstunden heute.«
»Gut, John. Ich werde es aufschreiben.«
Als er in der Wohnung ankam, begegnete ihm gleich unter der Tür seine Stiefmutter. Neugierig wie immer fragte sie ihn: »Was hast du denn da im Karton?«
»Was geht's dich an?« knurrte er. »Wo ist der Alte?«
»Er schläft. Irgendwoher hat er wieder das Geld gekriegt für 'ne halbe Flasche...«
Wie sein Bruder Benny liebte er diese Stiefmutter nicht. Für seinen Vater empfand er fast so etwas wie Mitleid. Die Brüder hatten oft gedacht, daß sie mit fast siebenundzwanzig Jahren allmählich selbständig werden müßten. Es war höchste Zeit,

hier zu verschwinden. Weg aus dieser Gegend in der Nähe der elenden Bowery. Und der Besuch im Schuhsalon heute abend war der Auftakt. Was soll man sonst tun, wenn man nicht viel gelernt hat, wenn man kein Kapital besitzt, und wenn man, wie sein Bruder Benny, wegen ein paar Marihuana-Zigaretten und ein bißchen Falschgeld ins Gefängnis kommt?
Er ging in das kleine Zimmer, das fast ganz von den beiden Betten ausgefüllt war. Ein alter Schrank stand noch darin, ein kleiner Tisch, dazu zwei Stühle. Das Zuhause der Zwillingsbrüder John und Benny Winston.
Vorsichtig schloß er die Tür ab und hängte seinen Hut über den Türgriff. Jetzt sah die Alte nichts durchs Schlüsselloch.
Er nahm seinen Mantel, holte die Geldbündel aus der linken Tasche. Dann zählte er. Schein um Schein blätterte er die Banknoten auf den Tisch. Niemals zuvor hatte er ein solches Bündel Dollar besessen. Seine Hände zitterten ein wenig, während er zählte. Es waren viertausendneunhundert Dollar. Ein schönes Gefühl, dieses Geld in der Hand zu halten.
Er überlegte, was er nun machen würde. Die Erregung in ihm war noch nicht verebbt. Er konnte jetzt unmöglich hierbleiben. Er hätte zu Ellen, seiner Freundin, gehen können. Aber um diese Zeit mußte sie als Platzanweiserin im »Globe-Theatre« anfangen. Seit ein paar Monaten ging er mit ihr. Sie redete vom Sparen und natürlich auch vom Heiraten. Ein hübsches Mädchen – und verläßlich. Aber doch nicht verläßlich genug, um sie einzuweihen. Zu bürgerlich, zu brav. Da war diese Dolly doch ein anderes Kaliber. Er nahm sich vor, sie in den nächsten Tagen zu besuchen.
Er ging dann in ein Kino, saß lässig im Sessel, hatte ein paar hundert Dollar in der Tasche, kaute Erdnüsse und fühlte sich großartig.
Ich bin mächtig im Kommen, dachte er.

Dolly hatte nur wenig Hoffnung, Benny helfen zu können. Für sie war jemand, der im Gefängnis saß, schon so gut wie verurteilt. Zwei Tage nach dem Anruf des Rechtsanwaltes Dr. Bradley, der ihr mitgeteilt hatte, daß Benny wegen Rauschgift und Falschgeld im Gefängnis war, fuhr sie zum »Westchester County Jail«. Sie hatte noch nie von diesem Gefängnis gehört. Der Taxifahrer wußte Bescheid. Sie ließ sich bis zum Tor fahren.

Von außen war nicht viel zu sehen. Nachdem sie aber durch das erste Tor eingelassen worden war, begriff sie, daß dahinter eine eigene, ihr völlig unbekannte Welt lag.

Ein Polizist öffnete ihr die zweite Tür. Er trug den Colt in einem tiefsitzenden Halfter und sagte: »Gehen Sie ins Büro, und holen Sie sich die Sprecherlaubnis.« Dabei grinste er freundlich. Sie verzog keine Miene, hörte, wie hinter ihr das Gittertor wieder zufiel. Dann stand sie vor einer roten Backsteinwand, sah verschiedene Gittertüren und dachte beklommen an Benny, der hier irgendwo in einer Zelle saß.

Im Büro war ihr Name vorgemerkt. Der Beamte hinter dem Schreibtisch sagte: »Rechtsanwalt Dr. Bradley hat Sie als Braut angegeben. Die Braut von Benny Winston... Stimmt das?«

»Ja.«

»Sie haben fünfzehn Minuten Sprechzeit.«

Und dann ging wieder eine Tür auf und wurde wieder hinter ihr geschlossen. Sie stand jetzt in einem kleinen Warteraum, in dem noch drei andere Frauen saßen, die sie neugierig betrachteten. Leidensgenossinnen, Frauen oder Bräute von Männern, die gegen das Gesetz verstoßen hatten. Sie sah, daß die drei immer wieder aus dem vergitterten Fenster auf den Hof hinausschauten.

»Von da werden sie nämlich gebracht«, klärte eine Frau Dolly auf. »Über den Hof und dann ins Sprechzimmer.«

Dolly wartete eine halbe Stunde. Dann sah sie ihn. Er kam mit einem Beamten aus der Tür des gegenüberliegenden Gebäudes. Er ging ohne Jacke, mit offenem Hemdkragen, war ungekämmt und nicht rasiert. Er sah aus, als sei er gerade aus dem Bett aufgestanden.

Und in diesem Augenblick glaubte sie zu wissen, daß sie ihn liebte. Sie spürte, wie ihr Herz klopfte. Die Vorwürfe waren verflogen. Sie sah ihn als Opfer. Was konnte er schließlich dafür, daß er in diese Sache hineingeraten war.
Sie wurde gerufen. Der Beamte sagte: »Miss Dolly Landon...«
Sie ging durch die schmale Tür und kam in einen überraschend großen Raum, der durch ein Drahtgitter halbiert war. Hinter dem Gitter stand Benny. Die Maschen des Drahtes waren so dicht, daß sie nicht einmal mit ihrem kleinen Finger in die andere Hälfte des Raumes hätte eindringen können. Benny hatte beide Hände auf die Maschenfläche gelegt. Es sah aus, als kralle er sich in das Gitter. Sein Gesicht war nah, aber doch unendlich weit entfernt.
»Dolly!« rief er leise.
Sie hörte seine ganze Qual aus diesem Ruf.
Ihre Kehle war wie ausgetrocknet. Sie brachte kaum ein Wort über die Lippen. »Benny! O Benny!« sagte sie immer wieder. Es war ein verzweifeltes, hilfloses Flüstern.
Sie brauchten ein paar Minuten, bis sie ruhig miteinander reden konnten. Er fragte: »Warst du bei meinem Bruder? Was sagt er?«
»Er will versuchen, Geld zu leihen. Er hat gesagt, er würde dich nicht im Stich lassen.«
»John wird mich nicht hier versauern lassen. Er hat doch ein Mädchen. Sie könnte ihm etwas leihen. Ich weiß, Ellen ist der Typ... Sie hat Ersparnisse... Ich werde alles zurückzahlen. Schnellstens werde ich es zurückzahlen.«
»Wie geht es dir, Benny? Behandeln sie dich gut?«
»Verhöre! Verhöre!« Er erzählte ihr, daß sie ihn fortwährend auszuquetschen versuchten. Die Kriminalpolizei vermutete, daß er mehr über »Trenton's Place« wußte. Das Lokal, in dem Rauschgift und Falschgeld vertrieben wurden, das, von großen Bossen geleitet, ein Umschlagplatz des Verbrechens war. Die Großen waren ihnen durch die Lappen gegangen. Jetzt hielt

sich die Polizei an die Kleinen. »Hast du es nicht in den Zeitungen gelesen? Mein Anwalt hat sie mir gebracht.«
Sie schüttelte traurig den Kopf.
»Mein Gott! Ihr werdet doch zweitausend Dollar für mich auftreiben können! Dolly, mein Geschäft geht kaputt, wenn ich nicht bald...«
»Wo soll ich das Geld hernehmen? Ich verdiene doch nicht viel in der Bar.«
»Diese Ellen! Sie hat es. Ich weiß es genau.«
»Ich werde es John sagen.«
Die fünfzehn Minuten waren so schnell vorbei, daß sie beide dachten, sie hätten das Wesentliche vergessen, es wäre noch vieles zu sagen gewesen, aber sie hätten es ganz einfach versäumt.
»Die Sprechzeit ist um«, sagte der aufsichtführende Beamte.
»Wenn ich hier herauskomme«, flüsterte Benny, »wenn ich hier herauskomme, dann weiß ich, was ich zu tun habe. Mein Bruder und ich... Wir werden uns holen, was wir brauchen. Dolly, eines Tages werden wir reich sein!« Sein Gesicht war verbissen. »Versuche alles, hörst du? Die andern sollen auch helfen. Ich bin doch diesen Betrag wert.«
»Ja«, sagte sie leise.
Es war wie ein böser Traum. Sie sah, wie sie ihn wieder fortbrachten. Er winkte ihr zu, winkte, bis er unter der Tür stand, aus der er hinausgeschoben wurde, nicht heftig, aber mit Bestimmtheit. Einen Augenblick stand sie wie verloren in diesem großen, häßlichen Raum mit dem Gitter. Dann ging sie hinaus. Der Polizist sah ihr nach, sah die langen schlanken Beine und dachte, daß dieses Mädchen viel zu hübsch sei für einen von den Kerlen, die hier im Gefängnis saßen.

John kaufte sich Zeitungen. Er legte sie in das Handschuhfach des Leichenwagens. Vierundzwanzig Stunden waren seit dem Raubüberfall vergangen. Er kam jedoch noch nicht zum Lesen, denn es war eine Beerdigung erster Klasse zu fahren. Von der

Friedhofskirche bis zum Grab im Schrittempo. Die feierlich gekleideten Trauergäste gingen hinter dem Wagen her, während er voller Ungeduld daran dachte, daß in diesen Zeitungen ganz sicher Berichte über ihn standen.
Erst zwei Stunden später konnte er die Artikel lesen. DREISTER RAUBÜBERFALL EINES EINZELGÄNGERS ... Das gefiel ihm sehr. Es wurde berichtet, wie die Tat ausgeführt worden war. Es gab eine genaue Personenbeschreibung. Aber was half das schon: Sie paßte auf Tausende von Männern.
Er telefonierte am Abend mit Rechtsanwalt Dr. Bradley und sagte ihm, es sei soweit, er habe das Geld für die Kaution beschafft.
»Schön«, sagte Dr. Bradley. »Bringen Sie es in mein Büro. Ich bin bis neun Uhr abends hier.«
Der Rechtsanwalt gefiel John nicht. Er hatte bereits sechshundert Dollar kassiert, ohne etwas zu leisten: das Geld aus der Kasse der Snackbar. Von zweitausend Dollar Kaution hatte er gesprochen. Jetzt waren es plötzlich dreitausend.
»Ein schwerer Fall, Mr. Winston. Rauschgift und Falschgeld ...« Er sah ihn vielsagend an.
»Erzählen Sie mir keine Märchen, Doc. Sie wissen genausogut wie ich, daß mit meinem Bruder nur ein kleiner Fisch ins Netz gegangen ist. Man könnte ja unter Umständen mal den Anwalt wechseln ...«
Dr. Bradley begriff sofort, daß die Zwillinge sich zwar äußerlich glichen, daß aber John wesentlich härter war als Benny. Bradley stellte sich sofort um.
»Natürlich ist er ein kleiner Fisch. Das weiß der Richter auch. Aber hier geht es um etwas anderes: Die Kriminalpolizei hofft, über die Kleinen an die Großen heranzukommen. Das verstehen Sie doch, oder? Meinetwegen nehmen Sie sich einen anderen Anwalt. Ich kann Ihnen versichern, daß ich mein Bestes tun werde.«
»Na schön«, sagte John. Er griff in die Brusttasche seines Jacketts und holte einen Packen Hundertdollarscheine hervor.

Dreitausend Dollar blätterte er auf den Tisch des Rechtsanwaltes. »Wann ist mein Bruder frei?«
Dr. Bradley erklärte, daß die Kriminalpolizei vielen kleinen Spuren nachgehe. Die Sache könne sich noch vierzehn Tage hinziehen. Vom Staatsanwalt habe er die Zusage, daß Benny Winston dann gegen eine Kaution von dreitausend Dollar auf freien Fuß gesetzt würde. »Haben Sie noch etwas Geduld!«
John blieb nichts anderes übrig, als sich zu gedulden. Aber während der nächsten drei Tage dachte er mehr an Dolly als an seine Freundin Ellen.
»Du bist anders geworden«, sagte Ellen an einem Abend, als sie zusammen in einem nicht zu teuren Tanzlokal an der Seventh Avenue saßen. »Über was denkst du fortwährend nach?«
»Quatsch!« sagte er schroff. »Ich habe zu viel zu tun im Augenblick. In dieser Jahreszeit sterben die Menschen in New York wie die Fliegen. Es ist März...«
In Gedanken verglich er Ellen mit Dolly. Dabei schnitt Ellen nicht sehr gut ab. Natürlich war sie hübsch. Dunkle Haare, ins Rötliche spielend, braune Augen. Erstklassige Figur. Sie trug ein enganliegendes resedagrünes Kostüm. Sie hatte sich schick gemacht für ihn. Aber ihr fehlte doch das gewisse Etwas.
Ohne großes Vergnügen tanzte er mit ihr. Sie hatten oft über die Heirat gesprochen. Aber beide hatten sie gezögert. »Wir müssen sparen«, hatte sie gesagt. Sie hatte genaue Vorstellungen von einem Heim. Vielleicht ein kleines Häuschen mit Garten – für die Kinder. Denn Kinder wollte sie unbedingt haben. Mindestens drei. Das alles hatte ihm recht gut gefallen. Aber jetzt war er in ein anderes Fahrwasser geraten. Sie war beinahe ein Hindernis.
An diesem Abend versuchte sie, ihm entgegenzukommen. »Wollen wir nach Hause gehen?« fragte sie, als sie sich bei einem Blues zärtlich an ihn schmiegte.
Er ging mit aus Gewohnheit. Als er neben ihr lag und sie sich ihm bereitwillig hingab, flammte für eine Viertelstunde noch einmal etwas von der alten Leidenschaft auf. Aber dann blieb

er wortkarg, beinahe mürrisch neben ihr liegen. Sie versuchte mit zärtlichen Spielereien seine Stimmung zu heben. Sie ging bis zum Äußersten, schmiegte ihren nackten Körper an ihn. Er begriff, daß sie eine Frau war, die um ihn kämpfen würde. Das stimmte ihn versöhnlich.

Als sie sich zum zweitenmal umarmten, spät in der Nacht, als sie die gewohnten Zärtlichkeiten in sein Ohr hauchte, konnte er nicht verhindern, daß er an Dolly dachte.

Er sagte sich: Verdammt, dieses Mädchen gehört meinem Bruder. Aber hat er ernste Absichten mit ihr? Es ist doch auch nur eine Spielerei für ihn. Und überhaupt, Benny und ich können keine feste Freundin brauchen für das, was wir vorhaben. Ich muß Waffen besorgen. Maschinenpistolen. Ich muß Möglichkeiten ausbaldowern. Kein Schuhgeschäft mehr, so etwas bringt zu wenig, und das Risiko ist zu hoch.

Er saß noch eine halbe Stunde auf dem Bettrand neben Ellen. Das Zimmer war klein, aber er hatte sich hier behaglich gefühlt. Das war jetzt vorbei. Es war ihm alles zu eng, zu wenig großzügig. Er sah sich in Gedanken schon als einen großen Boß der Unterwelt. Und war das nicht zum Verrücktwerden: Er sah Dolly neben sich.

»Willst du wirklich schon gehen?« fragte Ellen, und ihre Augen waren traurig.

Er ging eine Viertelstunde später, hatte beide Hände tief in die Manteltaschen vergraben und pfiff leise vor sich hin. In dieser Nacht besuchte er Dolly noch nicht. Noch nicht, dachte er, während er durch die Straßen von New York ging.

Der große Bill, der Besitzer von »Bill's Tavern«, kannte sich aus im District. Fünf Tage nach der Inhaftierung Benny Winstons sagte er zu Dolly hinter der Bar: »Dein Benny hat ein krummes Ding geliefert. Seine Snackbar ist geschlossen. Genau seit dem Tag, an dem die große Geschichte in ›Trenton's Place‹ aufflog. Mir gefallen solche Sachen nicht...«

Er schaute sie nachdenklich an. Sie wußte, daß Bill hart sein konnte. Er war ein ehemaliger Schwergewichtsboxer. Bekannt, aber nicht sehr erfolgreich. Jedenfalls hielt er auf seinen guten Ruf. Und jetzt fürchtete Dolly, daß dieses Gespräch die Einleitung zu ihrer Entlassung sein würde. Sie hatte Angst. Ein Mädchen allein in New York. Nicht viel gelernt. Was sollte sie anfangen?

»Das stimmt nicht«, widersprach sie. »Mit Benny ist alles in Ordnung. Aber er sieht sich nach einem anderen Geschäft um. Die Snackbar ist ihm zu klein. Wirft nicht genug ab, der Laden...«

Bill zweifelte. Sie konnte es an seinem Gesicht sehen. »Warum kommt er nicht mehr hierher?«

»Er wird wiederkommen«, sagte Dolly.

An diesem Abend, sie hatten es nicht verabredet, rief John in »Bill's Tavern« an und gab sich am Telefon als Benny Winston aus. Er hatte Dolly sagen wollen, daß er die Kaution gestellt hatte.

Bill brummelte in den Hörer: »Na, du lebst also doch noch...«

»Warum sollte ich nicht?« sagte John.

Dolly war aufgeregt. Sie schloß die Tür des Büros, deckte mit der Hand die Muschel ab, während sie hineinsprach. »Das war eine glänzende Idee, John. Kannst du mich nicht hier besuchen kommen? Ich werde sagen, du bist Benny. Bill hat Verdacht geschöpft. Er mag solche Sachen nicht. Ich dachte schon, er würde mich entlassen.«

Es war die einfachste Sache der Welt. Dolly klärte John auf, wie er sich gegenüber Bill verhalten mußte. Er sollte sagen, er habe die Snackbar aufgegeben, sei auf der Suche nach besseren Geschäften. »Und noch etwas...« Sie zögerte. »Du mußt mir einen Kuß geben zur Begrüßung. Es würde sonst auffallen...«

»Aber mit Vergnügen, Dolly«, sagte John. »Ich werde dich morgen nacht besuchen.«

Was es für Zufälle gibt, dachte John am nächsten Tag. Er nahm sich am frühen Nachmittag eine Stunde frei und ging in das Kaufhaus Sears & Roebuck.

»Geben Sie mir einen flotten dunklen Anzug«, sagte er zu dem Verkäufer in der Herrenabteilung. »Etwas Dunkelblaues mit einem feinen Nadelstreifen...« Er kaufte einen Anzug aus bestem Stoff, dazu die passende Krawatte, ein teures Hemd. Zweihundert Dollar legte er dafür an. Als er an der Kasse bezahlte, sah er die bündelweisen Geldscheine darin. Aber ein Kaufhaus, das wäre zu riskant. Es muß schnell gehen. Das Geld muß an einem Platz liegen. Die Sache muß in zehn Sekunden abgewickelt sein.

Seltsame Zufälle, murmelte er am Abend vor sich hin, als er sich in dem neuen Anzug im Spiegel betrachtete. Er hatte passable Kleidung, aber für einen Besuch bei Dolly sollte es doch etwas ganz Besonderes sein. Sie war wie eine Unruhe in ihm. Auch am Tag, wenn er in dem schwarzen Wagen die Leichen fuhr, hatte er immer wieder an sie gedacht.

Lässig zog er seinen Mantel aus, als er in »Bill's Tavern« angekommen war. Er sah den großen, breitschultrigen Mann hinter der Bar und ging an ihm vorbei. »Hallo, Bill«, sagte er.

»Donnerwetter, willst du etwa morgen heiraten?« sagte Bill grinsend und musterte den teuren Anzug.

»Vielleicht, wenn sie will.« Er deutete mit einem Kopfnicken in Dollys Richtung. Er setzte sich auf einen Barhocker, beugte sich zu Dolly hinüber und küßte sie auf den Mund. Etwas länger, als es nötig gewesen wäre. Danach grinste er sie an. Sie war verlegen.

Er gab sich völlig unbefangen. Sie staunte über die Exaktheit, mit der er seine Rolle als Benny Winston spielte. Bill merkte nichts. Niemand fiel irgend etwas auf. John war in bester Stimmung. Er gab ein paar Whiskys aus, fragte einmal leise: »Wie ist das in diesem Laden, kann ich hier mit dir tanzen?«

»Ja, aber Benny hat hier nie mit mir getanzt...«

»Das macht nichts, dann wird Benny heute zum erstenmal mit dir hier tanzen.«

Es waren nur wenige Gäste im Lokal. John tanzte mit Dolly. Er war jetzt leicht angeheitert, und er riß sie mit. Er brachte

ganz einfach eine Stimmung in die Bar, der sie sich nicht entziehen konnte. Er war witziger als Benny, aber irgendwo in ihren Gedanken regte sich eine Warnung. Sah er nicht blendend aus? War er nicht geschmackvoll angezogen? Und sein Benehmen war tadellos.
Er tanzte zärtlich, aber doch mit der gebotenen Zurückhaltung. Es machte ihr Spaß, mit ihm zu tanzen.
Bill sah einmal zu. Es war ihm nicht verborgen geblieben, daß da an seiner Bar Umsatz gemacht wurde. »Mächtig in Stimmung, Benny, was? Kommst mir heute ganz anders vor...«
»Na klar, ist doch ein gemütlicher Laden hier bei dir«, sagte John. So etwas gefiel Bill. Er dachte: Habe mich vielleicht doch in diesem Jungen getäuscht.
Als er das erstemal fragte: »Wann gehen wir mal groß aus? Wann hast du deine freie Nacht?«, brachte sie es noch fertig, nein zu sagen. Gegen drei Uhr morgens, sie hatten um diese Zeit schon viel getrunken, sagte sie auf der Tanzfläche: »Benny, es hat doch keinen Sinn...« Sie merkte zum erstenmal, daß sie ihn ganz und gar als Benny gesehen hatte in dieser letzten Stunde. Ehe er ging, sagte sie: »Sonntag nacht.«
»Gut«, bestimmte er. »Wir treffen uns vor ›Jack Dempsey's Restaurant‹ am Broadway. Um neun Uhr. Da machen wir mal eine flotte Nacht.«
Sie widersprach nicht, nickte. Dabei dachte sie, daß es nicht verboten sei, einmal tanzen zu gehen. Wann kam sie schon dazu auszugehen?

3.

John plante kühl. Ich muß mein Geld einteilen, dachte er, während er unterwegs war, um in Greenwich Village zwei Maschinenpistolen mit mindestens vierhundert Schuß Munition zu kaufen. Er kannte da eine Adresse, wo niemand fragte nach Namen, Geburtsdatum und Wohnort. Es war leicht. Ein Umschlagplatz für gebrauchte Waffen. Er nahm den Hut nicht ab, als er die Wohnung betrat, deren Tür ein alter, griesgrämig aussehender Mann geöffnet hatte, der in Pantoffeln vor ihm durch den Flur schlurfte. John trug die Brille seiner Stiefmutter. »Wo ist meine Brille?« hatte sie lamentiert. Er würde die Gläser am Abend wieder irgendwo in der Wohnung ablegen.
»Was soll's denn sein?« fragte der Händler und blieb vor einer Zimmertür stehen. Er roch nach Kautabak, wirkte verschlampt und zwinkerte ständig mit den Augen.
Kurzsichtig ist er auch noch, dachte John. Das ist gut. »Zwei Maschinenpistolen. Am liebsten die ›Thompson‹. Dazu vierhundert Schuß Munition und mehrere Magazine...«
»Wer schickt Sie denn?« fragte der Mann.
»Freunde. Gute Freunde.« John zog fünfhundert Dollar aus der Tasche. Der Alte beugte sich darüber, um die Zahlen zu lesen. Es war ihm nicht genug. Er schüttelte den Kopf. John legte noch hundert Dollar dazu.
»Jetzt geht's«, sagte der Mann. »Warten Sie hier.« Er ging in ein Zimmer. John hörte ihn herumkramen. Dann kam der Mann zurück, trug einen Koffer, öffnete ihn langsam, nahm behutsam die zwei schweren Maschinenpistolen heraus und

schien sie fast zu streicheln, ehe er sie vorführte. »Schöne Waffen... gute Waffen«, murmelte er.
Das Geschäft war perfekt. Die automatischen Waffen waren in bestem Zustand. John hatte sich seit Jahren für Maschinenpistolen interessiert.
Als er mit dem Koffer gehen wollte, sagte der Alte: »Halt, noch fünfzig Dollar für den Koffer!«
John gab ihm zwanzig Dollar und ging hinaus. Den Koffer mit dem gefährlichen Inhalt verstaute er zu Hause im Keller hinter leeren Kisten und Kartons. Er wußte, seine Stiefmutter war zu faul, um hier je Ordnung zu schaffen. Sein Vater hatte den Keller schon jahrelang nicht mehr betreten.
Gut angelegt, sagte er sich und fühlte Befriedigung wie ein Mann, der etwas geleistet hat. Er war deshalb auch in bester Stimmung, als er am Sonntag abend um neun Uhr Dolly vor »Jack Dempsey's Restaurant« traf. Zu seiner Freundin Ellen hatte er am Telefon gesagt: »Ich habe keine Zeit. Wir haben eine große Beerdigung hundert Meilen von hier. Ich muß meinen Chef fahren.«
Dolly war ein wenig unsicher, aber sie sah hinreißend aus. »Du bist ein aufregendes Mädchen«, sagte er. Sie trug einen auf Taille gearbeiteten Mantel, der ihr blondes Haar zur Wirkung brachte. Sie lächelte, hörte es gern, daß er ihr schmeichelte.
Er bewies Format, kannte sich aus in New York, ließ sich mit ihr im Taxi nach China Town fahren. Und dort, in einem der verschwiegenen kleinen chinesischen Restaurants, aßen sie die Spezialitäten aus Fernost. Sie freute sich und sagte: »Ach, das habe ich schon immer einmal tun wollen, John. Aber ich bin nie dazu gekommen, in China Town zu essen.«
Dann fuhren sie in eines der großen Tanzlokale auf Coney Island. Drei Kapellen spielten abwechselnd die neuesten Schlager. Die Tanzfläche war riesig. Das war es, was ihm gefiel: Geld in der Tasche, ein hübsches Mädchen im Arm, tanzen, etwas vom Leben haben. Nicht für zweihundertzwanzig Dollar in der Woche einen Leichenwagen fahren müssen.

»Ist es nicht schön hier?« fragte er sie, während er Wange an Wange mit ihr tanzte und sie eng zu sich heranzog. Dabei spürte er, wie schlank und biegsam sie war. Sein Verlangen nach ihr wurde jetzt drängend. Sie wich nicht zurück, als er noch zärtlicher tanzte. Seit sie in New York lebte, war sie noch nie in einem solchen Tanzlokal gewesen, aber sie hatte sich danach gesehnt.
Von Coney Island fuhren sie mit dem Taxi zurück zum Broadway. »Jetzt gehen wir in einen ganz feinen Laden«, erklärte er ihr. »Ich werde dir was zeigen heute nacht.«
Im »Trocadero« staunte sie. Alles war hier luxuriös. Die Kellner bedienten im Frack. Die Band war erstklassig. Nicht so laut wie auf Coney Island, aber besser. Sie tranken Champagner. Ich habe noch nie Champagner getrunken, dachte sie.
Sie tanzten fast eine Stunde ohne Unterbrechung. Sie war selig. Männer schauten sie an. Sie erriet die Blicke. John war verliebt. All das umschmeichelte sie. Es war schön, jung zu sein.
Als er zahlte und sie sah, daß die Rechnung weit über hundert Dollar machte, dachte sie einen Augenblick: Woher nimmt er das Geld? Woher hat er die Kaution beschafft? Aber sie waren beide in einer Stimmung, in der solche Fragen schnell untergingen.
»Ich weiß noch eine kleine Bar«, sagte er. Sie nickte, war einverstanden.
Er ging jetzt gerade auf sein Ziel los: Er wollte diese Frau besitzen. Er kannte die Bar, kannte die kleinen Nischen mit gedämpftem Licht, wo man völlig ungestört sein würde. Eine kleine Tanzfläche, nicht zu viele Gäste. Der Portier kannte ihn, sagte »Hallo, Mr. Winston« zu ihm. Das beeindruckte sie. Sie wußte nicht, daß er hier schon ein paarmal die Hälfte seines Wochenlohnes gelassen hatte.
Sie tranken jetzt Whisky, saßen in einer dieser kleinen Nischen. Er hatte den Arm um ihre Hüfte gelegt. Sie wehrte sich, als er sie zu sich heranzog. »Nein, nein, John. Das können wir nicht tun...«

Er blieb hartnäckig und wußte, daß sie jetzt auch ans Küssen dachte, daß sie Liebe wollte. Er wartete. Eine Stunde später küßte er sie auf der Tanzfläche. Sie hatte beide Arme um seinen Nacken gelegt, hatte die Augen geschlossen, war ganz dicht bei ihm. Er hörte ihr Flüstern, aber sie sagte: »Benny, o Benny...«
Die beiden Männer waren in ihrem Gefühl zu einem einzigen verschmolzen. Er spürte ihre Regungen genau. Jetzt war er sicher, daß er in dieser Nacht gewinnen würde. Leise fragte er: »Gehen wir nach Hause, Baby?« Sie nickte nur und sagte kein Wort, als er sie zärtlich an der Hand durch das Lokal zur Garderobe führte.

Dr. Bradley rief in »Bill's Tavern« an. Er fragte nach Dolly, erklärte Bill, es sei dringend.
»Um was geht's denn?« fragte Bill. »Sie hat heute frei.«
»Es ist etwas Geschäftliches und betrifft ihren Freund.«
»Sie meinen Benny? Der ist doch jeden Abend hier...«
Dr. Bradley schaltete richtig. Er dachte, dieses raffinierte kleine Biest gibt John für Benny aus. Nicht schlecht, den einen kann sie nicht haben, da nimmt sie sich halt sein Ebenbild.
Am Montag morgen besuchte Bradley Benny Winston im Untersuchungsgefängnis. Es gab verschiedenes mitzuteilen, vor allem, daß John dreitausend Dollar Kaution gestellt hatte.
Benny hörte aufmerksam zu, als sie sich in der Sprechzelle gegenübersaßen. »Ich wußte doch, daß mich mein Bruder nicht im Stich läßt. Sie haben die dreitausend. Wann holen sie mich hier heraus?«
»Geduld, Geduld, junger Freund. Ich versuche mein Bestes.«
Lang und breit erklärte Dr. Bradley, worin dieses Beste im einzelnen bestand. Da sei vor allem seine ausgezeichnete Verbindung zum Staatsanwalt. Fast die Zusage, daß er Benny nicht länger als drei Wochen festhalten wolle. Dann die Gespräche und Bemühungen bei der Kriminalpolizei. Ein tüchtiger Anwalt, nach seinen eigenen Worten.

Aber Benny genügte das nicht. Er sprang von seinem Stuhl auf und schrie den Anwalt an: »Ich will raus hier! Raus, verstehen Sie mich? Was nützen mir Ihre Versprechungen, wenn hier ganz einfach die Tür nicht aufgeht?«
Dr. Bradley hatte Erfahrung mit Männern, die zum erstenmal in Haft waren. Viele hatten da nach ein paar Tagen so eine Art Koller. Man durfte sich davon nicht sonderlich beeindrucken lassen. Diese dummen Kerle fressen was aus, und dann denken sie, der Rechtsanwalt kann das alles in zwei Tagen wieder zurechtbiegen.
Er lenkte ab: »Sagen Sie mal, Ihr Bruder geht ziemlich oft in die Bar, in der Ihre Kleine arbeitet. Vertrauen Sie ihm?«
»Wie meinen Sie das?« Benny starrte den Anwalt an. »Wollen Sie etwa behaupten, daß ...«
»Ich behaupte gar nichts«, erwiderte Dr. Bradley. »Ich habe nur Ihren Vorteil im Auge. Und vielleicht ist es nicht gut, wenn der Kontakt zwischen Dolly und Ihrem Bruder zu eng wird. Sie verstehen?«
Benny kaute auf seiner Unterlippe herum. Wäre das möglich? Dolly und John? Aber er verwarf den Gedanken, wollte ihn nicht an sich heranlassen. Doch im Unterbewußtsein blieb die Spur eines Verdachtes hängen.
»Ich muß raus hier! Holen Sie mich so schnell wie möglich hier heraus! Mein Geschäft ist kaputtgegangen!« Und er dachte: Jetzt will ich nicht auch noch mein Mädchen verlieren.

Sie war bereit gewesen. Ihr Widerstand war geschmolzen in dieser Nacht, in der John ihr New York gezeigt hatte, Vergnügungslokale und teure Bars. Sie hatten getanzt und sich geküßt. Und dann waren sie hinaus auf die Straße gegangen, er in der Hoffnung, bei ihr angekommen zu sein.
Aber plötzlich, als sie in der Kühle der Nacht draußen standen und eine Minute auf das Taxi warteten, krampfte sich etwas in ihr zusammen. Sie dachte an Benny. Der Widerstreit ihrer Gefühle dauerte zwei Minuten. Sie saßen schon im Taxi, da sagte

sie: »Es ist unmöglich. Nein, wir dürfen das nicht tun! Bitte, verstehe mich! Es war schön heute nacht. Du hast mir viel gezeigt von New York. Aber ich kann dich nicht mitnehmen...«
Er griff brutal nach ihr, riß sie zu sich heran, versuchte sie zu küssen. Sie wehrte sich.
»Ich bin doch kein dummer Junge, den du hin und her schieben kannst. Das kannst du nicht machen! Du hast *ja* gesagt!«
Sie hörte, daß er zornig war, und sie bedauerte jetzt, ihrem plötzlichen Gefühl für ihn nachgegeben zu haben. Was sollte daraus werden? Wenn er nicht sein Bruder wäre, dachte sie. Das Leben war hart genug mit ihr umgesprungen, sie konnte sich vorstellen, daß sie einen anderen Mann lieben würde. Warum fühle ich mich an Benny gebunden? Wir kennen uns erst drei Monate.
»Bitte, John! Nein, ich will nicht!« Dies war der Augenblick, in dem er begriff. Er wußte, daß er jetzt keine Chance mehr bei ihr hatte. Nicht in dieser Nacht. Verdrossen zündete er eine Zigarette an, lehnte sich in die Polster des Wagens zurück und sagte nichts mehr. Aber er dachte: Es gibt noch viele Nächte, schade um diese Nacht.
Vor ihrem Haus stiegen sie beide aus. Er brachte sie zur Tür. Er spielte jetzt den Überzeugten: »Na schön, Dolly. Jedenfalls hoffe ich, diese Nacht hat dir Spaß gemacht.«
»Aber sicher, John. Du verstehst mich doch?«
»Natürlich, ich verstehe das. Du wirst mir doch nicht übelnehmen, daß ich mich in ein süßes Mädchen verliebe? Das ist bei mir nicht so oft der Fall...«
Sie schauten sich an, sahen nur die Umrisse ihrer Gesichter. Drei, vier Sekunden standen sie sich gegenüber. Er zog sie ganz zart zu sich, küßte sie leicht auf die Lippen. Dann wandte er sich zum Gehen.
»Gute Nacht, Dolly.«
Sie blickte ihm nach. Er stieg ins Taxi und winkte ihr noch einmal zu. Dann holte sie den Hausschlüssel aus ihrer Tasche. Als sie im Lift nach oben fuhr, wußte sie, daß diese Nacht alles

hätte bringen können. Sie war nicht glücklich über die Entwicklung der letzten zwei Stunden.
Das Zimmer schien ihr öde und leer. Jetzt hätte sie sich gewünscht, eine Schallplatte aufzulegen, ihm einen Drink zu mixen, um mit ihm die Leere dieser Nacht und die Leere ihres Lebens zu vergessen. Sie starrte traurig vor sich hin. Später dauerte es sehr lange, bis sie einschlief.

In den nächsten Tagen besuchte John Dolly oft in der Bar. Er kaufte sich noch einen Anzug, sparte auch sonst nicht, trank viel. Er war der große Spendierer in »Bill's Tavern«, eine Rolle, die ihm gut gefiel. Ein wenig besorgt stellte er allerdings fest, daß das Bündel Dollarscheine immer dünner wurde. Er tröstete sich damit, zwei Maschinenpistolen zu besitzen, dazu noch eine automatische Handfeuerwaffe. Er konnte jeden Tag losgehen, um neues Geld zu holen.
Ellen vernachlässigte er völlig. Er rief einmal bei ihr an und erklärte: »Schrecklich viel zu tun. Und außerdem habe ich die Grippe.«
Sie glaubte ihm nicht. »Soll ich dich nicht besuchen kommen?« Zweifel war in ihrer Stimme.
»Besuchen? In dieser miesen Wohnung, in der mein Vater besoffen herumläuft und seine Frau ständig am Zetern ist? Nein«, sagte er, »das will ich nicht.«
An einem Abend, es waren wenig Gäste in »Bill's Tavern«, äußerte Dolly den ersten Verdacht. »Wieso kannst du eigentlich so viel Geld ausgeben?« fragte sie. »Du verdienst doch nur zweihundertzwanzig Dollar in der Woche.«
Sie saßen sich gegenüber. Er grinste sie an, sagte in seiner lässigen Art: »Mach dir darüber keine Gedanken, Baby. Ich gehe schon die richtigen Wege. Jedenfalls wirst du mich nicht im Gefängnis besuchen müssen wie Benny...«
Sie sprachen leise. Dolly mahnte eindringlich: »Laß die Finger von gefährlichen Sachen! Mir kannst du nichts erzählen, du hast irgendeine Masche, die dir Geld einbringt.«

»Und wenn? Gehst du nicht gern aus? Trinkst du nicht gern Whisky mit mir hier an der Bar?«
Sicher, es schmeichelte ihr, daß er in »Bill's Tavern« der beste Gast war, den jeder als ihren Freund Benny kannte. Auch Bill war außerordentlich freundlich zu ihr. Zusätzlichen Umsatz merkt man schon in so einer kleinen Bar.
John hatte nie wieder einen Annäherungsversuch gemacht. Er tanzte mit Dolly, war der spendable Freund, der sie nur zur Begrüßung und zum Abschied jedesmal küßte.
Er war seiner Sache wieder ziemlich sicher. Es war alles eine Frage der Zeit – und auch des Geldes. Benny würde noch nicht so bald aus dem Gefängnis kommen. John hatte mit dem Anwalt gesprochen und Dr. Bradley hatte gesagt: »Noch mindestens vierzehn Tage. Haben Sie Geduld!«
Geld! Er saß in seinem kleinen Zimmer und zählte die letzten Scheine. Er legte sie neben sich auf das Bett. Einhundertsechzig Dollar. Verdammt wenig, wenn man sich angewöhnt hat, ein teures Leben zu führen.
Von diesem Tag an hielt er die Augen offen. Er suchte nach einer Gelegenheit. Dazu blieb ihm nicht viel Zeit, denn er mußte auch den Leichenwagen fahren. Diese Stelle wollte er noch nicht aufgeben. Sie war die Tarnung.
Er kannte seine Möglichkeiten genau. Ein Mann allein kann nur mittlere Sachen machen, sagte er sich. Wenn er ein Geschäft betrat, um irgend etwas zu kaufen, suchten seine Augen sofort die Kasse. Er war jetzt wie ein hungriger Wolf. Aber die Kassen lagen nie günstig. Er aß in verschiedenen Snackbars. Zuviel Betrieb. Er ging in Kaufhäuser, in Selbstbedienungsläden, aber überall war etwas nicht perfekt für seine Zwecke. Banken? Allein unmöglich! Ein Reisebüro, das er in Erwägung gezogen hatte, schien ihm zu gefährlich. Ungünstige Abfahrmöglichkeit in der Nähe einer Verkehrsampel. Nein.
Wie machen es die anderen? Die großen Gangster? Haben sie nicht alle klein angefangen? Hier kam er zum erstenmal mit der Tatsache in Berührung, daß die meisten dieser berühmt-

berüchtigten Räuber auf dem elektrischen Stuhl oder durchsiebt von Polizeikugeln geendet waren.
Er hielt sich für klüger als die anderen. Sie haben alle ihre Fehler gemacht. Man muß lange vorbereiten. Wenn man dazu keine Zeit hat, dann darf man nur kleine, sichere Sachen machen.
Die sichere Sache war ein Zufall. Er besaß eine nicht sehr teure Armbanduhr, die täglich um ein paar Minuten nachging. Unterwegs mit dem Leichenwagen sah er in Brooklyn in einer Seitenstraße ein kleines Juwelier- und Uhrengeschäft. Er parkte den Wagen, stieg aus und ging hinein. Überrascht entdeckte er hinter einer Glasvitrine wertvollen Brillantschmuck. Da lagen Brillantringe, Kolliers, brillantbesetzte Uhren. Ziemlich teures Zeug, dachte er, während er auf die Bedienung warten mußte. Es waren fünf Kunden im Geschäft. Eine Frau und zwei Männer bedienten hinter der Glastheke. Er wunderte sich, als er sah, daß innerhalb von zwei Minuten ein paar hundert Dollar eingingen. Hier hätte er das nie vermutet.
Verdammt, dachte er. Was soll ich jetzt machen? Ich kann hier unmöglich meine Uhr reparieren lassen. Und ich habe höchstens fünfunddreißig Dollar in der Tasche.
In dem Augenblick, in dem die Verkäuferin zu ihm sagte: »Was wünschen Sie?« kam ihm die rettende Idee.
»Ein kleines Geschenk – für eine Freundin. Vielleicht eine Brosche oder so etwas ...«
Die Verkäuferin fragte: »Wie teuer darf es denn sein?«
»Wenn Sie etwas hätten so um die zwanzig Dollar ...«
Die Verkäuferin war freundlich. Selbstverständlich hatte man so etwas. Sie ging und legte die flachen, mit Samt ausgeschlagenen Schubladen vor ihm auf die Theke. Er wählte ein Lindenblatt, vergoldet. Der Preis war zwanzig Dollar.
In diesem Augenblick prägte er sich alles ein. Die beiden Männer waren über fünfzig, die Frau nicht viel jünger. Die Kasse stand nicht weit entfernt von der Tür. Von außen konnte man kaum das Geschäft einsehen. Bedenklich schien ihm nur, daß

ihn die Verkäuferin gesehen hatte, aber wie viele Kunden hatte sie wohl täglich zu bedienen? Er hatte einen Hut getragen. Zumindest war die Stirn nicht zu erkennen gewesen. Ich muß eine Maske tragen, dachte er, während er zu seinem Wagen ging. Jetzt war nur noch die Abfahrmöglichkeit zu überprüfen. Das Geschäft lag neben einem Eckhaus. Nur zwanzig Meter waren zurückzulegen, und er würde auf einer Hauptstraße sein. Es gab Parkuhren. Da müßte er also ein wenig schneller losfahren können, weil hier sein Wagen einzeln stand. Nicht länger als sechs, sieben Minuten würde er zum Westside Express Highway zu fahren haben. Von da wäre dann alles ein Kinderspiel.

Ellen war ohne Anmeldung, ohne Anruf vorbeigekommen. Ellen! Er hatte gar nicht mehr mit ihr gerechnet. Nun saß sie auf einem der beiden Stühle im kleinen Zimmer der Brüder und schaute ihn aus traurigen Augen an. Er konnte nicht übersehen, wie hübsch sie war; natürlich ein anderer Typ als Dolly. Aber sie bot alles, was sich ein Mann nur wünschen kann. Eine echte, tiefe Zuneigung. Die Gewißheit, daß man mit dieser Frau ein Leben beginnen könnte.

Fast überkam ihn Reue. Es ist zum Kotzen, dachte er. Da sitzt sie vor mir. Zum Anbeißen! Ich aber renne hinter Dolly her. Alles verkehrt im Leben.

Sie sagte: »Ich wußte, daß du nicht krank bist. Ich habe nämlich im Geschäft angerufen bei dir. Du hast keinen Tag gefehlt. Warum hast du mich angelogen? Ich habe nicht vor, dir nachzulaufen. Aber Klarheit sollte es doch zwischen uns geben.«

»Ellen«, sagte er mit einem Seufzen. »Ich war nicht in Stimmung. Es gibt solche Tage. Vielleicht wäre eine kurze Trennung im Augenblick das beste für uns.«

Sie zog die Brauen hoch und lächelte schmerzlich: »Eine andere Frau, John?«

»Nein, keine andere Frau.«

»Bestimmt nicht? Du kannst es mir sagen. Gefalle ich dir nicht mehr?«

Er stand von seinem Stuhl auf, ging zu ihr hinüber. »Natürlich gefällst du mir noch. Glaubst du, ich bin blind? Glaubst du, ich sehe nicht, wie du aussiehst?« Er zog sie zu sich hoch.
Sie drängte sich an ihn. Dann flüsterte sie: »Beweise es mir! Ich will, daß du mir zeigst, wie sehr du mich brauchst.«
Ihre Forderung war eindeutig, sie wollte geliebt werden. Hier in diesem kleinen Zimmer. Er dachte: Das geht nicht. Aber er lehnte nur die Umstände ab. Er haßte diese Wohnung, verabscheute die schlampige, streitsüchtige Frau, die sich von jeher nur als Stiefmutter bezeichnet hatte. Ein wenig schämte er sich auch des Vaters, dessen Normalzustand die Trunkenheit war.
»Hier?« fragte er und sah sie zweifelnd an.
»Ja, hier«, drängte sie. Sie umschlang ihn mit beiden Armen. Er spürte, wie das Verlangen in ihr bebte. Sie liebt mich. Sie liebt mich tatsächlich, dachte er. Dann gab er nach.
Mit kleinen, entgegenkommenden Bewegungen half sie ihm, als er den Verschluß ihres Kleides öffnete. Eine Minute später war sie nackt. Sie war nicht eine Spur verkrampft. Sie liebte und wollte geliebt werden. Er begriff ihre Kraft. Und während der zärtlichsten Minuten wußte er wieder, daß alles, was ein Mann braucht, eine solche Frau ist. Vertrauen, Zärtlichkeit, unüberwindliche Liebe, durch nichts zu erschüttern.
Sie lagen noch eine Stunde nebeneinander. Er machte ihr Versprechungen für die Zukunft, glaubte selber an diese Versprechungen. Aber er hatte ein unsicheres Gefühl.
»Ich bringe dich nach Hause«, sagte er später zu ihr.
»Nicht nach Hause. Ich muß ins ›Globe-Theatre‹. Ich habe Spätdienst.«
Ich weiß, dachte er. Da ist sie Platzanweiserin. Da muß sie hin und her rennen, die Billetts abreißen und in dem riesigen Kino den Leuten die Plätze zeigen. Und jedesmal, wenn sie an den Reihen vorbeigeht, glotzen die Männer auf ihre Beine und auf ihren Hintern. Ich weiß, dachte er.
Er war nicht in guter Stimmung, als er sich vor dem »Globe-Theatre« von ihr verabschiedet hatte. Auch die Sache mit dem

Juwelier schien ihm jetzt nicht so verlockend. Er war jetzt wie ein Mann, der aus einer großen Täuschung aufwacht, vor dem sich Wege gabeln. Eines wußte er genau: Er würde sich dazu zwingen, den gefährlichsten Weg zu gehen. Es wäre gut, dabei zu zweit zu sein. Er dachte an seinen Bruder Benny, und er verwarf Dolly. Er sagte sich: Es hat keinen Sinn mit Dolly und mir.

Am nächsten Tag rief er Dr. Bradley an. Bradley erzählte ihm: »Ihr Bruder wird ungeduldig. Noch etwas: Es scheint Ihrem Bruder nicht zu gefallen, daß Sie so oft sein Mädchen in ›Bill's Tavern‹ besuchen...«

»Woher will er das wissen?« rief er wütend in den Hörer.

»Tja, die Wände eines Gefängnisses sind durchlässig. Dinge sprechen sich herum. Ich konnte Ihren Bruder beruhigen. Er bedankt sich sehr für die dreitausend Dollar Kaution, die Sie für ihn gestellt haben.«

»So, Sie konnten ihn beruhigen... Und er bedankt sich sehr... Das ist aber fein. Was ist schon dabei, wenn ich mal mit Dolly ausgehe? Zum Heiraten haben wir in der nächsten Zeit doch keine Gelegenheit. Das können Sie ihm ausrichten. Ich habe nämlich Pläne. Und wie Sie sehen, muß ich für meinen Bruder mitdenken. Sagen Sie ihm, wenn er in vierzehn Tagen nicht frei ist, werde ich ihn besuchen... Es ist jetzt kaum möglich. Unser Bestattungsinstitut hat Hochkonjunktur...«

Er war verärgert. Würde ihm Benny einen Strich durch die Rechnung machen – wegen Dolly? Bei einem solchen Spiel! Nein, ich werde Dolly aufgeben. Es ist zu riskant. Morgen abend zwischen fünf und sechs Uhr werde ich das Juweliergeschäft ausräumen.

4.

Um fünf Uhr kam er mit dem Leichenwagen von der letzten Beerdigung zurück. Er hatte es so eingerichtet, daß jeder im Bestattungsinstitut wußte, er war ohne Unterbrechung seit zehn Uhr morgens an der Arbeit gewesen. Nun, um fünf Uhr abends, sagte er: »Jetzt muß ich endlich etwas essen gehen.«
Er hatte wieder seinen Karton dabei, den er auch beim Raubüberfall auf das Schuhgeschäft benutzt hatte. Der Hut, der Mantel und die durchgeladene Pistole lagen darin. In der Tasche trug er noch einen durchsichtigen Nylonstrumpf, den er wie ein Halstuch tragen wollte. Er brauchte ihn nur hochzuziehen bis zum Kinn, und seine untere Gesichtshälfte würde damit unkenntlich sein.
Diesmal war er nervöser als beim erstenmal. Die Abfahrtmöglichkeit war nicht ganz so günstig. Aber er konnte nicht wochenlang warten, bis er ein lohnenderes Objekt mit einer besseren Abfahrt finden würde. Eine Viertelstunde nach fünf Uhr war er vor der Parkuhr an der Hauptstraße, in der Nähe des Juweliers.
Es war bereits dunkel. Er sah all die Autos an sich vorüberfahren, beobachtete die Passanten, das ganze erregte Leben dieser großen Straße. Er wünschte sich jetzt einen Whisky, einen doppelten.
Vielleicht wäre auch ein anderes Fahrzeug hier passender gewesen. Aber für ein Auto hatte es noch nicht gereicht bei ihm.
Hinter dem Steuerrad sitzend, prüfte er als erstes seine Pistole. Sie war mit neun Schuß geladen. Dann nahm er den Mantel

heraus, zog ihn an, danach den Strumpf. Er verknotete ihn hinten am Hals. Den Hut zog er tief ins Gesicht. Er wartete noch. Und wie beim ersten Mal spürte er die Schwierigkeit aufzubrechen, wieviel Kraft dazu nötig war, aus dem Wagen auszusteigen, auf die Straße zu gehen, zu dem Geschäft, das er überfallen wollte. In diesen Augenblicken beneidete er all die Menschen, die auf leichte Weise viel Geld verdienten. Es gab auch junge Männer, deren Väter vorgesorgt hatten. Die Schwerreichen, die sich alles leisten konnten. Sein Vater hatte nicht vorgesorgt – und seine Mutter hatte es vorgezogen, früh zu sterben. Diese Gedanken vermittelten ihm das Gefühl, zu dem, was jetzt begann, berechtigt zu sein.

Dann ging er. Mechanisch setzte er Fuß vor Fuß. Es war etwas Steifes, Zögerndes in seiner Haltung. Da war die Ecke. Er bog nach links ab. Die Straße war wenig belebt. Er sah alles ganz genau. Seine rechte Hand umspannte den Griff der Pistole. Er drückte sie an sich, um die Manteltasche nicht aufzubauschen. Noch zehn Schritte bis zum Juweliergeschäft. Zehn Schritte bis zur Hölle, dachte er kurz mit einem grimmigen Lächeln. Ich, John Winston, bin unterwegs, um Menschen zu berauben. Er handelte ganz bewußt, war jetzt kein Anfänger mehr.

Die beiden Schaufenster waren durch schwere Samtvorhänge vom Geschäft getrennt. Nur durch die Tür konnte er sehen, daß sich drei Kunden im Laden aufhielten. Drei, dachte er. Dazu noch die drei hinter der Glastheke. Das sind sechs. Er schaute nach rechts, dann nach links. Nichts Besonderes. Autos und Fußgänger, Lichtreklamen, erleuchtete Fenster, hohe Bogenlampen. Das normale Leben einer Straße. Keine Polizei, niemand, der ihn hätte beobachten können.

Er gab sich Befehle. Los! sagte er sich und griff mit der linken Hand nach der Türklinke.

Diesmal war alles anders. Von Anfang an mußte er hier einen harten Ton anschlagen. Er konnte nicht unbemerkt bis zur Kasse gehen und dann plötzlich eine einzige Person überrumpeln. Er begriff es im Bruchteil einer Sekunde.

Mit einem Sprung war er mitten im Raum. Die Pistole auf die Gruppe vor der Theke richtend, rief er mit verstellter Stimme: »Keine Bewegung! Das ist ein Überfall!« Er winkte die Kunden, die zwei Verkäufer und die Verkäuferin in eine Ecke. Sie hielten alle die Hände hoch, hatten schnell begriffen, was der Mann mit dem Nylonstrumpf vor dem Gesicht wollte.
Mit drei, vier Schritten war er hinter der Theke und riß die Kasse auf. Er sah das Geld, hatte aber auch die sechs Menschen im Auge, die zusammengedrängt in der anderen Ecke des Raumes standen. Sie schwiegen, aber er konnte in den Gesichtern der Männer sehen, daß sie ihn haßten und daß er sich keine Blöße geben durfte.
»Machen Sie keine falsche Bewegung! Sie wissen genau, was ich riskiere. Ich muß schießen, wenn Sie auch nur einen winzigen Fehler machen.«
Und dabei griff seine linke Hand nach den Geldbündeln. Er stopfte die Scheine wieder in seine linke Manteltasche. Vielleicht waren jetzt zehn, vielleicht fünfzehn Sekunden vergangen. Die Kasse war leer.
In diesem Augenblick hatte John Winston eine verhängnisvolle Eingebung. Er näherte sich bis auf drei Schritte den Kunden und dem Verkaufspersonal und befahl: »Brieftaschen leeren!«
Sie zögerten, sahen sich gegenseitig an, als wollten sie sich Mut machen, sich diesem Befehl zu widersetzen.
»Los, wird's bald?« Er drohte mit der Pistole, drückte sie einem der überraschten Männer in die Seite. Der Mann griff in seine Jackentasche, holte die Brieftasche hervor, zog das Geld mit spitzen Fingern heraus und ließ es auf die Glastheke fallen. Die nächsten folgten seinem Beispiel.
John Winston griff mit der linken Hand nach diesem Geld. Ein Hundertdollarschein flatterte dabei zu Boden. John bückte sich, behielt aber die sechs Personen scharf im Auge.
»Keine Dummheiten...« Er wollte noch sagen: »Ich sehe jede Ihrer Bewegungen.«

So weit kam er nicht mehr. Er sah nur die knappe Bewegung des einen Verkäufers, der in der Ecke stand. Dann hörte er den Knall des Schusses, sah zugleich das blaue Mündungsfeuer. Und im gleichen Bruchteil einer Sekunde spürte er den Schlag an der linken Schulter.

Er drückte ab, sah den Mann fallen. Dann ging er zurück zur Tür, schrie vor Zorn und Schmerz: »Wenn mir einer von euch folgt, mache ich ein Sieb aus ihm!«

Nun war er draußen. Er ging langsam, zwang sich dazu, langsam zu gehen. Die Pistole war in seiner Manteltasche. Das Geld stopfte er mit der linken Hand fest.

Als würde ein glühendes Eisen in seinen linken Oberarm gestoßen, so spürte er den Schmerz des Streifschusses.

Er handelte jetzt mechanisch wie ein Automat, dachte viele Dinge zur gleichen Zeit: Es hat mich erwischt. Was mache ich jetzt? Langsam gehen! Nicht auffallen! Keine Bewegung, die mich verraten könnte. Niemand kann sehen, daß ich angeschossen bin. Es ist dunkel. Der Mantel ist dunkel. Das Blut wird nicht zu sehen sein.

Er spürte, wie sein linker Arm schwer wurde. Kaum konnte er noch die Finger bewegen.

Als er um die Ecke bog, hörte er bereits die Sirene, Alarmanlage!

Jetzt wurde er nervös. Er bekam plötzlich Angst davor, zum Leichenwagen zurückzugehen. Er hatte diesmal den Motor nicht laufen lassen. Der Wagen konnte dort getrost ein paar Stunden stehen.

Aber wohin? Er sah Fußgänger, die zu dem Geschäft hinrannten. Autos hielten auf der Fahrbahn. Türen gingen auf, schlugen zu. Jemand rief: »Überfall!« Er ging langsam. Mit zusammengebissenen Zähnen strich er langsam an der Hauswand entlang, hörte dann nichts mehr, war weit genug entfernt, um unentdeckt die Straße zu überqueren, genau an einer Ampel, mit vielen anderen. Sein Arm war schwer wie Blei.

Und dann spürte er, wie es beständig und warm an seinem Arm

herunterlief, der Handschuh sich mit Blut füllte. Im Schein eines erleuchteten Schaufensters sah er die Reihe von winzigen Blutstropfen, die links neben ihm niederfielen.
Als er einen Torbogen sah, ging er hindurch. Schwer atmend lehnte er sich gegen die Wand, stand so in der Dunkelheit und überlegte.
Wohin? Ellen? In dieser Sekunde schwankte er zwischen Ellen und Dolly. Er entschied sich für Dolly. Sie schien ihm verläßlicher, stabiler in dem Augenblick des ersten Erschreckens.
Er tastete nach seiner Schulter. Sie war nicht verletzt. Er spürte nur, daß die Kugel den Oberarmmuskel in Höhe des Schlüsselbeins durchschlagen und zerfetzt hatte. Der Mantel war zerrissen. Hastig knotete er den Strumpf auf, den er um den Hals trug. Er stopfte ihn von innen gegen das Loch im Mantel.
Und jetzt? Ein Taxi. Vorsichtig einsteigen. Dollys Adresse angeben. Die Hand so halten, daß das Blut nicht das Taxi besudeln konnte. Vorsichtig, alles sehr vorsichtig.
Er kannte einen Taxistand in der Nähe. Bis dahin komme ich.
Als er aus dem Torbogen auf die Straße trat, war nichts Besonderes los.
Er war weit genug von dem Juweliergeschäft entfernt. Niemand würde ihn beachten. Er ging, langsam und alles um sich her genau betrachtend, die rechte Hand wieder um die Pistole gelegt. Er war entschlossen, sich einen Weg freizuschießen, was immer auch jetzt geschehen würde. Ein paarmal überkam ihn die Versuchung, mit seiner rechten Hand die Wunde zusammenzudrücken, aber er sah die Gefahr. Man würde ihn vielleicht als angeschossen erkennen.
Der Weg zum Taxi schien ihm unendlich lang. Er sah die Reihe der geparkten Wagen. Langsam, sagte er sich. In zehn Minuten, nein in fünf Minuten bin ich in Sicherheit.
Der Fahrer öffnete den Wagen. John setzte sich hinein und nannte die Adresse Dollys.
Er sah den Times Square, kam am Greenwood-Friedhof vorbei, wo er am Tag Beerdigungen gefahren hatte. Der Arm tat höl-

lisch weh. Als er vor Dollys Haus angekommen war, gab er dem Fahrer zwei Dollar Trinkgeld. Er sagte: »Danke«, ging aber nicht in das Haus, sondern lief ein ganzes Stück weiter. Der Fahrer hatte ihn gesehen.
Verdammt! Das war ein Fehler, die Hausnummer Dollys zu nennen. Aber vielleicht war nicht ein Tropfen Blut im Wagen. Er betrachtete unauffällig seinen Mantel. Er hatte die Hand so gehalten, daß alles Blut an seinem Arm niedergeflossen und auf den Mantel getropft war. Der Stoff hatte es aufgesaugt.
Im Lift war er vorsichtig. Niemand begegnete ihm. Er stand vor ihrer Tür, las das Namensschild: DOLLY LANDON. Hart und lang drückte er auf den Klingelknopf.
Drinnen rührte sich nichts.
»Verflucht!« knurrte er einmal vor sich hin.
Wieder und wieder drückte er auf den Knopf, hörte dabei in das Haus hinein, fürchtete, daß er seinen Bewohnern begegnen könnte. Dann ging plötzlich die Tür auf. Dolly stand vor ihm in einem Bademantel. Sie hatte ihr Haar aufgesteckt. Ihr Haar war naß.
»John!« sagte sie. »Du?«
Mit einem großen Schritt war er in der Wohnung. Drückte sofort die Tür von innen zu. Sie wich etwas verblüfft zurück, sah ihn noch immer fragend an.
»Es ist jetzt keine Zeit für lange Erklärungen. Ich brauche deine Hilfe. Los, komm mit mir ins Badezimmer!«
»Ich war gerade im Bad...« sagte sie verwirrt. »Was willst du im Badezimmer?«
»Komm schon, komm schon! Es hat mich erwischt.«
Jetzt begriff sie allmählich. Sie starrte ihn wortlos an, als habe sie Angst vor ihm, öffnete das Badezimmer. Er ging hinein, sagte: »Zieh mir den Mantel herunter!« Mit der rechten Hand entledigte er sich, so gut er konnte, des Mantels. Sie half ihm dabei. Und dann sah sie plötzlich, daß ihre linke Hand voller Blut war.
»John!« schrie sie vor Schreck leise auf.

»Ja, ja, es hat mich erwischt.«
Er war von einer verbissenen Entschlossenheit. Als sie die zerfetzte, blutgetränkte Jacke sah, stammelte sie: »Mein Gott, John, was hast du gemacht? Was ist geschehen?«
Er schwieg, grinste sie einmal an. Dann zog er sein Hemd aus und das Unterhemd, ließ alles auf den Boden fallen. Er ging zum Spiegel, drehte sich so, daß er die Wunde genau sehen konnte. Sie war fingerlang und sehr tief. Der Muskel war beinahe bis zum Knochen aufgeschlitzt. »Mist!« sagte er leise. »Hast du Verbandszeug? Hast du Penicillinpuder?«
»Ich habe nicht viel hier. Aber ich könnte etwas holen.«
»Wo ist die Apotheke? Die nächste Apotheke?«
»Etwa drei Minuten zu Fuß«, sagte sie.
Sie fand in der Wohnung Verbandszeug, zwei elastische Binden, Gaze und Watte. Die Wunde hatte aufgehört zu bluten.
»Ehe ich es verbinde, muß ich die Wunde reinigen«, erklärte er, als handle es sich um eine ganz alltägliche Sache. »Ich brauche Jod, Penicillinpuder und noch mehr elastische Binden. Du kannst das holen, ohne dabei aufzufallen?«
»Ja«, sagte sie fast tonlos.
Er blieb dicht vor ihr stehen, hob mit dem Zeigefinger der rechten Hand ihr Kinn hoch. »Kann ich dir vertrauen, Dolly?« fragte er eindringlich. »Wirst du nicht irgendwo unterwegs zu einem Polypen gehen und ihm sagen: ›Ich habe einen angeschossenen Mann bei mir in der Wohnung‹?«
Sie schwieg einen Augenblick, hielt aber seinem Blick stand. »Was war es, John? Du mußt mir sagen, was es gewesen ist.«
Er überlegte. War es nicht besser, ihr nichts zu sagen? Sie würde jetzt die Erste Hilfe leisten, danach könnte er ihr langsam die Wahrheit beibringen.
»Ich hatte eine Schießerei. Weiter war nichts. Frage mich jetzt nicht. Sage mir, ob ich dir vertrauen kann? Willst du mir helfen?«
»Du kannst mir vertrauen, John. Ich ziehe mich schnell an und binde mir ein Kopftuch um. Dann gehe ich in die Apotheke und

hole dir die Sachen. Die Wunde sieht schrecklich aus. Man muß schnellstens etwas tun.«
Er hörte, wie sie sich im Zimmer anzog. In Kopftuch und Mantel kam sie noch einmal ins Bad. »Ich gehe jetzt«, sagte sie. Er nickte ihr zu. »Gut, ich vertraue dir.«
Als er allein in der Wohnung war, wusch er vorsichtig das Blut von seinem Arm. Dann ging er in ihr Zimmer, schaute sich um, fand es hübsch eingerichtet und dachte: Eigentlich habe ich mir den Besuch hier anders vorgestellt. Danach erst fiel ihm das Geld ein, das er erbeutet hatte. Im Badezimmer schüttete er den Inhalt seiner linken Tasche auf den Boden. Er sah sofort, daß drei, vier Scheine Blutflecken hatten. Langsam zählte er den Betrag, Schein um Schein. Aus dem ungeordneten Bündel wurde ein Geldpaket. Er murmelte die Summe leise vor sich hin: »Siebentausendneunhundertfünfzig Dollar.« Er fand, es war eine schlechte Bezahlung für diese Arbeit und diese Wunde.
Mit einer plötzlich einsetzenden Beklemmung dachte er: Mein Gott, wahrscheinlich habe ich einen Mann getötet. Es kam auf ihn zu, hart und unerbittlich. Er saß im Badezimmer und schüttelte den Kopf, dachte immer wieder: Verflucht, wahrscheinlich habe ich einen Mann getötet.
Dann erschrak er, denn er sah auf seiner Uhr, daß Dolly schon länger als zehn Minuten fort war. Von da an zählte er jede Minute. Als es fünfzehn waren, zog er die Pistole aus seiner rechten Manteltasche und ging ins Zimmer. Noch hatte er Zweifel. Vielleicht war sie aufgehalten worden. Vielleicht...
War es möglich, daß sie so falsch sein konnte? War sie vielleicht unterwegs schwach geworden, hatte befürchtet, in etwas hineingezogen zu werden, in irgendeine faule Sache?
Er hörte draußen Männerstimmen. Dann schrillte die Klingel. Lautlos schlich er auf Zehenspitzen zum Spion in der Wohnungstür. Als er hindurchsah, blickte er in die Gesichter von zwei Männern. Sie trugen Hüte, hatten die Mantelkragen hochgeschlagen. Energische, harte Gesichter.

Langsam ging er zurück in das Zimmer. Draußen klingelte es wieder. Er sah sich um, schob einen Sessel neben die Tür, um dahinter Deckung zu suchen, wenn sie die Tür aufbrechen würden.
Ich werde schießen, sagte er sich. Dieses kleine verdammte Luder. Sie hat mich also doch verraten.
Er lauschte angespannt nach draußen. Die Wunde brannte wie Feuer, aber sie blutete nicht mehr.
Während er darauf wartete, daß sie ihn rufen oder die Tür aufbrechen würden, verfluchte er diesen Tag. Alles war schiefgegangen. Im Juweliergeschäft mußte dieser Idiot schießen.
Drei Minuten zu Fuß, hatte ihm Dolly erklärt. Das wären sechs Minuten für den Hin- und Rückweg, dazu noch drei oder vier Minuten Bedienung, also insgesamt etwa zehn Minuten. Jetzt war sie schon beinahe zwanzig Minuten fort. Gab es da noch Zweifel?
Und das alles für nicht einmal achttausend Dollar, dachte er voller Bitterkeit.
Aber warum riefen die da draußen nicht: »Machen Sie die Tür auf! Wir wissen, daß Sie hier sind.« So oder so ähnlich stellte er sich die Eröffnung der Schießerei vor, die ihm unvermeidlich schien.
Er hörte plötzlich Stimmen von draußen. Dollys Stimme war dabei. Da war kein Irrtum möglich. Und sie lachte. Wie kann sie lachen in einer solchen Situation? Er haßte sie wegen dieses Lachens.
Er ging nahe an die Tür heran. Die Pistole schußbereit in der Hand, hielt er sein Ohr an das Holz. Er hörte zu, verstand jedes Wort und atmete einmal tief und erleichtert auf.
Sie sagte draußen: »Sie müssen entschuldigen, meine Herren, aber ich kann Sie jetzt nicht hineinbitten. Ich bringe Ihnen das Geld hinaus ...«
»Es sind zwei Monatsmieten, Miß Landon«, sagte eine Männerstimme. »Das macht dreihundertundachtzig Dollar. Sie verstehen, daß wir nicht länger warten können ...«

»Aber sicher, das verstehe ich«, sagte Dolly. »Ich komme sofort...«

Er hörte den Schlüssel im Türschloß und sprang mit zwei Sätzen ins Zimmer zurück. Dolly kam herein. Sie war nervös. Mit einem verlegenen Lächeln sagte sie: »Die Miete.« Sie kramte mit fahrigen Fingern in ihrer Handtasche, brachte aber nur hundertzwanzig Dollar zusammen. Grinsend reichte er ihr dreihundert Dollar und flüsterte: »Schick sie gleich wieder weg!«

Sie ging mit dem Geld hinaus, und er hörte, wie die Eintreiber mit dem Lift abfuhren.

Sie versuchte zu erklären: »Ich habe mir einen Mantel gekauft, und dazu sah ich noch eine hübsche Handtasche. Da konnte ich nicht widerstehen...«

»Du bist ganz schön leichtsinnig, Mädchen. Aber dazu ist jetzt keine Zeit. Hast du das Verbandszeug? Jod und alles?«

Sie hatte alles in einer Plastiktüte. Er ging sofort damit ins Badezimmer. »Hast du einen Whisky?« rief er vom Bad aus. »Bring mir ein großes Glas!«

»Für die Wunde?« fragte sie verwundert.

»Zum Trinken! Was glaubst du, wie das Jod brennt...« Sie brachte ein Glas Whisky. Er nahm es und trank es in langen Zügen aus.

Dann ging er zum Spiegel, öffnete die Wundränder. Sofort begann die Wunde wieder zu bluten. Er nahm das Fläschchen mit Jod und schüttete es fast ganz in die Wunde hinein. Sie sah, wie er die Zähne zusammenbiß. Er ächzte leise: »Ahhh! Verflucht, das tut weh.«

Er behandelte seinen Arm, wie er es in einem Lehrgang bei der Armee gelernt hatte. Nach der Reinigung mit Jod streute er den Penicillinpuder auf die Verbandswatte. Dann öffnete er die erste elastische Binde, wandte sich zu Dolly, die ihm wortlos zugesehen hatte, und sagte: »Komm, hilf mir beim Verbinden! Der Verband muß ganz stramm sitzen.« Sie brauchten etwa eine Viertelstunde. Dann sagte er: »So. Das wäre erledigt. Und

nun, zum Teufel, erzähle mir, wieso du zwanzig Minuten für die Apotheke gebraucht hast!« Sein Ton war barsch.
Die Apotheke, von der sie gesprochen hatte, war geschlossen gewesen. An der Tür hing ein Schild mit dem Hinweis, welche Apotheke in der Nähe die Vertretung hatte. Diese war so weit entfernt, daß sie gezwungen gewesen war, ein Taxi zu nehmen. Das war alles.
»Und ich habe schon gedacht, du hättest mich verraten...« Er schaute sie an, dankbar und prüfend zugleich, und er dachte, daß sie eigentlich ein ganz vernünftiges Mädchen war.
Einen Augenblick stand er unschlüssig vor ihr. Dann zog er sie zu sich heran und küßte sie lange auf den Mund. Sie wehrte sich nicht, erwiderte seinen Kuß. Sie war völlig überrumpelt. Jetzt war etwas wie Mitleid in ihr. Er war ein Verletzter, ein Angeschossener, der sich zu ihr geflüchtet hatte. Das war eine neue Regung, die alles, was sie vorher widerstrebend für ihn empfunden hatte, endgültig ergänzte. Sie wußten es beide im gleichen Augenblick. Sein linker Arm hing schlaff herunter.
»Hör zu«, sagte er wie einer plötzlichen Eingebung folgend. »Wir haben noch etwas zu erledigen. Es ist jetzt noch nicht zu spät. Du mußt dir ein Taxi nehmen und mußt für mich einkaufen: ein Unterhemd, ein weißes Hemd, eine Sportjacke und einen Mantel. Einen ganz einfachen Übergangsmantel. Meine Größe weißt du: Ich bin einen Meter und achtzig groß. Einigermaßen kräftig gebaut. Du weißt schon. Meine Kragenweite ist zweiundvierzig. Sage, du willst jemandem ein Geschenk machen...«
Sie gehorchte in allem. Sofort rief sie ein Taxi an. Er gab ihr vierhundert Dollar und sagte: »Beeile dich! Die Geschäfte sind noch auf. Du kannst in einer halben Stunde wieder hier sein. Dann müssen wir den Leichenwagen in die Garage fahren. Und danach... Danach haben wir Zeit für uns...« Er lächelte, sah sie an.
Sie wußte genau, was er meinte. Sie widersprach mit keinem Wort.

5.

Während sie unterwegs war, um für ihn einzukaufen, packte er Mantel, Jacke, Hemd und Unterhemd zusammen. Er fand in der Küche eine große Einkaufstüte, darin verstaute er alles. Vorher hatte er alle Taschen untersucht. Nichts, keine Spur von ihm würde an diesen Kleidungsstücken haften. Er wollte das alles irgendwo in den Hudson werfen.
Sie kam nach knapp vierzig Minuten zurück und strahlte ihn an. »Eine schöne Jacke habe ich für dich gekauft. Ich habe auch gleich die passende Krawatte dazu genommen.«
Sie half ihm beim Anziehen. Alles paßte. Es war eine erstklassige Tweedjacke, die ihm wie maßgeschneidert auf dem Leib saß. Der Mantel war ein einfaches Stück, eine Mischung von Übergangs- und Regenmantel.
»Ausgezeichnet!« lobte er sie.
Die letzte Etappe dieses gefährlichen Tages war die einfachste. Mit dem Taxi fuhren sie zu der Parkuhr. Sie ließen das Taxi davonfahren, gingen zwei-, dreimal auf und ab. Es war nichts Verdächtiges zu sehen. Niemand hatte den Leichenwagen beobachtet. Sie stiegen ein.
Er setzte sich hinter das Steuer, und sie fuhren ohne Hast zum Bestattungsinstitut. Er stellte den Wagen in der Garage ab. Als sie ausstiegen, sagte sie: »Was bin ich froh, aus diesem Wagen heraus zu sein. Stört dich das nicht, ständig Leichen zu fahren?«
»Ich habe nichts mit ihnen zu tun. Ich bin nur der Fahrer. Die beiden Träger sitzen hinter mir. Wahrscheinlich werde ich die-

sen Wagen noch einmal dringend brauchen. Ich habe da eine große Sache im Auge. Der Wagen ist dabei wichtig...«
Sie war jetzt beteiligt. Sie hatte die Erste Hilfe geleistet, sie hatte ihn unterstützt, sie hatte auch Geld genommen. Er glaubte, daß er jetzt langsam daran denken konnte, sie einzuweihen. Ehe sie nach Hause fuhren, kaufte er in einem Drugstore ein: Whisky, Soda, die verschiedensten Leckerbissen. »Wir machen uns einen schönen Abend«, sagte er zu ihr. Sie nickte dazu, wußte, daß er jetzt ihre Hilfe brauchte.
Als sie wieder in ihrem Zimmer waren und er in zwei Gläser Whisky gefüllt hatte, fragte sie ihn: »Ich bin ja nun mit drin in dieser Sache. Jetzt möchte ich wenigstens wissen, um was es ging.«
Er nahm erst einen Schluck, stellte dann das Glas hart auf den Tisch zurück. »Gut, du sollst Bescheid wissen. Ich habe einen Raubüberfall gemacht. Auf einen Juwelier. Einer hat mich angeschossen. Natürlich hätte ich mir denken können, daß Juweliere bewaffnet sind... Jedenfalls hat er mich getroffen. Ich habe zurückgeschossen. Ich weiß nicht, wo ich ihn erwischt habe. Er fiel um...«
Ihre Augen waren groß und erschreckt. Er sah genau die Wirkung seiner Worte in ihrem Gesicht. Sie brauchte eine ganze Weile, bis sie es geschluckt hatte. Leise fragte sie: »Glaubst du, du hast ihn...«
»Ich hoffe es nicht. Aber ich bin nicht sicher.«
»Mein Gott«, flüsterte sie vor sich hin.
Er stand jäh vom Stuhl auf. Mit dem Glas in der Hand ging er zwei-, dreimal im Zimmer auf und ab. Dann machte er auf dem Absatz kehrt und trat dicht vor sie. »Wir sitzen in einem Boot, Dolly. Vergiß das nicht, bei allem, was du tust. Was ist denn das für ein Leben... Du arbeitest und kannst nicht einmal deine Miete bezahlen, weil dir ein Mantel und eine hübsche Tasche gefallen haben. Ich fahre Leichen...« Er winkte mit der rechten Hand ab. »Komm mir jetzt nicht mit Moral oder so etwas. Ich werde meinen Weg machen, und wenn du klug bist, bist du mit

dabei...« Er sah sie prüfend an. »Kann ich mich auf dich verlassen?«
»Ja«, sagte sie. »Ich werde dich nicht verraten. Nur...«
»Was, nur?«
»Ich habe Angst. Verstehst du, es ist mir nicht wohl bei dieser Sache.«
Er redete lange auf sie ein. Der Alkohol und die Erregung dieses Abends trieben ihn an. Er holte weit aus mit dem, was er sagte. Seit Jahren habe er gelitten. Es hatte ihn gekränkt, arm zu sein. Und er machte ihr begreiflich, daß für ihn Armut so schlimm wie Krankheit war.
Sie stimmte ihm in Gedanken zu. Und dann erzählte sie auch ein wenig von sich. Die Ehe ihrer Eltern war geschieden. Sie hatte in Washington bei ihrer Mutter gelebt, bis sie beinahe siebzehn war. Dann war sie in die Fabrik gegangen. Ein paar Liebschaften hatten sie über die Öde ihres Lebens hinweggetäuscht. Dann kam New York. Nichts Besonderes. Es war kein Plan in ihrem Leben, keine Hoffnung, keine Zukunft. Das alles erzählte sie mit leiser Stimme, starrte dabei vor sich hin. »So war das, John«, sagte sie abschließend.
Sie waren sich nahe durch ihre freudlose Vergangenheit, und sie wurden zusammengeschweißt durch die Gefahren dieses Tages.
Gegen Mitternacht schüttelten sie das ab. Dolly war nicht zum Dienst in »Bill's Tavern« gegangen. John hatte gesagt: »Heute nacht bleibst du hier.«
Sie legten Schallplatten auf, und einmal tanzten sie zu einem langsamen Blues. Sein linker Arm hing schlaff herunter. Mit dem rechten hielt er sie umfaßt, tanzte eng und zärtlich mit ihr. Und dann küßten sie sich lange, sehr lange.
Alles entwickelte sich in der nächsten Stunde, als könnte es nur so und nicht anders sein. Er nahm ihr ein Kleidungsstück nach dem anderen ab. Er spürte ihr völliges Einverständnis, und sie war leidenschaftlich wie eine Frau, die lange die Liebe entbehrt hat.

Er spürte sie unter sich. Und als sie in den ekstatischen Sekunden aufstöhnte, begriff er wieder, daß er und sein Bruder in ihrem Denken zu einem Mann geworden waren. Sie flüsterte: »Benny. Oh, Benny.«
Nur später, als sie still nebeneinanderlagen und leise Musik hörten, sagte sie einmal: »Wie wird das alles enden...«

Der Aufseher schloß die Zelle auf. Er stand lässig vor dem Gefangenen und sagte nur: »Benny Winston...« Es lag so viel Verachtung in dieser hingeworfenen Aufforderung, in dem Wink mit dem Kopf, daß Benny – wie jedesmal, wenn er gerufen wurde – seine Wut hinunterschlucken mußte.
»Was ist los?« fragte er.
»Ihr Anwalt. Sie haben einen Termin heute.«
Er ging vor dem Beamten her, der ihn in die Sprechzelle führte. Ein paar Minuten mußte er warten. Während er langsam hin und her ging, rauchte er eine Zigarette. Dann erschien Dr. Bradley. Elegant und gepflegt wie immer. Zuversicht ausstrahlend, legte er schwungvoll seine Aktentasche auf den kleinen Tisch.
»Ich habe einen Haftprüfungstermin durchgesetzt für Sie. Er ist in einer Stunde. Hören Sie gut zu! Ich habe eine neue Taktik. Geben Sie alles zu! Hören Sie, alles. Sie sagen: ›Jawohl, ich habe diese Zigaretten selber geraucht, die Marihuana-Zigaretten...‹« Er wedelte aufgeregt mit den Händen, war mit den Gedanken schon seinen Worten voraus. »›Ich habe auch hin und wieder Marihuana-Zigaretten verkauft...‹ Sie sagen: ›Ich habe mir Falschgeld besorgt, in kleinen Mengen, und habe es in meiner Snackbar wieder an den Mann gebracht...‹«
Wütend stand Benny Winston von seinem Stuhl auf. »Aber das stimmt doch nicht! Das ist ja glatter Selbstmord. Ich habe nie Falschgeld vertrieben...«
Dr. Bradley zuckte resigniert mit den Achseln. »So verstehen Sie doch! Das ist unsere Taktik. Der Staatsanwalt ist Ihnen nicht schlecht gesinnt. Von all den Fischen, die da im Netz hän-

gengeblieben sind bei der großen Razzia, sind Sie der einzige, der nicht vorbestraft ist. Es kommt zwar zu einer Anklage, aber wenn Sie gestehen, macht das einen guten Eindruck. Niemand wird Ihnen glauben, daß Sie ein paar Scheine Falschgeld in der Tasche hatten, ohne es zu wissen. Sie sind geständig. Sie haben eine Kaution gestellt. Man wird Sie in diesem langwierigen und umfangreichen Verfahren bis zur Gerichtsverhandlung auf freien Fuß setzen. Haben Sie mich verstanden? Vor Gericht sieht dann alles anders aus. Wir widerrufen das Geständnis und erklären, daß wir es aus taktischen Gründen gemacht haben...«

Benny Winston schüttelte den Kopf. Er begriff das nicht. Verzweifelt sagte er: »Aber das Recht muß doch Recht bleiben!«

Dr. Bradley lächelte nachsichtig. Seine Stimme klang fast sanft, als er sagte: »Mein lieber junger Freund. Recht wird gesprochen. Recht wird nicht gegeben. Verlassen Sie sich auf mich. Ich nutze jeden Vorteil für Sie. Hören Sie auf mich! Sie werden gut dabei fahren.«

Verwirrt und verunsichert wurde Benny in seine Zelle zurückgebracht. Er wartete dort, bis man ihn wieder holen würde. Er war breitgeschlagen, schüttelte nur den Kopf, wenn er sich diese verwirrenden Möglichkeiten des Gesetzes vorstellte. Was kann ein Mann allein gegen einen solchen Apparat ausrichten? Er fühlte sich kraftlos, entnervt vom Warten. Jetzt war er zu allem bereit. Er würde sagen: »Jawohl, ich gestehe...«

Sie holten ihn nach genau einer Stunde. Er hatte sich rasiert, hatte seine Krawatte umgebunden. Er sah aus wie irgendein netter junger Mann, dem man auf Anhieb bestimmt nicht zutrauen würde, daß er Falschgeld vertrieb oder mit Rauschgift handelte. Diesen Eindruck hatte auch der Staatsanwalt.

Er sagte: »Wie kommen Sie dazu? Das paßt doch gar nicht zu Ihnen. Ich sehe aus den Akten, daß Sie ein strebsamer junger Mann sind... Sie haben eine Snackbar eröffnet...«

Benny verhielt sich genauso, wie sein Rechtsanwalt es empfohlen hatte. Und der Rechtsanwalt half noch ein wenig nach

und erklärte: »Ein junger Mann aus völlig geordneten Verhältnissen. Sein Bruder hat die dreitausend Dollar Kaution für ihn gestellt. Es ist wirklich kein Risiko, diesen Mann auf freien Fuß zu setzen. Alles, was er getan hat, gibt er zu, und alles, was er weiß, hat er gesagt.«
Der Staatsanwalt nickte zustimmend. Er blätterte in den Akten. »Ich werde...« Er blätterte weiter, las ein paar Sekunden. »Ich werde Sie in drei Tagen auf freien Fuß setzen.«
Benny durfte wieder gehen. Vor der Tür sagte Dr. Bradley: »Die drei Tage werden Sie auch noch aushalten. Jetzt sind Sie drei Wochen in Haft. Wie schnell vergehen drei Tage...«
In einem irrte sich Dr. Bradley: Die drei Tage wurden unendlich lang. Sie schienen Benny länger zu dauern als die vergangenen drei Wochen. In der letzten Nacht schlief er höchstens eine Stunde. Morgens um sieben war er fertig angezogen, saß auf einem Stuhl neben der Gittertür und wartete, daß er gerufen würde. In der letzten Stunde merkte er, wie seine Hände zitterten. Er dachte an Dolly, wollte sofort zu ihr gehen. Sie würde die Tür öffnen, er würde sie in den Arm nehmen. Alles würde wieder so sein, wie es einmal war.
Als er endlich gerufen wurde, war es schon acht Uhr vorbei. Er hatte kaum am Morgenkaffee genippt. Seinen Zellengenossen hinterließ er einige Päckchen Zigaretten. Er ging aus der Zelle hinaus, ging über die endlos langen Flure. Gittertüren wurden aufgeschlossen. Schließlich war er im Büro und empfing seinen Entlassungsschein.
Als er draußen vor dem Tor stand und die kühle Märzluft tief einatmete, dachte er: Hierher bringt mich kein Mensch mehr.
Er hatte nur etwa fünfundzwanzig Dollar in der Tasche, aber er nahm sofort ein Taxi und ließ sich zu Dollys Wohnung fahren. Im Lift war er aufgeregt. Dann stand er vor der Tür, seine Nerven waren zum Zerreißen gespannt. Er drückte auf den Klingelknopf, hörte den vertrauten Ton, wartete darauf, daß jetzt die Tür aufgehen würde. Und da würde sie sein: Dolly!

Es blieb alles still. Er klingelte wieder und wieder. Nichts. Aber das kann doch nicht möglich sein! Sie hatte doch nachts Dienst in »Bill's Tavern«. Sie mußte jetzt zu Hause sein. Wo sollte sie sonst sein?
Zehn Minuten blieb er vor ihrer Tür stehen. Dann ging er langsam zum Lift zurück. Sein Gesicht war nachdenklich, erste Zweifel tauchten in ihm auf. Sollte diese kurze Zeit der Trennung schon genügt haben? Und da fiel ihm ein, daß er eigentlich nicht viel von ihr wußte. Er hatte mit ihr geschlafen, aber was wußte er von ihr? Ein paar Kleinigkeiten aus ihrem Leben.
Sein nächster Weg führte ihn zu einer Telefonzelle. Im Telefonbuch suchte er die Nummer des Bestattungsunternehmens, in dem sein Bruder arbeitete. Eine Büroangestellte sagte ihm: »John Winston ist krank. Er hat sich krank melden lassen. Ich glaube, er hat eine Lungenentzündung...«
Unschlüssig ging er die Straße entlang. Wo hätte er hingehen können? Er nahm ein Taxi zu seiner Wohnung, zu dem Haus, in dem er mit seinem Bruder das kleine Zimmer teilte, seit er denken konnte.
Noch ehe er geklingelt hatte, hörte er, daß in der Wohnung zwischen seinem Vater und dessen Frau wieder irgendeine Streiterei im Gange war. Es war nichts besonders Schlimmes. Er aber hörte den langjährigen Haß aus ihren Stimmen.
Seine Stiefmutter öffnete ihm. Sie überfiel ihn sofort mit der Frage: »Woher kommst du? Wo bist du so lange gewesen? Und wo ist John? Der hat sich auch aus dem Staub gemacht.«
»John? Das wollte ich euch fragen.«
Über den Flur kam der alte Winston. Er war nüchtern. Sein griesgrämiges Gesicht mit den roten, entzündeten Augen verriet den schweren Alkoholiker. Seine Stimme war rauh. »Wo treibt ihr euch herum?« fragte er ohne Vorwurf. Es war eine kraftlose Mahnung. »Du warst mindestens vier Wochen nicht hier. John kommt auch nicht mehr... Wollt ihr euren alten Vater ganz im Stich lassen, mit der da?« Er nickte zu der Frau

hin, mit der ihn seit Jahren nur Zwietracht und Mißverständnis verbanden.
Sie lachte schrill auf. »Euer alter Vater... Euer alter Vater«, äffte sie ihn nach. »Der alte Säufer!« schrie sie.
Winston senior winkte nur müde mit der Hand ab. Benny sah dieses Trauerspiel mit Ekel. Und plötzlich griff er sie beide an. »Wo ich herkomme, wollt ihr wissen? Ich komme aus dem Gefängnis! Und ihr...«, er deutete mit ausgestrecktem Arm auf sie. »Ihr seid schuld daran.«
Sein Vater schwieg, schaute ihn nur traurig an. Er war zu müde, etwas zu entgegnen. In den zwei Tagen der Woche, die er halbwegs nüchtern war, dachte er oft darüber nach, warum er sich nicht von dieser Frau trennte, mit der ihn keine Zuneigung verband. Er schüttelte dann manchmal den Kopf, fragte sich, wie es so weit mit einem Mann kommen könne. Er konnte sich zu nichts mehr aufraffen. Alles zu spät.
Benny hielt sich nicht lange mit den beiden auf, die hinter ihm herliefen und wissen wollten, warum er im Gefängnis gewesen sei. Er wischte ihre Frage mit einer Handbewegung weg und sagte: »Das ist meine Sache. Es geht euch nichts an.«
Im Zimmer fehlte nichts. Sämtliche Kleidungsstücke waren da. Auch Johns Anzüge hingen alle im Schrank. Er verstand es nicht. Wo war John? Und wie hatte er die dreitausend Dollar Kaution beschafft? Eine Ahnung stieg in ihm auf.
Er blieb nicht lange in der Wohnung. Ehe er ging, gab er seinem Vater zehn Dollar. Er wußte, daß er sie vertrinken würde. Aber es war schon gleichgültig.
Während er durch die Straßen New Yorks ging, suchte er immer wieder nach einem Fernsprecher. Jedesmal, wenn er ein öffentliches Telefon sah, wählte er. Die Nummer Dollys. Es kam keine Antwort. Er hatte jetzt das Gefühl, daß etwas geschehen war, etwas, das er nicht wußte, das er nicht einmal vermuten konnte. Etwas Schlimmes, dachte er.
Am Abend, es war neun Uhr, rief er in »Bill's Tavern« an. Er fragte: »Kann ich eben mal Dolly sprechen?«

Der große Bill antwortete mürrisch: »Das bist doch du, Benny. Ich kenne dich an der Stimme. Du müßtest doch wissen, wo sie ist. Sie hat sich krank gemeldet. Ihr wart in den letzten Tagen oft genug hier zusammen. Erzähle mir nicht, du wüßtest nicht, was mit ihr los ist. Wenn sie in drei Tagen nicht erscheint, ist sie entlassen.«

Benny legte den Hörer auf, verließ die Telefonzelle. Jetzt war es fast Gewißheit. John war oft in »Bill's Tavern« gewesen. Er hatte sich als Benny ausgegeben ... Er hat meine Rolle gespielt. Niemand hat es gemerkt. Niemand in »Bill's Tavern« weiß, daß ich einen Zwillingsbruder habe ...

Und er hat wohl auch bei Dolly meine Rolle gespielt. Es traf ihn doppelt. Wie häufig bei Zwillingen, hing er mit großer Zuneigung an seinem Bruder. Und er liebte Dolly. Es war ein zweifacher Schmerz, und für länger als eine Stunde war er wie betäubt.

Dann erst kam der Zorn. Es war alles ganz klar. Sie arbeitete nicht mehr, er hatte sich krank melden lassen. Die beiden waren oft zusammengewesen. Aber wo waren sie jetzt? Ohne es wirklich zu merken, ging er den ganzen Weg zu Fuß, ging zu Dollys Haus und blieb davor stehen. Er schaute hinauf. Das Einzimmerappartement lag im fünften Stock.

Auf der anderen Straßenseite stand er lange und beobachtete das Fenster. Es war alles dunkel. Aber das hatte nichts zu bedeuten. Er wußte, daß ein schwerer Vorhang vor dem Fenster war. Zog man ihn zu, fiel kein Licht nach draußen.

Er betrat das Haus, fuhr mit dem Lift hoch und ging leise zu ihrer Tür. Er legte sein Ohr an das Holz und wartete. Drinnen rührte sich nichts. Eine Viertelstunde blieb er so vor ihrer Tür. Dann hörte er, daß der Lift in Gang gesetzt wurde. Er huschte von der Tür weg und zog sich ins Treppenhaus zurück. Dort konnte ihn niemand sehen, denn alle Bewohner des Hauses benutzten den Lift.

Er hörte Stimmen, eine fremde Frau, ein Mann. Er ging zur Tür zurück und wartete wieder.

Wenn sie hier sind, müssen sie sich irgendwann rühren. Sie müssen essen. Sie sind gezwungen, Geräusche zu machen. Er war entschlossen, noch mindestens zwei Stunden die Wohnung zu belauschen.
Nachdem er eine Stunde vor der Tür gewartet hatte, hörte er von drinnen ein Geräusch. Eine Tür wurde leise zugeschlagen. Von der Küche her kam das Klappern eines Topfes. Und dann Dollys Stimme. Sie sagte etwas. Er konnte es nicht verstehen. Eine Männerstimme antwortete. Es war John.
Mit der Faust schlug er dreimal hart gegen die Tür, brachte seinen Mund dicht an die Füllung und rief hinein: »John, mach sofort auf! Ich bin es, ich, Benny.«

6.

John und Dolly waren am nächsten Morgen erwacht, hatten sich erinnert und waren beide erschrocken. Sie dachten an den Mann, den John niedergeschossen hatte. John war kalt, aber nicht so kalt, daß er diese Tatsache gleichgültig hingenommen hätte. Vielleicht war der Mann tot.
»Du mußt Zeitungen besorgen. Bring sämtliche Blätter, die du kriegen kannst. Es müssen Berichte in den Zeitungen sein. Ich will wissen, was aus ihm geworden ist. Außerdem brauchen wir etwas zu essen...«
Sein Arm schmerzte, aber er hatte Hunger. Das war ein gutes Zeichen. Ich habe die Wunde also richtig behandelt. Ich habe kein Fieber.
Sie zog sich an und verließ die Wohnung. Auf der Straße war sie unsicher. Sie schaute sich ein paarmal um, hatte die seltsame Vorstellung, verfolgt zu werden. Es war jetzt alles anders. Sie war die Komplizin eines Mannes, der vielleicht einen anderen getötet hatte. Sie kaufte mehrere Zeitungen, dann Fleisch und Brot, verschiedene Salate – und Whisky. Sie wußte, daß sie von jetzt an mehr trinken würde. Whisky half. Eine Droge gegen das Pochen des Gewissens.
Sie blieb eine Stunde fort. Während dieser Zeit fing John schon an, in der Wohnung auf und ab zu laufen. Er war unruhig. Zwar hatte er nicht den Verdacht, sie könne ihn verraten, aber es war fast unmöglich, jetzt allein zu sein.
Als sie nach dieser Stunde zurückkehrte, umarmten sie sich, als hätten sie sich drei Tage nicht gesehen.

»Wenigstens macht mein Arm keine Scherereien. Die Wunde ist sauber... Gib mir die Zeitungen!«
Hastig blätterte er die Zeitungen durch. In der ersten fand er nichts, dann, in der zweiten, war ein Bericht mit einem Bild des Juweliergeschäfts. Schnell überflog er die Zeilen. Und da stand es: Ein Verkäufer des Juweliergeschäfts hatte einen Lungensteckschuß. Er war sofort operiert worden. Außer Lebensgefahr!
»Er lebt!« sagte er erleichtert.
»Er lebt!« wiederholte sie mit einem langen Seufzen.
Diese Nachricht löste die beiden aus ihrer vorübergehenden Erstarrung.
Dolly briet zwei Steaks. Sie machte ein regelrechtes kleines Festessen mit Vorspeisen und mit Eiscreme als Nachtisch. Sie aßen beide mit großem Appetit. Mitten in der Mahlzeit lachte er einmal laut auf. »Alles nicht so schlimm. Jedenfalls habe ich fast achttausend Dollar geholt... Ich werde dir etwas Hübsches zum Anziehen kaufen. Ein Auto brauchen wir auch. Wir machen Ferien...«
»Und dein Arm?« fragte sie besorgt.
»In fünf Tagen wird er besser aussehen. So lange halten wir uns still. Wir bleiben hier.«
Sie hatten sich einige Tage in Dollys Wohnung verkrochen. Und dann, am fünften Tag, klingelte es morgens an der Tür. Sie verhielten sich ganz still und hörten, wie nach etwa einer Stunde jemand wieder fortging. Wer immer es gewesen war, er hatte Dolly in der Wohnung vermutet, denn er hatte wieder und wieder geklingelt.
»Wer kann das gewesen sein?« fragte sie. Sie dachten beide nicht an Benny.
An diesem Tag klingelte das Telefon mindestens fünfzehnmal. Es hatte sich in den Tagen zuvor nicht ein einziges Mal geregt. Sie schreckten jedesmal zusammen und verfluchten die Hartnäckigkeit des Anrufers, der diesen Tag für sie zu einer Nervenprobe machte.

Am Abend sagte John: »Vorhänge zuziehen. Nur die kleine Tischlampe brennen lassen. Keine Schallplatten auflegen.«
Sie waren fast wie Gefangene in der kleinen Wohnung. Die meiste Zeit verbrachten sie im Bett. Sie liebten sich, schliefen wieder ein, lauschten gespannt nach draußen. Beide befürchteten sie, daß der Besucher wiederkommen werde.
»Wir machen uns verrückt«, sagte John wütend. »Wir lassen uns von irgend jemand den Nerv töten. Wenn das die Polizei wäre, wären die schon längst hier drin. Es ist also jemand, den du kennst...«
Sie konnte sich nicht denken, wer das sein könnte. Es gab keinen Freund oder Bekannten, dem sie eine derartige Hartnäkkigkeit zugetraut hätte oder der sich diese Aufdringlichkeit hätte erlauben dürfen.
Am Abend hatten sie beide Hunger. Sie zögerten die Mahlzeit noch hinaus. »Ich muß etwas Lärm machen beim Kochen«, sagte sie.
Wütend erklärte er: »Quatsch! Du machst jetzt etwas zu essen. Wir spielen jetzt nicht länger die Kaninchen, die sich in ihrem Bau verkriechen.«
»Ich mache etwas Schönes zu essen«, sagte sie, um ihn aufzumuntern. »Vielleicht könnten wir danach ins Kino gehen. Wie geht es deinem Arm jetzt?«
»Ich sagte dir doch, es wird immer besser.«
Sie ging hinaus in die Küche und suchte im Kühlschrank nach Würstchen und etwas Huhn. Sie stellte Töpfe auf den Elektroherd. Dann rief sie aus der Küche: »Willst du lieber Huhn, oder magst du Würstchen mit Brot und Senf?«
»Es ist doch egal«, antwortete er. »Bring mir irgend etwas. Ich habe Hunger...«
In diesem Augenblick klopfte es dreimal hart gegen die Wohnungstür. Sie schreckten beide auf. Von draußen hörten sie die Stimme: »John, mach sofort auf! Ich bin es, ich, Benny.«
Mit einem Sprung war John aus dem Bett. Dolly stand mit schreckensbleichem Gesicht in der Küchentür. Ratlos sahen sie

sich an. Damit hatten sie nicht gerechnet. Sie wußten es beide – es gab keinen Ausweg aus den Minuten, die nun kommen würden.
»Was soll ich tun?« stammelte Dolly.
»Ich werde aufmachen«, sagte John. Er war schon dabei, Hemd und Hose anzuziehen. Er blickte auf das Bett – es wäre sinnlos gewesen, es jetzt glattzustreichen und den Versuch zu machen, alles als harmlos hinzustellen. Wieso war Benny schon aus dem Gefängnis entlassen? Er hatte erst in einer Woche mit ihm gerechnet.
Er war auf alles gefaßt, als er die Tür öffnete. Benny war mit einem Schritt in der Wohnung. Sein Gesicht verriet alles – Zorn, Enttäuschung.
Dollys Gesicht war weiß wie die Wand.
Benny brüllte sofort los: »Fein habt ihr das gemacht! Drei Wochen war ich weg, und schon liegt mein Bruder mit dir im Bett. Verdammte Bande!« Er musterte sie beide gehässig.
»Aber wieso denn?« stotterte Dolly. Sie wirkte wie ein beim Lügen ertapptes Schulmädchen. »Erkläre es ihm, John...«
»Erklären! Daß ich nicht lache! Was gibt es da noch zu erklären?« Benny deutete mit der Hand auf das zerwühlte Bett. »Ihr habt mich betrogen. Beide habt ihr mich hintergangen.«
John saß ganz ruhig im Sessel. Er beobachtete seinen Bruder genau. Fast ohne eine Spur von Erregung sagte er: »Laß das Gebrüll. Wir haben allen Grund, hier nicht unangenehm aufzufallen...«
»Du bist ein dreckiger Schweinehund... Und du«, er wandte sich zu Dolly, »du bist eine verdammte...«
Er beendete den Satz nicht, denn John war vom Sessel aufgesprungen und schnitt ihm das Wort ab: »Halte jetzt gefälligst die Schnauze! Es gab Gründe, Umstände...«
»Du willst mir den Mund verbieten, nach allem, was du mir hier geliefert hast?« Benny war mit einem Satz bei seinem Bruder. Er schlug mit der Faust nach ihm. John konnte den Schlag mit der rechten Hand abfangen. Ein linker Haken traf

ihn dann doch. Er fiel zu Boden, rappelte sich sofort wieder auf, wollte mit der Rechten zuschlagen.

In diesem Augenblick sprang Dolly dazwischen. »Halt! Er ist verletzt«, schrie sie. »Hör auf, Benny!«

Benny stutzte. John stand vor ihm, den rechten Arm erhoben, die Faust geballt, aber sein linker Arm hing schlaff herunter. Sie atmeten beide schwer.

»Wieso verletzt?« fragte Benny.

John zündete sich eine Zigarette an. Mit der rechten Hand holte er sich die Zigarette aus dem Päckchen, strich umständlich das Streichholz an. Es war, als wäre er einarmig. Benny sah es.

»Wie, was?« fragte er.

»Setz dich da hin«, sagte John und deutete auf den anderen Sessel. »Ich habe dir einiges zu sagen. Es ist nämlich eine ganze Portion passiert in der Zeit, in der du weg warst...«

Bennys Stirn war noch vom Zorn umwölkt, widerwillig gehorchte er. Er setzte sich in den Sessel, sah die beiden an, einen nach dem anderen. Er wartete.

»Ich habe dreitausend Dollar Kaution für dich gestellt. Die hat mir natürlich ein Menschenfreund für dich gegeben – damit du aus dem Gefängnis entlassen wirst, nicht wahr? Ich habe die dreitausend Dollar abends aus einem Schuhgeschäft geholt. Dazu mußte ich leider meine Pistole mitnehmen. Ich habe also zum erstenmal zugeschlagen. Wir waren uns einig, wenn wir einmal anfangen würden, wollten wir die Sache in wenigen Wochen hinter uns bringen und dann gemeinsam ein Geschäft anfangen... Ist es so?«

Benny nickte verdrossen.

»Vom Rest des Geldes habe ich zwei Maschinenpistolen gekauft, dazu noch ein paar hundert Schuß Munition. Das hatten wir so vereinbart, nicht wahr? Als ich das zweite Mal zuschlug, wurde ich angeschossen, am Oberarm. Es ist eine sehr große Fleischwunde. Sie heilt gut, aber ich kann meinen Arm noch nicht gebrauchen. Als es passierte, wußte ich nicht, wohin. Ich ging zu Dolly.«

»Du hast doch deine Freundin. Warum bist du nicht zu ihr gegangen?«
»Zu Ellen? Was glaubst du, wie die sich verhalten hätte, wenn ich blutend wie ein Schwein zu ihr gekommen wäre?«
Benny sagte nichts. Er sah zu Boden, schien zu überlegen. Dann rief er: »Du hast sie da mit hineingezogen. Du hast vor, sie in alles mit hineinzuziehen!«
»Ja«, nickte John. »Ich habe sie mit hineingezogen, weil es nur diese Möglichkeit gab. In dem Moment, als ich hierherkam, war ich völlig in ihrer Hand. Sie hätte nur anzurufen brauchen, als sie unterwegs war und Verbandszeug für mich holte. Ich wäre erledigt gewesen. Jetzt ist sie mit drin. Und sie wird mit drin bleiben. Ich habe Pläne...«
Benny brauchte eine halbe Minute. Er hatte den Kopf in die rechte Hand gestützt und dachte nach. Es war zu viel, was in diesen ersten Augenblicken des Wiedersehens auf ihn eingestürmt war. Dolly stand schweigend und mit verlegenem Gesicht dabei. John wartete ab.
Gequält sagte Benny nach dieser Pause: »Und das da?« Er deutete wieder auf das Bett. »Und das da war nötig, wie? Was hat das mit alldem zu tun? Du hast mir Dolly weggenommen.«
»Ich habe sie dir nicht weggenommen. Aber es hat sich ergeben. Wir waren in einer besonderen Verfassung.«
Benny lachte auf. Es klang bitter. Seine Gedanken versuchten noch immer, das alles zu verarbeiten. In den Zorn, in die Enttäuschung mischte sich ein Gefühl der Dankbarkeit und der Bewunderung für seinen Bruder. John war allein losgegangen. Er hatte die Kaution gestellt. Er hatte alles vorbereitet.
Dolly! dachte er. Er sah sie an. Sie zuckte mit den Achseln, als wolle sie sagen: Ich kann nichts dafür.
»Und wie soll das weitergehen?« fragte Benny. »Jedenfalls...« Er zögerte, es fiel ihm schwer, die Worte auszusprechen. »Jedenfalls danke ich dir für die dreitausend Dollar Kaution.«
»Schon gut«, sagte John. »Paß auf, ich werde hier verschwinden und die nächsten zwei, drei Nächte in einem kleinen Hotel

schlafen. Danach nehmen wir eine Dreizimmerwohnung. Wir brauchen einen Umschlagplatz. Wir brauchen auch Dolly. Wir wollen Banken machen, großes Geld. Sie kann uns beim Erkunden helfen. Wir können nicht zu Hause wohnen, und wir können auch nicht zu dritt in ein Hotel ziehen. Wir müssen völlig unauffällig in einer Dreizimmerwohnung hausen, irgendwo in New York, wo mindestens sechzig Parteien in einem Haus leben, wo keiner den anderen kennt.« Er wartete auf das Echo seiner Worte.

Aber Benny schwieg, und auch Dolly sagte nichts. In dieser Stunde ordneten sich beide dem eisernen Willen Johns unter. Er war von da an der Anführer, der Kopf dieses Unternehmens, von dem ganz Amerika noch sprechen würde. Hier, in dieser kleinen Einzimmerwohnung, fing es an.

»Seid ihr etwa zu schlapp dazu?« fragte John.

»Ich brauche ein paar Tage Zeit«, sagte Benny. »Und es gefällt mir nicht, daß Dolly mit in dieser Geschichte steckt.«

»Zum Heiraten ist keine Zeit. Ich weiß auch gar nicht, ob Dolly dich je heiraten wollte. Später, wenn alles vorüber ist, können wir noch einmal darüber sprechen. Jetzt haben wir anderes zu tun.«

Sie hörte dem Gespräch der Brüder zu. Es war seltsam, wie John ihren Willen ausschaltete, wie er über ihren Kopf weg bestimmte und wie sie sich in Gedanken bereits unterwarf. Er hatte recht. Ans Heiraten hatte sie nicht geglaubt. Noch nicht. Sie war jetzt ganz und gar unschlüssig, verglich die Zwillingsbrüder in Gedanken und begriff zum erstenmal, daß sie sich zu beiden hingezogen fühlte. Könnte das möglich sein? Ich liebe sie beide.

Sie war bereit, bei dem Unternehmen der Brüder Winston mitzuwirken. Ihr war klar, daß es mit dem Job in »Bill's Tavern« vorbei war. Bill hatte immer hart reagiert. Ich werde ihn noch einmal anrufen, dachte sie. Aber sicher wird er mir sagen, daß es Schluß ist. Und wie soll es dann hier weitergehen?

»Ich werde jetzt aufbrechen«, sagte John. Er ging ins Badezim-

mer, Dolly band ihm die Krawatte. Als er wieder ins Zimmer kam, war er fertig angezogen. Er hielt ein Paket Dollarscheine in der Hand. Daraus zählte er fünfhundert ab, legte sie auf den Tisch. »Hier, das reicht für die paar Tage. Ich komme dann wieder vorbei. Wir fangen mit der Arbeit an.«
»Es ist gut«, sagte Benny. Er lächelte zum erstenmal, allerdings etwas zögernd.

7.

Es war der erste Schritt auf die Straße seit dem Raubüberfall. John wußte nicht gleich, wo er hingehen sollte. Nach Hause? Auf einen kurzen Besuch. Er wollte seinem Vater dreihundert Dollar schenken. Wie bei Benny war da noch ein Rest von Gefühl für den Alten. Sie wußten beide, daß er früher nicht so viel getrunken hatte. Er war ein Mann, der den Verlust seiner Frau nie verwinden konnte. Es war von Anfang an ein Fehler gewesen, daß er wieder geheiratet hatte. »Wegen der Ordnung für meine Jungen«, hatte er oft gesagt.
Am nächsten Morgen – John hatte, wie geplant, in einem kleinen Hotel geschlafen – dachte er: Allerdings, wenn ich ihm jetzt dreihundert Dollar gebe, dann ist er ein Vierteljahr besoffen. Es ist besser, ich gehe mit ihm in ein Kaufhaus und kleide ihn einmal ordentlich ein. Für zwanzig Dollar kann er dann meinetwegen saufen. Von seiner kleinen Rente kriegt er ja sowieso kaum was zu sehen. Die Alte fängt den Geldbriefträger jedesmal schon an der Tür ab.
Er wollte sich ablenken, wollte nicht an Dolly und Benny denken. Es war eine Vorstellung, die ihm nicht gefiel. Die beiden sind jetzt allein in der Wohnung. Sie haben sich lange nicht gesehen. Auf was wird es hinauslaufen? Auf das Bett. Das ist doch klar. Ich werde die Finger von ihr lassen. Zu riskant. Liebe ich sie? Nein, ich glaube, sie reizt mich körperlich. Sie hat etwas an sich, was mich wild macht. Sex, nicht mehr.
Er dachte klar genug, um zu erkennen, daß alles, was in den letzten Tagen geschehen war, allein er ausgelöst hatte.

Als er nach Hause kam, schnitt er seiner Stiefmutter sofort das Wort ab. Sie hatte gerade angefangen zu lamentieren: »Bist du auch mal wieder da? Benny war im Gefängnis... Und du? Wo warst denn du?«
»Ah, laß mich in Frieden!« Er ging geradewegs zum Schlafzimmer. Der alte Winston saß auf einem Stuhl vor dem Fenster und schaute hinaus. Er war halbwegs nüchtern und schien sich zu freuen. »Na«, sagte er. »Wie geht's? Habe dich tagelang nicht mehr gesehen. Ein Mädchen, wie?« Er lachte verschmitzt.
»Du, Benny macht mir Sorgen. Er war im Gefängnis. Weißt du, was er gemacht hat?«
»Oh, das war eine Kleinigkeit. Kaum der Rede wert. Ich habe das für ihn ausgebügelt.«
Der alte Mann überlegte. »Ausgebügelt? Aber was?«
»Es war was mit Falschgeld in seiner Snackbar. Er konnte nichts dafür. Die Sache ist geklärt. Hör zu, zieh dich mal ordentlich an und rasier dich ein bißchen! Ich will dir ein paar Kleinigkeiten kaufen...«
»Kaufen? Wieso?«
»Na ja, was du so brauchst. Zwei ordentliche Hosen, zwei, drei Hemden und eine hübsche Sportjacke. Damit du mal wieder unter Leute gehen kannst. Du pflegst deine Sachen auch nicht. Sieh dir nur mal an, wie deine Hose aussieht! Suppe hast du darübergeschüttet...«
Der alte Winston lächelte müde. »Ist doch nicht mehr wichtig. Aber du willst mir neue Sachen kaufen?« Er blinzelte angestrengt mit den Augen. »Das finde ich großartig von dir. Da will ich mich mal gleich rasieren...«
John ging mit seinem Vater in eines der preiswerten Kaufhäuser. Er kleidete ihn neu ein, gab ihm danach noch fünfzig Dollar und sagte: »Teil dir das ein! Versauf nicht alles in drei Tagen!« Es sah fast so aus, als wäre er der Vater. Er ging nicht mehr mit hinauf in die Wohnung, sondern lieferte ihn vor der Haustür ab. Dann befahl er dem Taxifahrer, zu Ellen zu fahren. Er nannte Straße und Hausnummer, und auf dem Weg dorthin

überlegte er, ob es nicht besser für ihn wäre, Ellen an die Stelle von Dolly zu setzen.
Sie war überrascht. Er sah ihre Freude. Sie hatte ein Kopftuch umgebunden und war dabei, ihre kleine Wohnung zu putzen. Er spürte, daß sie sich bemühte, ihm keine Vorwürfe zu machen. Es gelang nicht ganz. Die Zeit, in der sie vergeblich auf ihn gewartet hatte, wirkte nach.
»Du hast dich lange nicht gemeldet«, sagte sie. »Nein«, wehrte sie sogleich ab, »du brauchst dich nicht bei mir zu entschuldigen.«
Er fand eine Erklärung, mit der er gleich zwei Dinge erledigen konnte. »Ich habe ein Geschwür am linken Oberarm gehabt. Es war sehr schmerzhaft. Ich konnte nicht zur Arbeit gehen und habe ein paar Tage im Bett gelegen. Auch jetzt kann ich meinen Arm noch nicht richtig bewegen.«
Er führte ihre Hand zu dem dicken Verband. Jetzt glaubte sie ihm, und sie war glücklich darüber, ihm glauben zu können.
Er erinnerte sich, daß er noch immer jenes vergoldete Lindenblatt in der Tasche trug. Einen Augenblick zögerte er, ob es nicht vielleicht zu gefährlich sei, ihr das Schmuckstück zu geben.
»Ich habe dir ein kleines Geschenk mitgebracht. Nur eine Kleinigkeit. Nichts Besonderes.«
Sie freute sich darüber. Nach dieser ersten halben Stunde war es dann wie früher. Er küßte sie. Er kannte genau ihre Steigerungen, wußte, wann sie nach mehr verlangte. Er gab ihr alles, was sie sich wünschte. Aber selbst während sie die Höhepunkte erlebten, waren seine Gedanken nicht frei. Er verglich Dolly und Ellen.
Dolly, das war sicher, hatte die Anlagen zu einem Luxusgeschöpf. Sie war von berückender Schönheit, aber sie war keine Frau, die ein Mann lange allein lassen konnte. Sie war zu auffällig. Immer würden Männer Jagd auf sie machen.
Ellen war eine natürliche, einfache Frau. Er konnte sie sich vorstellen als Mutter. Sie war hübsch, gewiß, aber sie war nicht

aufregend. Und sie taugte wirklich nicht dazu, die Geliebte eines Gangsters zu sein.
Sie blieben diesen Tag zusammen. »Wir gehen schön essen«, sagte er am Mittag. Er führte sie in ein gediegenes Speiselokal. Dort bestellte er als Vorspeise Artischocken. Aber sie konnte Artischocken nicht essen. Sie wußte nicht, wie man es macht. Ihm schien es wichtig, daß eine Frau weiß, wie Artischocken gegessen werden, welche Gewürze leicht auf die Auster geträufelt oder gestreut werden. Dolly wußte das.
Am Abend brachte er sie zum »Globe-Theatre«. Er hatte sie nicht satt, aber sie war ihm jetzt zuviel. Er hatte ihr den ganzen Tag Liebe vorgespielt. Seine Wunde schmerzte ein wenig. Er war müde und wollte schlafen.
»Wann rufst du an?« fragte sie, ehe sie ging.
»In den nächsten Tagen. Ganz bestimmt...«
Er ging wieder in das gleiche Hotel zurück und legte sich sofort ins Bett, aber er konnte nicht einschlafen. Die Bilder seiner Gedanken bedrängten ihn. Er sah sich selbst wieder zu der Kasse im Schuhgeschäft gehen, sah, wie er im Juweliergeschäft schoß, erinnerte sich an die unvergeßlichen Stunden mit Dolly. Ich muß etwas tun, dachte er. Benny und ich sollten jetzt mit den Maschinenpistolen losgehen.

Nachdem John gegangen war, saßen sich Benny und Dolly lange schweigend gegenüber. Sie wußte ihm nichts zu sagen. Jeder Versuch einer Erklärung wäre zugleich eine Selbstbeschuldigung gewesen.
Benny schwankte zwischen dem Verlangen nach ihr und dem Groll gegen sie. Wäre es nicht eine normale Reaktion, sie zu verlassen? Sicher, wenn ich sie als meine zukünftige Frau betrachten würde. Aber von der Absicht, sie zu heiraten, war er abgekommen. Es ging jetzt um andere Dinge. Sein Geschäft war verloren, seine Existenz in Frage gestellt. Er hatte die dunkelste Seite des Lebens kennengelernt, das Gefängnis, und dort hatte er sich für den gefährlichen Weg entschieden. John hatte

alles vorbereitet. Sie würden sich jetzt eine Position erkämpfen – mit Maschinenpistolen. Er war bereit dazu. Und Dolly? Sie war eine unverbindliche Geliebte.
Er erkannte, daß die drei Wochen Gefängnis ihn härter gemacht hatten. Dolly merkte es auch, als er ohne große Erregung zu ihr sagte: »Laß uns einen Whisky trinken, dann gehen wir ins Bett...«
»In Ordnung«, sagte sie und ging in die Küche, um den Whisky einzuschenken. Sie war froh, daß er das Unangenehme übersprang, lange Erklärungen, Beschwörungen des Gefühls. Das Leben ist nun mal so, dachte sie. Seltsam war, daß der eine, mit dem sie fünf Tage wie Mann und Frau gelebt hatte, nun durch einen anderen abgelöst worden war, der dem ersten genau glich. Als Benny sie später in die Arme nahm, war es, als wäre es John: die gleiche Stimme, das gleiche Gesicht, der gleiche Körper. Auch der Unterschied im Wesen hatte sich verwischt, denn Benny hatte etwas von der Schroffheit und Kälte seines Bruders angenommen.
Während er sie liebte, dachte sie: Es ist das gleiche. Fortwährend dachte sie dabei: Es ist das gleiche. Und verblüfft erkannte sie, daß sie für jeden der beiden das gleiche Gefühl empfand. Sie hatte etwas Derartiges für unmöglich gehalten. Sie war unschlüssig, wußte nicht, wie sie sich entscheiden sollte.
Am nächsten Abend rief sie Bill an.
»Du brauchst nicht mehr anzutanzen, Mädchen«, erklärte ihr Bill am Telefon. »Du hast hier noch achtzig Dollar stehen. Willst du sie selber holen, oder soll ich sie dir mit der Post schicken? Mach's gut, und wenn du wieder mal als Barfrau arbeiten solltest, sei etwas zuverlässiger...« Bill hängte auf.
Während sie sich Gedanken um ihre unsichere Zukunft machte, kam John. Sie stand in der Küche und kochte. Als Benny ihm öffnete, ging sie nicht ins Zimmer, machte noch eine weitere Dose mit Irish-Stew auf, damit die Mahlzeit für drei Personen reichte. Im Zimmer redeten die beiden Brüder. Sie hörte von Plänen. John sprach von einer Bank.

Danach dachte sie nicht mehr über ihre Zukunft nach. Sie überließ sich den Dingen, die nun kommen würden. Es war, als würde sie bestimmen, John und Benny hätten nun gefälligst für sie zu sorgen. Was konnte ihr schon passieren? Sie war nicht beteiligt bei den Überfällen. Und dazu kam auch noch der Nervenkitzel. Im übrigen bewunderte sie die Brüder. Männer, die gefährlich lebten, die großzügig mit dem Geld umgingen. Es würde etwas geschehen. Das Leben würde spannend sein...

Sie wußte nicht, daß sie an beiden Brüdern hing, weil es sonst niemanden gab, den sie lieben konnte, sie wußte auch nicht, daß sie ihnen deshalb bedingungslos ausgeliefert war. Sie glaubte, über sich selbst zu bestimmen, während sie schon mitten in der Strömung war, die ihr jeden eigenen Willen nahm.

Sie deckte den Tisch für drei Personen, trug das Essen auf. Es war ganz selbstverständlich, daß sie zu dritt aßen. Sie waren fast wie eine Familie.

Kauend sagte John: »Ich habe eine Dreizimmerwohnung gemietet. Hübsch möbliert. Für jeden von uns ein Zimmer. Das wird unser Umschlagplatz. Die Wohnung liegt im zwölften Stock. Fünfundsiebzig Parteien sind im Haus. Kein Mensch kennt den anderen. Das ist das richtige für uns.«

»Wo?« fragte Benny, ohne von seinem Teller aufzusehen.

»Beverley Road.«

»Brooklyn«, sagte Dolly.

»Ja, Brooklyn«, wiederholte John. »Mitten drin.«

»Ich bringe heute abend noch die Maschinenpistolen hierher«, sagte John. »Sie sind mir nicht sicher genug im Keller. Wenn Vater zufällig einmal da rumkramen sollte, oder der Alten fällt es ein, dort aufzuräumen.«

»Ziemlich leichtsinnig, sie im Keller aufzubewahren«, sagte Benny.

»Sie sind in einem kleinen Koffer, den ich unter Kisten, Kartons und alten Säcken gut verstaut habe. Sie müßte schon ziemlich räumen, um an den Koffer zu kommen.«

Als er unterwegs war zur Wohnung seiner Eltern, sagte er sich,

daß Benny nicht unrecht hatte. Ich werde in Zukunft viel genauer planen, alles genauer überdenken. Es darf in dem ganzen Unternehmen keine schwache Stelle geben.
Er kam zu Hause an, ging zur Küche und nahm vom Schlüsselbrett den Kellerschlüssel. Seine Stiefmutter saß in der Küche und sagte: »Was willst du denn schon wieder mit dem Kellerschlüssel?«
Er schaute sie wortlos an. Sie lachte, aber selbst ihr Lachen war bösartig.
»Wenn du den kleinen Koffer suchst, den du im Keller versteckt hast, den habe ich hier. Was ist denn drin?«
Er spürte, wie ihm der Schreck in den Magen fuhr, zugleich aber wurde er wütend auf sich selbst. Ich Stümper! dachte er.
»Gib den Koffer her! Es geht dich einen Dreck an, was drin ist.«
»Ich habe ihn doch nur raufgeholt«, verteidigte sie sich. »Ich habe gedacht, so ein schöner Koffer, aus echtem Leder...«
»Ja, ja, es ist schon gut. Gib den Koffer her«, sagte er und griff in die Tasche. »Hier sind zwanzig Dollar. Kauf dir was dafür!«
Ihre Hand zuckte vor und griff nach der Banknote, die sie schleunigst in ihre Schürzentasche steckte. Dann holte sie den Koffer. John fuhr ohne Umwege zu Dollys Wohnung zurück. Was für ein Glück, daß ich ihn zugeschlossen habe, dachte er. Es sind immer die Kleinigkeiten, über die einer stolpert.
Einen Häuserblock vor Dollys Wohnung passierte es. Die Straßen spiegelten das Licht der Leuchtreklamen, weil es angefangen hatte, leicht zu regnen. Sie waren glatt, schlüpfrig. John sah den Mann nicht, der über die Straße eilen wollte. Auch der Fahrer des Taxis sah ihn zu spät. Er trat hart auf die Bremse. Der Wagen schlitterte, streifte den Fußgänger mit einem Kotflügel, geriet von der Fahrbahn auf den Gehsteig und knallte mit großer Wucht gegen den Mast einer Bogenlampe.
Alles geschah in Bruchteilen von Sekunden.
Auf dem nassen Straßenpflaster lag der Fußgänger und rührte sich nicht mehr. Der Fahrer schrie: »Er ist schuld! Sie haben

es gesehen. Sie sind mein Zeuge. Er ist schuld!« Der Fahrer blutete. Er war mit dem Gesicht auf das Lenkrad geprallt.
Sofort waren sie von einer wirr durcheinanderplappernden Menge umringt. Autos parkten neben dem Unfallwagen. Jeder wollte etwas gesehen haben, jeder wollte wissen, was nun eigentlich passiert sei. Eine Gruppe von Menschen stand um den am Boden liegenden Mann.
Benommen stieg John aus dem beschädigten Wagen. Er trug das Köfferchen in der Hand. Noch ehe er daran denken konnte, sich aus dem Staub zu machen, griff der Fahrer nach seinem Jackenärmel und hielt ihn fest. »Sie sind mein Zeuge. Sie müssen hierbleiben!«
Dann hörte er, wie ein Mann sagte: »Ich glaube, er ist tot. Er rührt sich nicht mehr...«
»Mein Gott«, stöhnte der Fahrer auf. »Er kam von hier plötzlich über die Straße gerannt. Ich konnte ihn gar nicht sehen. Und als ich auf die Bremse trat, rutschte der Wagen auf der nassen Straße. Es war auch schon zu spät. Sie haben es gesehen!«
»Eigentlich habe ich gar nichts gesehen«, sagte John. »Es ging alles viel zu schnell. Ich sah wohl, daß Sie ihn mit dem Kotflügel erwischt haben. Dann krachte es aber auch schon, und wir standen hier auf dem Gehsteig...«
Der Fahrer beharrte darauf, daß John Zeuge sei. Als die Sirene des Polizeiwagens, der fast gleichzeitig mit der Ambulanz eintraf, aufheulte, durchzuckte es John: Ich habe den Koffer dabei, den Koffer!
Er hatte die umständlichen und äußerst genauen Prüfungen schon als Zuschauer bei anderen Unfällen gesehen. Er wußte, daß es lange dauern würde. Die Polizisten kamen mit Metermaß und Spezialkamera. Die Sanitäter hoben das Verkehrsopfer auf die Bahre. John sah für drei Sekunden das entstellte, totenblasse Gesicht eines etwa fünfzigjährigen Mannes.
Der Fahrer deutete auf John: »Das ist mein Fahrgast. Er hat alles gesehen.«

Ein Polizist erklärte ihm: »Sie müssen mit zum Office kommen. Der Mann ist tot...«
John war jetzt umringt von Zuschauern, von Polizisten und ständig bewacht von dem Fahrer, der einem Nervenzusammenbruch nahe war und alle Hoffnungen auf ihn, seinen Zeugen, setzte. Es war unmöglich, sich davonzustehlen. Er fluchte lautlos in sich hinein, verfluchte die unberechenbaren Zufälle dieses Tages.
Es dauerte eine halbe Stunde. Dann hatte er mit dem Fahrer in dem großen Polizeiwagen Platz zu nehmen. Sie fuhren los, zehn Minuten später saß er vor zwei Beamten, sein Koffer mit den Maschinenpistolen stand neben ihm auf dem Boden.
Die erste Frage war bereits verhängnisvoll: »Können Sie sich ausweisen?« fragte der vernehmende Sergeant.
»Selbstverständlich kann ich mich ausweisen. Mein Name ist...« Er griff mit der rechten Hand in seine Jackentasche, wo er seine Identitätskarte immer aufbewahrte – nur heute nicht.
»Ich muß die Karte... Ich muß sie zu Hause gelassen haben. Vergessen...«
»Das ist sehr schlecht«, sagte der Beamte. »Wir müssen Ihre Personalien überprüfen. Es geht hier um eine wichtige Aussage.«
Die Identitätskarte! Sie war in der Jacke gewesen, die blutverschmiert mit den anderen Kleidungsstücken noch immer in der großen Einkaufstüte verpackt war. Er erinnerte sich, daß er sie herausgenommen hatte. Sie hatte mit der Pistole und dem Geld auf dem Boden von Dollys Badezimmer gelegen. Und dann? Die Pistole habe ich im Kühlschrank in einen Kochtopf gelegt. Dort ist wahrscheinlich auch die Karte.
Er stand auf, suchte noch einmal verzweifelt in seinen Taschen. Der Beamte beobachtete ihn und sagte plötzlich: »Haben Sie einen steifen Arm?«
»Wie? Nein, nein, natürlich nicht. Ich, eh, habe eine schwere Entzündung am linken Oberarm...«
Mit ernstem Gesicht, aber noch nicht unfreundlich sagte der

Beamte: »Sie wissen, jede Person, die sich vor der Polizei nicht ausweisen kann, kann in Gewahrsam genommen werden, bis die Identität geklärt ist...«
John wurde jetzt heftig. »Reden Sie doch keinen Unsinn! Ich bin John Winston, Fahrer in einem Bestattungsunternehmen, und lebe in New York. Das wird sich doch nachprüfen lassen!«
»Lassen Sie die Frechheiten!« rief der Polizist. »Wie kommen Sie dazu, mir zu sagen, ich würde Unsinn reden! Es gibt Gesetze und Bestimmungen, nach denen wir handeln. Sie wissen genau, was für ein Gelichter sich in New York herumtreibt.«
John erkannte seinen Fehler. Es war höchst ungeschickt, diesen Beamten zu verärgern. Hier stand der Koffer. Wenn die Polizei die beiden Maschinenpistolen entdecken würde, wäre eine genaue Untersuchung fällig. Ohne Zweifel würden sie ihn visitieren und auch seine Verwundung untersuchen. Für einen Arzt wäre es eine Kleinigkeit festzustellen, daß er eine Schußverletzung am Oberarm hatte. Das durfte unter keinen Umständen geschehen.
Er spürte, wie ihm der Schweiß auf der Stirn stand. Er änderte seinen Ton, sagte ganz ruhig: »Sergeant, Sie müssen verstehen, ich bin etwas verärgert über diesen Aufenthalt. Ich bin nämlich mit einem Mädchen verabredet. Und jetzt komme ich mindestens eineinhalb Stunden zu spät.«
Der Beamte ging nicht auf seinen freundlichen Ton ein. Er war verstimmt. Vielleicht hatte auch er eine Frau zu Hause und wäre lieber bei ihr gewesen, anstatt hier Vernehmungen machen zu müssen.
Er stand hinter seinem Schreibtisch auf und gab einem im Raum anwesenden Polizisten einen Wink. »Wir müssen Sie leider visitieren. Es ist unsere Pflicht...«
»Aber ich kann mich doch ausweisen!« rief John. »Ich gebe Ihnen eine Telefonnummer. Dort können Sie anfragen.«
»Heben Sie die Arme hoch!« befahl der Beamte. Sie tasteten seinen Körper ab. »Was glauben Sie, was wir hier schon erlebt haben...« Er schaute auf den Koffer und sagte: »Was haben Sie

denn in dem Koffer? Machen Sie ihn auf! Wir müssen sehen, was in dem Koffer ist. Es ist unsere Pflicht.« Die beiden Polizisten beharrten auf Ihrer Forderung: »Machen Sie den Koffer auf!«

Er versuchte zu erklären, daß er den Koffer schon vor Tagen in der Wohnung seiner Eltern verschlossen und die Schlüssel dort vergessen habe. Der Sergeant hob den Koffer hoch. Er schüttelte ihn einmal und sagte: »Ziemlich schwer. Also, sagen Sie, was haben Sie drin?«

Es fiel ihm nichts Besseres ein: »Zwei Bügeleisen, ein Paar Schuhe und fünf, sechs Hemden. Das ist alles. Ich bin am Umziehen. So hören Sie doch!« sagte er laut. »Ich kann mich ausweisen. Bestellen Sie mir ein Taxi auf meine Kosten. Geben Sie mir einen Beamten mit. Ich fahre zu meiner Freundin, hole dort meine Identitätskarte und komme hierher zurück. Dann mache ich meine Aussage über den Verkehrsunfall.«

Der Sergeant überlegte. Sein mürrisches Gesicht verriet, daß er den Vorschlag zumindest in Erwägung zog. »Wie lange brauchen Sie für die Hin- und Rückfahrt?«

»Nicht viel länger als eine halbe Stunde.«

»Gut«, sagte der Sergeant. Er bestimmte einen Polizisten, der John zu begleiten hatte. Dann rief er das Taxi. »Aber der Koffer bleibt hier«, sagte er danach.

»Meinetwegen«, erklärte John. »Ich brauche ihn jetzt nicht.« Er gab sich unbefangen, wollte überzeugend wirken und den Eifer des Sergeanten dämpfen.

Der Polizist und John fuhren mit dem Taxi zu Dollys Wohnung. Im Lift sagte John: »Fragen Sie getrost erst einmal, wer ich bin. Sie werden meine Angaben bestätigt finden.«

Dolly und Benny erschraken, als sie John in Begleitung eines Polizisten vor der Tür stehen sahen. Sie sagten aber nichts, warteten auf eine Erklärung.

»Ein kleiner Zwischenfall«, erklärte John. »Stellt euch vor, ich sitze in einem Taxi, das einen Fußgänger über den Haufen fährt. Jetzt bin ich Zeuge und kann mich nicht ausweisen, weil

ich meine Identitätskarte hier irgendwo liegen habe. Auf der Wache habe ich schon eine Menge Ärger gehabt...«
»Aber wieso denn? Das ist John Winston, mein Zwillingsbruder«, sagte Benny zu dem Polizisten. »Ich kann mich ausweisen, hier...« Er hielt dem Polizisten seine Identitätskarte unter die Nase.
»Ja, ja, ist schon gut. Es ist nur eine Formsache. Suchen Sie Ihre Karte, dann machen Sie Ihre Aussage, und alles ist erledigt. Sie haben den Sergeanten auf die Palme gebracht, als Sie sagten, er würde Unsinn reden. Da ist er empfindlich. Alles nicht so tragisch.«
Er ließ John allein in die Küche gehen. John suchte im Küchenschrank, im Kochtopf, in dem seine Pistole lag. Und natürlich, da war auch seine Identitätskarte.
Sie fuhren zur Wache zurück. John zeigte seine Karte vor, und der Sergeant fragte nicht mehr nach dem Koffer. Er tippte Johns Aussage über den Verkehrsunfall in die Maschine. Danach konnte John gehen. Er nahm seinen Koffer, verließ die Wache und dachte im Hinausgehen: Verdammter Mist. Das wäre um ein Haar schiefgegangen...

8.

Beverley Road in Brooklyn – im zwölften Stock lag die hübsche, recht gediegen eingerichtete Dreizimmerwohnung, die John zum Hauptquartier bestimmt hatte. Sie war teuer, dafür war aber alles bestens. »Seht euch mal diese Couch an!« pries John die Wohnung. »Beste Qualität. Fernseher, Plattenspieler, alles da. Für jeden ein Zimmer.«

Dolly und Benny waren zufrieden. »Nicht schlecht«, sagten sie und gingen durch die Räume.

»Das haben wir uns doch immer gewünscht, Benny«, sagte John. »Wir wollten raus aus Downtown Manhattan. Und das Bad.. Seht euch nur mal dieses Bad an!«

Ja, das hatten sie sich gewünscht. Ein wenig Luxus, die Annehmlichkeiten eines gehobenen Lebensstandards. Hier gab es das alles. Auch Dolly fühlte sich wohl in dieser Wohnung. Sie behielt das größte Zimmer. Die beiden Brüder sollten je in einem der Schlafzimmer schlafen. Sie konnte für sie kochen. Sie würden auch ausgehen zum Essen. Hier war es gemütlich, und von hier aus wollten sie zu ihren Überfällen aufbrechen.

John sagte: »Wenn mein Arm in Ordnung wäre, würden wir noch diese Woche losschlagen. Aber wir müssen noch mindestens zehn Tage warten. Ich kann ihn schon wieder etwas bewegen.«

Er war der Anführer, und er bestimmte, daß er und Benny diese zehn Tage nutzen müßten.

»Wir gehen getrennt. Wir suchen uns eine mittelgroße Bank. Wenn möglich, am Stadtrand. Am besten an einer Ecke... Paß auf: Der Bankschalter darf nicht zu hoch sein, wir müssen ohne Schwierigkeiten rüberkommen. Der Raum soll übersichtlich und ohne viele Winkel sein. Und vor allem: Es muß Zaster hinter dem Schalter liegen.« John ging auf und ab und erklärte, wie er sich die Sache dachte. Dolly und Benny hörten ihm aufmerksam zu. Er war mitreißend und überzeugend.

In den nächsten Tagen begannen die Brüder, planmäßig New York und die Vororte nach Banken abzusuchen, die für ihre Zwecke geeignet waren. John hatte Benny hundert Dollar gegeben und ihm gesagt: »Es ist ganz einfach. In die eine Bank gehst du hinein und sagst: ›Geben Sie mir bitte für hundert Dollar Kleingeld!‹ In die andere Bank gehst du und sagst: ›Geben Sie mir bitte für dieses Kleingeld eine Hundertdollarnote!‹ Du kannst ja ein Spielsalonbesitzer sein, der Kleingeld braucht oder der sein Kleingeld eintauscht.«

Benny spürte das Übergewicht, den härteren Willen seines Bruders. Aber das konnte anders werden, wenn sie erst mit der Maschinenpistole vor den Zahlschaltern stehen würden. Er wollte sich bewähren, auch vor Dolly. Bis jetzt war sie seine Geliebte. Sie war es wieder. Aber es entging ihm nicht, daß sie John mit der gleichen Freundlichkeit, mit dieser gewissen Vertraulichkeit behandelte wie ihn. Sie hatten nicht wieder über die Sache gesprochen.

Dolly ließ die Dinge noch immer in der Schwebe. Nur war sie sich klar darüber, daß sie für beide das gleiche Gefühl empfand. Sie wußte, wenn John sie in die Arme nehmen würde, hätte sie nicht viel Widerstand entgegenzusetzen.

Die beiden Brüder waren jetzt meist unterwegs. Sie ging inzwischen einkaufen, ging auch hin und wieder ins Kino. Es war ein geruhsames Leben. Sie brauchte nicht zur Arbeit, sie konnte morgens lange schlafen, und außerdem gab ihr John auch noch Geld, mit dem sie sich ein paar schicke Kleider kaufte. Sie hatte es noch nicht erkannt, aber sie war jetzt so etwas wie eine Bandenbraut.

Die Bank lag in Queens in der Nähe des Cunningham-Parks. Ein Eckhaus. Von da war es nur eine Minute zum Grand Central Parkway. Eine Schnellstraße, auf der sie im Nu eine Menge Kilometer hinter sich bringen würden.
Es war John, der sie entdeckt hatte. Er ging an einem Nachmittag hinein, legte den Hundertdollarschein auf den Zahlschalter und sagte freundlich: »Geben Sie mir dafür bitte Kleingeld.«
Der Beamte saß hinter dem Schalter und gab ihm mehrere Rollen Kleingeld. John zählte die Rollen. Es blieb ihm genügend Zeit zu erkennen, daß diese Bank wie geschaffen war für einen Überfall: ein fast quadratischer Raum, in dem sechs Angestellte arbeiteten. Es gab zwei Zahlschalter und vor allem: Es lag eine Menge Geld auf den Zahlbrettern. Er schätzte mindestens dreißig- bis vierzigtausend.
Er ging ein wenig spazieren, betrachtete sich die Umgebung genau. Sie war ruhig, nicht zu verkehrsreich. In der Dunkelheit zwischen fünf und sechs Uhr abends konnte das eine erstklassige, saubere Arbeit werden. Genau das Richtige für zwei Mann, sagte er sich. Einer kassiert, der andere hält die Kunden und die Bankangestellten in Schach. Dann ins Auto – und die Sache ist gelaufen. Er spürte bereits eine Art Triumph. Todsicher, dieser Fall.
Als er zurückkam, war Benny noch nicht da. »Wir haben es, Mädchen!« jubelte er. »Wir haben unseren Fisch gefunden. Eine ganz einfache Sache, sicher und schnell zu machen. Das gibt Geld, Baby. Da ist ein Nerzmantel für dich drin.«
Seine gute Laune war ansteckend. »Ein Nerzmantel? Für mich? Aber das ist doch viel zu teuer.«
»Bah, gib schon zu, daß du dir einen Nerzmantel wünschst. Alle hübschen Frauen wünschen sich einen Nerzmantel. Denn die hübschen werden im Nerz noch hübscher...«
»Und die häßlichen?« fragte sie lachend.
»Die werden natürlich noch häßlicher. – Wo ist Benny?«
»Er hat vor einer Viertelstunde angerufen. Er kommt später, er will zu den Eltern fahren und seine Sachen holen.«

John sagte nichts. Er ging zu der kleinen Hausbar und schenkte sich einen Whisky ein. Danach setzte er sich in einen Sessel, trank den Whisky in langen, langsamen Zügen aus und beobachtete sie.
Sie spürte seine Regungen. Es war plötzlich eine Spannung zwischen ihnen, die sie verlegen machte.
Er kämpfte mit sich, mit dem Impuls, aufzustehen, zu ihr hinzugehen und sie wortlos an sich zu reißen.
»Ich werde das Abendessen machen«, sagte sie und ging in die Küche. Er hatte nur genickt und dann seine Füße hochgelegt, auf den kleinen Couchtisch. Das leere Whiskyglas stand vor ihm. Er hörte sie in der Küche hantieren, dachte immer wieder: Jetzt wirst du aufstehen und zu ihr gehen. Aber er blieb sitzen. Verdammt! sagte er sich. Soll denn alles an ein paar hübschen Beinen scheitern, an einer hübschen Larve? Mein Gott, es gibt doch genug andere Frauen. Und habe ich nicht Ellen? Er schaute auf die Uhr. Es war zu spät, zu Ellen zu gehen. Sie würde bald mit der Arbeit beginnen.
Er stand auf. Vielleicht gehe ich ins Kino? Oder ... Er überlegte noch, blieb unschlüssig stehen und ging dann zu ihr in die Küche.
Sie hörte ihn kommen, rührte in einem Kochtopf, sah nicht auf. Er konnte genau sehen, wie ihr Gesicht rot anlief.
Ohne ein Wort zu sagen, riß er sie herum, nahm sie in den Arm und küßte sie wild und hungrig. Sie war kurze Zeit ganz starr, dann erwiderte sie seine ungestüme Werbung. Sie gab ihm die gewissen Zeichen, daß sie bereit war. Ihre Lippen öffneten sich im Kuß, und ohne daß sie es wußte, begann ihre rechte Hand seinen Nacken und Hinterkopf zu streicheln.
»Du hast darauf gewartet. Gib es zu!« keuchte er. »Du hast genauso darauf gewartet wie ich. Gib es zu!« Er schüttelte sie leicht. Es war fast, als würde er die Antwort aus ihr herausschütteln. Ein leises »Ja«.
»Ja, ja, ich habe es gewußt. Und Benny weiß es auch, aber wir sprechen nicht darüber. Du gehörst uns beiden. Komm!« sagte

er. »Komm!« Er zog sie an der Hand zu seinem Zimmer. Sie folgte ohne Widerstand.
Sie hatte die Augen geschlossen und ließ es zu, daß seine Hände zu ihr vordrangen, sie streichelten. Langsam öffnete er die ersten Knöpfe ihres Kleides.
»Du hast darauf gewartet«, wiederholte er. »Gib es zu!«
»Ja, ja, ja!« flüsterte sie.

Benny war am Nachmittag im Taxi in New York herumgefahren. Er besuchte vier Banken. Sie waren alle untauglich. Zwar sah er Riesenmengen von Geld hinter den Schaltern gestapelt, aber überall waren zu viele Angestellte, zu viele Kunden und die Abfahrtsmöglichkeiten zu ungünstig. Er war mißmutig und zugleich eingeschüchtert. Hier mit der Maschinenpistole eindringen – unmöglich! Es würde Tote geben.
Er sagte sich: Für eine solche Sache muß man sich Zeit lassen. Alles will gut vorbereitet sein. Wenn einer mit dem Vorsatz zu töten in eine Bank hineingeht, kann er fast jede Bank machen. Aber er verurteilte die brutalen Burschen, die wahllos um sich schossen, die auf ihrem Weg Leichen hinterließen – für Geld. Nein, es muß eine elegante Arbeit sein. Sein Gesicht war besorgt. Er hatte nicht viel Zutrauen zu sich. Ob mir die drei Wochen Gefängnis schon die Nerven genommen haben? Er mußte erkennen, daß sein Bruder der Überlegene war.
Allerdings, ist es bei John nicht beinahe schiefgegangen? Hat er nicht beinahe einen Mann getötet?
Mit diesen Gedanken beladen, ging Benny langsam am Times Square vorbei, wußte nichts Rechtes mit sich anzufangen und dachte plötzlich: Eigentlich könnte ich in die Wohnung fahren und meine Kleider von dort holen. Er sah eine Telefonzelle und rief Dolly an.
Er ging in eine der Snackbars, aber der Dunst von gebratenen Hähnchen und Spiegeleiern nahm ihm jeden Appetit. Er dachte an seinen eigenen kleinen Laden, den er verloren hatte, weil er die Miete nicht zahlen konnte und die laufenden Verpflichtun-

gen nicht erfüllt worden waren. Nur eine Tasse Kaffee trank er.

Er machte sich schon bald auf den Weg zur Wohnung seines Vaters. Ohne viel zu sagen, packte er seine Sachen und verließ die Wohnung. Seine Stiefmutter fing zwar wieder an zu fragen, aber er erklärte nur: »Sag dem Alten, daß ich dann und wann vorbeikomme und ihm ein paar Dollar bringe...«

Er fuhr zurück zur Beverley Road, trug seine Anzüge über dem Arm, hatte seine Hemden und seine Wäsche in eine große Tüte gepackt. Er war müde und froh, nach Hause zu kommen.

Als er den Schlüssel in der Wohnungstür umdrehte und die Tür gerade öffnete, hörte er noch das Patschen der nackten Füße auf dem Fußboden. Dolly flüchtete ins Bad. Es war ganz klar.

In hohem Bogen warf er seine Sachen auf die Couch und ging in das Zimmer seines Bruders. John lag nackt im Bett. »Hallo, da bist du ja«, sagte er.

Benny antwortete nicht, ging um das Bett herum, suchte nach Kleidungsstücken, die sie vielleicht zurückgelassen haben konnte. Er fand jedoch nichts. Sie hatte trotz aller Eile nichts liegenlassen.

Er ging vor das Badezimmer, rüttelte an der verschlossenen Tür und rief: »Mach sofort auf!«

»Einen Augenblick«, rief sie von drinnen. »Sofort.«

Er hörte, daß sie sich Mühe gab, gelassen zu erscheinen. Der Zorn überfiel ihn. Sie machten sich wahrscheinlich lustig über ihn, über ihn, den Erfolglosen. Er ging in das Zimmer des Bruders, und ohne ein weiteres Wort zu verlieren, schlug er ihm ins Gesicht. John war mit einem Sprung aus dem Bett und griff mit der rechten Hand an. »Du Narr! Was spinnst du hier herum?« Sie standen sich gegenüber, und es war, als wäre jetzt Haß zwischen ihnen.

Dolly kam zurück und trennte sie. »Laßt den Unsinn! Ich will nicht, daß ihr euch schlagt. Ich kann Männer nicht ausstehen, die sich schlagen. Wie die Verrückten...«

Sie beruhigten sich beide, aber der Groll war noch da. Er ver-

wandelte sich bei Benny in Bitterkeit, in die Erkenntnis der Niederlage.
Mit einem ironischen Grinsen sagte er: »Wir können ja um sie würfeln...«
Das gleiche Grinsen stahl sich in Johns Mundwinkel. Die beiden Brüder waren sich jetzt wieder so ähnlich wie zwei Fotografien des gleichen Mannes.
»Warum eigentlich nicht?« sagte John. »Ich habe keine Würfel hier, aber wir könnten Karten ziehen...«
»Ihr seid wahnsinnig geworden!« rief sie empört. »Ihr wollt um mich Karten ziehen?«
»Erzähle mir nichts, Dolly«, sagte John. »Du weißt nicht, wen von uns beiden du lieber magst. Und was soll die Lügerei: Natürlich war ich mit ihr im Bett.«
Benny starrte die beiden an. Es gab an dieser Sache nichts mehr zu ändern. Er wußte, daß Dolly ihm nicht mehr allein gehörte. Aber sie sollte auch John nicht allein gehören. Er hätte jetzt fortgehen können, gekränkt von dieser Tatsache, aber da war wieder die Zuneigung, die enge Bindung an den Zwillingsbruder. Er blieb sitzen, winkte nur müde mit der Hand ab und sagte: »Reden wir nicht mehr darüber...«
Alles blieb in der Schwebe. Nichts war entschieden, denn wenn einer der Brüder sich ganz für Dolly entschieden hätte, wäre die Trennung unvermeidlich gewesen. Sie bevorzugten die bequeme Lösung, obwohl sie wußten, daß sie alle drei darunter leiden würden.
»Wir werden nicht mehr viel Zeit verlieren«, beschloß John. »Mein Arm ist schon halbwegs wieder in Ordnung. In drei Tagen schlagen wir los. Das faule Herumsitzen bekommt uns allen nicht... Was meinst du, Dolly?«
Sie hob die Schultern. »Das müßt ihr wissen. Wenn ihr das Richtige gefunden habt... Aber bitte, bitte schießt nicht...«

Auf dem großen Platz des Gebrauchtwagenhändlers standen mindestens achtzig Autos zum Verkauf. Vom schrottreifen

Vehikel bis zum erstklassigen Cadillac war alles da. Der Verkäufer fragte: »Was soll's denn etwa sein?«
»Ein Chevrolet oder ein Ford in bestem Zustand, aber nicht teurer als fünfzehnhundert Dollar«, sagte John.
»Dafür kriegen Sie einen ausgezeichneten Wagen.«
Benny und John entschieden sich für einen schwarzen Chevrolet. »Ein Klasseauto«, stellte Benny fest. »Der tut's für uns.«
Dolly war jetzt nicht mehr so wichtig, zumindest schien es beiden so, nachdem sie angefangen hatten, den Raub vorzubereiten, und nachdem sie wußten, daß sie in drei Tagen die Sache riskieren wollten.
Der Wagen war schwarz, es gab Tausende solcher Chevrolets. Nur, sie brauchten ein Paar falsche Nummernschilder. Diese holten sie nachts von einem geparkten Wagen in einem der ruhigen Viertel von Woodside. Mit Flügelmuttern wollten sie die Schilder rasch anmontieren, um sie nach dem Raub sofort wegwerfen zu können.
Wichtig war nur, daß sie so schnell wie möglich sechs bis acht Kilometer vom Tatort entfernt sein würden. Danach wollten sie sich trennen, und einer sollte mit dem Taxi fahren, der andere hätte den Wagen in der Nähe der Wohnung zu parken.
»Ich nehme das Taxi«, bestimmte John. »Das Geld und die Maschinenpistolen packe ich in den Koffer. Du fährst den Chevi weiter, sobald wir die Nummernschilder abmontiert haben.«
»Es ist gut«, sagte Benny.
Fünf- oder sechsmal fuhren sie zur Probe die Fluchtstrecke ab. John machte eine Zeichnung. »Sieh dir alles genau an. Du stehst neben der Tür, so daß man dich von draußen nicht sehen kann. Mit der Maschinenpistole kannst du sie da alle in Schach halten. Kunden läßt du getrost hereinkommen, und wenn sie an dir vorbei sind, dirigierst du sie zu den anderen. Sie müssen alle in einer Ecke beisammenstehen. Die Angestellten der Bank müssen vier, fünf Schritte zurücktreten. Ich springe über die Zahltheke, das Panzerglas ist dort nur mannshoch. Dann lasse ich das Geld von einem Angestellten in eine große Plastiktüte

packen. Der Wagen steht um die Ecke. Das Ganze darf nicht länger als zwei Minuten dauern.«
Woher hat er das? fragte sich Benny. Wenn man ihm zuhört, könnte man denken, er hätte in seinem Leben nichts anderes als Banküberfälle gemacht. Er stimmte allem zu, was John sich ausgedacht hatte. An diesem Plan gab es nichts zu verbessern. Er war perfekt. Benny begriff schon jetzt, daß die Angestellten der Bank keine Chance hatten, aber er war unruhig.
Habe ich Angst? fragte er sich. Sie saßen zu dritt in ihrer hübschen Wohnung. Sie ließen den Plattenspieler laufen, tranken Whisky, waren in bester Stimmung – nur auf dem Grund ihrer Gedanken flackerte die Nervosität.
In der Nacht schliefen sie schlecht. Benny stieg als erster aus dem Bett. Es war gegen drei Uhr morgens. Er schenkte sich einen großen Whisky ein und hoffte, danach schlafen zu können. Als er gerade wieder ins Bett gehen wollte, kam auch John. Kurz darauf erschien Dolly im Morgenmantel. Sie hatten alle drei die gleiche Absicht: ein Glas Whisky als Schlafmittel.
»Nur keine Nervosität«, versuchte John die beiden anderen zu beruhigen. »Daß wir in Spannung sind, ist eine ganz natürliche Sache. Wir haben einen großen Gewinn vor uns, also muß auch der Einsatz groß sein...«
»Und danach?« fragte Benny. »Was für ein Geschäft wollen wir eröffnen? Machen wir eine Bar auf? Oder woran denkst du?«
»Eine Bar?« Dollys Gesicht leuchtete auf. Sie glaubte, davon etwas zu verstehen. Eine große Bar. Und sie würde vielleicht als Chefin dahinter stehen – in eleganten Kleidern, mit großen Umsätzen.
»Eine Bar wäre nicht uninteressant, aber das Risiko ist hoch. Mir wäre eine Snackbar in einer Laufgegend lieber, wo täglich ein paar hundert Menschen hereinkommen und in einer Viertelstunde zwei Dollar da lassen. So etwas bringt Geld. Und vor allem ist es sicher.« John gähnte. »Ich glaube, ich kann jetzt schlafen. Wir haben ja auch noch viel Zeit, um uns zu überlegen, was wir mit dem Geld anfangen werden.«

Sie legten sich wieder nieder. Aber bevor sie ins Bett gingen, nahm jeder eine Schlaftablette. Keiner wußte es vom andern. Gegen zwölf Uhr mittags standen sie auf. Die Tabletten hatten gewirkt. Sie fühlten sich frisch und ausgeruht.
»Mach uns ein kräftiges Frühstück«, befahl John, »mit Eiern und Schinken und einem schönen Fruchtsaft...«
»Ich mag keine Eier mit Schinken«, sagte Benny. »Immer befiehlst du, was ich zu machen habe. Wenigstens beim Essen möchte ich selber bestimmen. Verstanden?« Das letzte Wort kam scharf.
John lenkte ein. »Aber natürlich kannst du essen, was du willst. Ich dachte nur...«
»Laß mich auch manchmal denken! Ich bin kein Wickelkind mehr.«
»Streitet doch nicht an diesem Tag!« schaltete sich Dolly ein.
»Ich habe es doch nur gut gemeint«, verteidigte sich John. »*Er* hat angefangen.«
»Wie die Kinder, wie die Kinder«, seufzte Dolly. Sie ging in die Küche und machte das Frühstück. Es gab fast alles, was man zu einem Frühstück nur essen kann. Wurst, Fleisch, Eier und Schinken, Fruchtsäfte, Kaffee und Milch, Buchweizengrütze und Honig. »Ich denke, da ist für jeden etwas dabei«, sagte sie.
John aß gutgelaunt und mit großem Appetit. Benny nahm wenig. Er kaute schweigsam. Sein Gesicht war blaß. Dolly und John sahen es genau. Er spürte ihre besorgten Blicke und rief plötzlich: »Was guckt ihr mich ständig so an? Glaubt ihr, ich habe Angst? Ich habe keine! Aber es ist nun mal keine Kleinigkeit, einen Bankraub zu machen.«
»Niemand sagt, daß du Angst hast«, knurrte John. »Jeder ist bei so etwas nervös. Ich bin es auch...«
»Und ich erst«, seufzte Dolly. »Ich wollte, ihr wärt schon wieder zu Hause und alles wäre vorbei...«
»Wenn alles so läuft, wie ich es geplant habe, kann nichts, aber auch gar nichts passieren.« John schlug mit der Faust auf den Tisch. »Und jetzt ist Schluß mit dem Geunke! Es gibt keinen

Erfolg ohne großen Einsatz, und nur wer hart genug ist, kann entsprechenden Erfolg haben.«

Sie redeten danach nicht mehr viel. John nahm zwei Stunden später noch einmal die Zeichnung hervor und fragte: »Hast du alles im Kopf? Jede Kleinigkeit?«

Benny nickte. »Alles. Jede Kleinigkeit.«

»Dann ist es gut.«

Kurz nach vier Uhr brachen sie auf. Sie hatten alles, was sie brauchten, in den Koffer gepackt, in dem sie auch die Maschinenpistolen aufbewahrten. Falsche Nummernschilder, Nylonstrümpfe und für die Maschinenpistolen noch mehrere Magazine.

Dolly stand beklommen im Zimmer. Sie sah zu, wie sie ihre Mäntel anzogen, dann die Hüte aufsetzten. Sie ging mit ihnen bis zur Tür, und dort küßte sie beide – auf den Mund. Zuerst Benny, dann John.

»Kommt gesund wieder«, flüsterte sie.

»Keine Angst, Mädchen, die Sache klappt«, sagte John.

Benny nickte ihr zu, aber er sagte nichts.

Sie lauschte ihnen nach, wie sie zum Lift gingen, hörte das vertraute Summen des Fahrstuhls. Dann wurde es still. Sie zündete sich eine Zigarette an, legte eine Schallplatte auf und dachte an den Weg, der jetzt vor den beiden lag. Draußen begann es zu dämmern. Ein feuchter, diesiger Tag, März in New York.

Eine Viertelstunde nach fünf Uhr stand der Chefkassierer Edward Miller hinter der Zahltheke und dachte an den Feierabend. Er wollte heute unbedingt die Fernsehübertragung des Footballspiels »Manitoba Reds« gegen »Columbia Sprinters« sehen. Er arbeitete schon ein wenig vor, setzte sich auf einen Stuhl und zählte zwanzigtausend Dollar ab, alles Hunderter.

Es kamen drei, vier Kunden. Er stand auf und bediente. Einer der Kunden, es war der erste, legte ihm zwölftausend Dollar Einzahlung auf den Tisch.

Er mußte zweimal zählen, war gerade mit dem zweiten Mal fertig, schaute auf und sagte zu dem wartenden Geschäftsmann: »Stimmt. Zwölftausend Dollar.«
In diesem Augenblick kamen die beiden Männer durch die Eingangstür. Einer der beiden sprang auf ihn zu, kletterte blitzschnell über das Panzerglas. Jetzt sah er die Maschinenpistole und auch, daß der Mann sich mit einer Nylonmaske unkenntlich gemacht hatte.
»Überfall! Keine falsche Bewegung, sonst knallt es! Treten Sie zurück! Alles zurück in diese Ecke!«
Die Kunden gehorchten sofort. Sie hoben die Hände hoch, gingen schweigend in die Ecke, blieben dort stehen.
Der zweite Mann kommandierte: »Gesicht zur Wand!«
Chefkassierer Edward Miller hatte eine Sekunde, und er nutzte sie: Mit dem Fuß trat er auf den kleinen Knopf am Boden hinter dem Schalter, die Alarmanlage. Mehr konnte er nicht tun. Aber er wußte, daß jetzt zwei Meter breit über der Bank in Leuchtschrift ein Blinkzeichen aufzuleuchten begann: HILFE, ÜBERFALL! Er wußte, daß jetzt auf dem Polizeirevier eine Klappe fiel, die Großalarm auslöste. In diesem Augenblick würden dreißig, vierzig, ja vielleicht hundert Polizisten nach ihren Maschinenpistolen greifen, zu den bereitstehenden Einsatzwagen rennen und zu der kleinen Bank in Queens in der Nähe des Cunningham-Parks rasen.
Chefkassierer Edward Miller hoffte auf diese Hilfe.
Er versuchte, kaltblütig zu bleiben. Als der erste Mann ihm die Maschinenpistole in den Rücken bohrte und ihm befahl: »Einkassieren! Einpacken in diese Tüte!« gehorchte er. Aber er versuchte, langsam zu arbeiten. »Schneller!« befahl die Stimme hinter ihm, und der Druck in seinem Rücken verstärkte sich. Er konnte den Mann nicht sehen, wurde aber von ihm mit kleinen Stößen gelenkt.
Zuerst die zwölftausend Dollar von der Zahltheke, dann die zwanzigtausend, die gebündelt bereitlagen, danach alles Papiergeld, das in den Zahlbrettern lag.

Edward Miller versuchte, dabei wenigstens den zweiten Mann genau zu sehen. Die Erscheinung wollte er sich einprägen. Aber der Mann war in Bewegung, er stand so, daß er hin und wieder hinter der Gruppe der Kunden verdeckt war, achtete jedoch darauf, stets freie Schußbahn auf die Angestellten zu haben.
Als er zum nächsten Zahlschalter geschoben wurde, sah Edward Miller, wie der zweite Kassierer schlotterte. Aber dort lag nicht viel Geld. In fünf Sekunden hatte Miller die drei, vier Bündel in die Einkaufstüte gepackt. Verdammt gut organisiert und geplant, dachte er. Es gab keine Chance für einen Widerstand.
Noch einmal schöpfte er Hoffnung, als vorne die Tür aufging und drei Männer hereinkamen, aber der Gangster neben der Tür blieb kalt und völlig Herr der Lage. Nichtsahnend gingen die drei in die Bank, wandten dem sichernden Posten den Rükken zu, bis sie hinter sich den Befehl hörten: »Hände hoch!« Sie begriffen sofort. Wie Marionetten hoben sie ohne Widerstand die Hände hoch.
Wo nur die Polizei blieb? Wieviel Zeit war bis jetzt vergangen? Und war das nicht zum Verrücktwerden? Da kommen drei ausgewachsene Männer in die Bank und sehen nicht einmal das Blinklicht des Alarmsignals über der Bank.

9.

Benny war erstaunt über sich selbst. Beinahe zitternd vor Nervosität war er aus dem Wagen gestiegen, war mit John in die Bank hineingegangen. Während sie die Kunden und Angestellten mit den Maschinenpistolen überfielen, wurde er ganz ruhig. Er beobachtete seinen Bruder, sah, wie geschickt er die Zahlschalter abräumte. Sie waren völlig Herr der Lage.

John hatte beruhigt gesehen, wie Benny die drei Kunden abfing, die während des Überfalls hereingekommen waren. Ja, es war Verlaß auf ihn. Sein Bruder war hart genug für solche Sachen.

Als der Kassierer die letzten Geldbündel in die große Einkaufstüte gesteckt hatte, nahm er sie ihm aus der Hand. »Umdrehen!« befahl er. »Mit dem Gesicht zur Wand!«

Unter dem linken Arm trug er die prall gefüllte Plastiktasche, die er in die Schalteröffnung stellte. Rechts hielt er die Maschinenpistole. Er kletterte damit schnell über die Zahltheke, ergriff die Tüte und gab seinem Bruder einen Wink. Nach drinnen und draußen sichernd, zogen sie sich langsam zur Tür zurück.

Niemand in der Bank leistete auch nur die Spur eines Widerstandes. Sie waren alle vollkommen eingeschüchtert. Sie sahen sich zwei Männern gegenüber, die so sicher und kaltblütig handelten, daß sie sich alle gewiß waren, es mit professionellen Gangstern zu tun zu haben.

Um diese Tageszeit kamen nur wenige Fußgänger an der Bank vorbei. Die Autos übersahen die Alarmsignale. Fünf, sechs

Passanten standen ein paar Meter von der Tür entfernt, wagten sich aber nicht in die Bank. Einer von ihnen war davongerannt. Er hatte gerufen: »Telefonieren! Telefonieren!«
Der Anruf erreichte die Polizei, als Benny und John aus der Bank hinausrannten. Niemand hielt sie auf. Sie sahen zwar die Gruppe der Neugierigen, aber die Maschinenpistolen waren so überzeugend, daß niemand hinter ihnen herlief.
Ohne aufgehalten zu werden, kamen sie zum Wagen. Es war ausgemacht, daß Benny fahren sollte, weil John noch durch seinen verletzten Arm behindert war.
Sie rissen die Türen auf. Mit einem Sprung waren sie im Wagen.
»Los!« rief John.
Benny startete, der Wagen sprang sofort an. Mit Vollgas fuhren sie los. Nach hundert Metern nahm Benny den Fuß vom Gaspedal und fuhr mit normaler Geschwindigkeit weiter.
Und jetzt hörten sie die Polizeisirenen. »Sie kommen von vorn!« rief John. »Sie sind auf dem Weg zur Bank. Ruhig weiterfahren!«
»Was brüllst du rum? Ich weiß selber, was ich zu tun habe!« schrie Benny ihn an.
Von vorn kam Blaulicht. Sie hatten höchstens noch fünfhundert Meter bis zur großen Schleife, der Auffahrt zum Grand Central Parkway. Kein Wagen folgte ihnen. Benny hatte ständig auch nach hinten gesichert, aber im Rückspiegel war kein Fahrzeug zu sehen gewesen.
»Da kommen sie«, sagte John. Drei Wagen hintereinander mit heulenden Sirenen, jeweils mit vier Mann besetzt. Und aus anderen Richtungen würden jetzt bald mehr Polizeiwagen kommen. Sie wußten es. Aber sie wußten auch, daß sie das Spiel bis jetzt gewonnen hatten.
Die drei schwarz-weißen Autos rasten vorbei. Das Geheul ihrer Sirenen bohrte sich in die Nerven. Dann war es vorbei.
John lachte laut auf. Seine aufgestaute Nervosität und Erregung entluden sich in diesem brüllenden Lachen. Benny grin-

ste verbissen vor sich hin. Er hatte sich bewährt. Er wußte jetzt, daß er seinem Bruder nicht nachstand.
Und da war schon die große Schleife. Sie fuhren durch die Unterführung, und gleich dahinter, auf einem Parkstreifen, der von Büschen ein wenig abgedeckt war, befahl John: »Anhalten! Die Nummernschilder runter! Und dann los, mit allem, was drin ist. In fünf Minuten ist hier der Teufel los. Sie machen garantiert Straßenkontrollen und riegeln das Gebiet ab.«
Benny ließ den Motor laufen. Sie sprangen aus dem Wagen, schraubten die Flügelmuttern der falschen Nummernschilder ab und warfen die Schilder, so weit sie konnten, in die Büsche. Zehn Sekunden später fuhr Benny schon wieder an.
»Jetzt gib Gas!«
»Ja, ja«, murmelte Benny. Der Wagen war in bestem Zustand, höchstens zwanzigtausend Meilen gelaufen. Er reagierte auf den leisesten Druck des Gaspedals. Sie überholten jetzt laufend andere Wagen, Benny fuhr fast hundertfünfzig Stundenkilometer. Diese Strecke mußten sie riskieren. Fünf Minuten in höllischem Tempo, das ihnen jede Polizeistreife an die Fersen geheftet hätte. Diese fünf Minuten mußten gewagt werden.
Während Benny seine ganze Aufmerksamkeit auf die Straße konzentrierte, blickte John immer wieder nach hinten. Eine Kette von Scheinwerfern blendete ihn, aber die Wagen hielten ihre Geschwindigkeit. Keiner holte auf.
Jetzt erst zogen sie die Strumpfmasken herunter. John half Benny dabei. »Gib das Zeug her. Jetzt etwas langsamer! Wir sind schon weit weg.«
John griff nach hinten, holte vom Rücksitz den Koffer. Er legte beide Pistolen hinein, dazu die Plastiktüte. Dann schloß er den Koffer und sagte laut: »So! Das hätten wir geschafft. Ich steige gleich aus.«
Kurz vor Parsons Boulevard hielt Benny an. John stieg aus.
»Fahre langsam weiter. Ganz gemütlich. Auf irgendwelche Fragen sagst du: ›Ich fahre spazieren.‹ Wir treffen uns dann bei Dolly.«

John hatte von da nur ein paar hundert Meter zu einem Taxistand. Er sah jetzt aus wie ein Reisender oder ein Vertreter, der mit seinem Musterkoffer unterwegs war.
Benny fuhr langsam weiter. Er hatte nichts im Wagen, was irgendeinen Verdacht auf ihn hätte lenken können. Bei der großen Kurve vor Forest Hills verließ er den Grand Central Parkway – das heißt, er wollte ihn verlassen. Aber ehe er die Ausfahrt erreichte, sah er die Sperre. Zwei Streifenwagen standen quer über der Straße, Polizisten mit Maschinenpistolen waren rechts und links der Fahrbahn postiert. Er sah, daß sie in jeden Wagen hineinleuchteten.
Jetzt kam es darauf an, ruhig zu bleiben. Ruhig, ganz ruhig, sagte er sich. Das Schlimmste liegt hinter uns. Er fühlte sich, als habe er Alkohol getrunken. Ein rauschähnlicher Zustand, die Entspannung nach schwerster Nervenbelastung.
Langsam, im Schrittempo fahrend, kam er der Sperre näher. Noch fünf Wagen vor ihm. Noch vier Wagen.
Ruhig bleiben, ganz ruhig bleiben, sagte er sich.

John ging langsam. In der rechten Hand trug er den Koffer. Er war schwer: Die zwei Maschinenpistolen und dazu noch einige Pfund bedrucktes Papier, Dollarnoten in allen Größen. Wieviel? Während er ging, schätzte er vorsichtig. Zwischen dreißig- und vierzigtausend; so viel ist es bestimmt.
Er beobachtete genau seine Umgebung. Da war die Straße, da waren Fußgänger, Autos, Reklamelichter. Keine Spur von Polizei. Weit vorn sah er die parkenden Taxis.
Das war endlich eine Arbeit, dachte er. Maßarbeit. Wir haben nicht länger als eineinhalb Minuten gebraucht. Neunzig Sekunden. Er grinste in sich hinein. Das sollen sie uns nachmachen, die anderen, die Anfänger. Benny und ich. Wir sind nicht zu schlagen.
Er war stolz. Er wertete den Überfall als die erste große Leistung seines Lebens, weil ihm dieses Leben bisher keine andere Gelegenheit zu großen Leistungen geboten hatte.

Er stieg in ein Taxi und sagte zum Fahrer: »Beverley Road.« Er gab eine Hausnummer an, die etwa hundert Meter vor der neuen Wohnung lag.
Der Wagen fuhr an. Und nun dachte John: endgültig geschafft.
Jetzt war nichts mehr zu machen. Er war ein normaler Fahrgast, der sich ausweisen konnte, der kilometerweit vom Tatort entfernt in einem Taxi saß.
Der Fahrer in seiner schwarzglänzenden Lederjacke drehte sich während der Fahrt halb nach ihm um und fragte: »Stört es Sie, wenn ich das Radio ein bißchen lauter mache?«
»Überhaupt nicht«, antwortete John.
»Es ist nämlich was passiert...« Der Fahrer geriet ins Schwätzen. »Ein Banküberfall. Vor drei Minuten kam es durch das Radio. Hinten in Queens, da haben zwei Kerle 'ne Bank gemacht. An die fünfzigtausend Dollar haben sie geholt. Menschenskind, das möchte ich auch mal auf einem Haufen haben...«
»Nur zwei?« fragte John.
»Ja, nur zwei Mann. Und wie die das hingedreht haben. Mein lieber Mann, das waren Spezialisten. Da kommt bestimmt noch eine Durchsage. Das Gebiet um Queens ist abgeriegelt. Ob die wohl durchkommen? Jedenfalls sind sie schwer bewaffnet. Mit Maschinenpistolen...«
»Haben sie jemand verletzt?«
»Ach wo. Nichts passiert. Die kamen rein, hielten denen die Kanonen unter die Nase, haben abgeräumt und sind wieder verduftet. Tja, wenn die nicht geschnappt werden, können sie sich ein paar hübsche Tage machen...«
»Das möchte ich auch mal«, sagte John. Es war ein eigentümliches Gefühl, diesen derben, nicht mehr ganz jungen Taxifahrer von ihrem ersten gelungenen Überfall erzählen zu hören. Und es war unverkennbar, daß auch der Fahrer den Bankraub als eine Art Leistung wertete.
Vom Radio kam Beatmusik. Nach fünf Minuten zeigte sich,

daß der Fahrer richtig vermutet hatte. Die Musik brach ab. Der Fahrer rief aufgeregt: »Passen Sie auf, jetzt kommt's!«
John hörte die Stimme des Sprechers: »Achtung, Achtung, wir machen eine Durchsage. Vor sechzehn Minuten wurde die ›Cunningham Loan & Savings Bank‹ von zwei maskierten Männern überfallen. Beide waren etwa einen Meter achtzig groß, schlank und kräftig. Wahrscheinlich dreißig Jahre alt. Sie trugen graue Übergangsmäntel, graue Hüte. Sie waren mit zwei Maschinenpistolen bewaffnet und flüchteten in einem schwarzen Wagen, wahrscheinlich einem Ford oder einem Chevrolet. Die Täter erbeuteten fast fünfzigtausend Dollar. Die Bevölkerung New Yorks wird um Mitfahndung gebeten. Eine Belohnung, deren Höhe noch nicht feststeht, wird ausgesetzt... Ich wiederhole...«
Seltsames Gefühl. Treibjagd. Aber wir sind schon durch die Maschen. Ein Ford oder ein Chevrolet... Sie haben nicht einmal den Wagen genau erkannt. Keine Gefahr mehr. Aber er wußte aus Erfahrung, wie unberechenbar der Zufall ist. Hatte er damals nicht schießen müssen? War er nicht angeschossen worden?
»Haben Sie gehört? Haben Sie gehört?« fragte ihn der Fahrer. Er war richtig aufgeregt, als wäre er auf irgendeine Weise an dieser Sache beteiligt.
Ohne den geringsten Zwischenfall erreichten sie Beverley Road in Brooklyn. John ließ halten. Er gab dem Fahrer einen Dollar Trinkgeld und stieg aus. Die letzten hundert Meter ging er zu Fuß.
Es war ein unbeschreibliches Gefühl des Triumphes, als er in das Haus eintrat, mit dem Lift nach oben fuhr und schließlich vor der Tür stand.
Dolly fiel ihm sofort um den Hals. Sie schlossen die Tür hinter sich. Er stellte den Koffer ab und nahm sie in den Arm. Sie küßten sich, als hätten sie sich Wochen nicht gesehen. Sie lachten – es waren glückliche Minuten nach einer gefährlichen Stunde.

»Es kamen zwei Radiodurchsagen«, erklärte sie. »Nach der zweiten wußte ich, daß sie euch nicht geschnappt haben.«
»Es lief alles nach Plan. Es hätte gar nicht besser gehen können. Wir hatten sie von Anfang an in der Hand...«
»Und Benny, wo ist Benny?«
»Er muß sofort kommen. Wahrscheinlich ist er in eine Sperre geraten...«
»In eine Sperre?« fragte sie ängstlich.
»Was kann ihm passieren? Er zeigt seine Identitätskarte, er hat nichts im Auto. Wir haben die Nummernschilder ausgewechselt. Sie müssen ihn sofort weiterfahren lassen. Sie kennen ja nicht einmal die Marke des Wagens genau.«
Er zog seinen Mantel aus, warf den Hut auf den Tisch und hob den Koffer auf. »Willst du mal etwas sehen?« Er öffnete die Kofferschlösser. Sie stand neben ihm.
Grinsend hob er den Deckel. Er nahm die Plastiktüte heraus, zog sie auf. Sie schaute hinein. Da lagen sie, Bündel um Bündel – beinahe fünfzigtausend Dollar.
»Mein Gott«, stammelte sie. »So viel Geld habe ich noch nie auf einem Haufen gesehen. Wollen wir es nicht zählen?«
»Nein, wir warten, bis Benny hier ist. Er müßte eigentlich längst dasein...«
Sie schenkten sich einen Whisky ein. Er legte die Füße hoch, streckte sich wohlig: »Das läge hinter uns.« Seine Gedanken konnten sich noch nicht von den entscheidenden drei Minuten lösen. Vorfahren, aussteigen, zur Bank hingehen und dort schnell über die hohe Zahltheke klettern. Und dann der Anblick des Geldes, das von dem Kassierer eingesammelt wurde. Danach die Abfahrt. Das alles kreiste in ihm, ließ für nichts anderes Raum.
Aber wo blieb Benny?
Nach zwanzig Minuten wurde sie unruhig. »Paß auf, wir machen den Koffer wieder zu und löschen das Licht...«
»Niemand weiß, daß er hier wohnt«, sagte sie. »Hier sind wir doch sicher. Die Wohnung läuft auf meinen Namen.«

Ein Unfall? Nein, dachte er. Benny ist ein sicherer Fahrer. Irgend etwas stimmt hier nicht. Er überlegte: Er kann in eine Kontrolle geraten sein. Und bei dieser Kontrolle müßte er einen schweren Fehler gemacht haben, so daß sie ihn besonders unter die Lupe nehmen. Aber welcher Fehler könnte das sein? Schon wieder war eine Viertelstunde vergangen.
Aus ihrer anfänglichen Freude wurde nun doch ernste Besorgnis. Mit beklommenen Gesichtern saßen sie sich gegenüber. Die Beleuchtung des Radios spendete ihnen schwaches Licht. Von unten würde es nicht zu sehen sein. Dolly rauchte eine Zigarette nach der anderen.
»Gib mir noch einen Whisky«, sagte John.
Sie ging zur Bar, holte die Flasche und goß ein großes Glas für ihn ein.
Er sprang plötzlich vom Sessel auf. »Was, zum Teufel, kann da passiert sein?« rief er.

Noch zwei Wagen vor ihm. Dann wieder der Ruck in der langen Schlange der wartenden Fahrzeuge. Benny sah genau, wie sie kontrollierten. Sie leuchteten jedem Fahrer ins Gesicht, fragten ihn nach seinen Papieren, dann leuchteten sie in den Wagen, sehr gründlich. Jeder mußte den Kofferraum öffnen.
»Fahrzeugpapiere und Identitätskarte, bitte!« Der Lichtstrahl traf sein Gesicht. Eine genaue Prüfung der Papiere. »Steigen Sie bitte aus!« Erstaunt sah er, daß einer der Polizisten in diesem Augenblick die Maschinenpistole auf ihn richtete.
»Was soll das?« fragte er.
»Nehmen Sie die Hände hoch! Wir müssen Sie visitieren.«
Er hob die Arme hoch, protestierte aber: »Das haben die anderen nicht machen müssen. Wieso gerade ich?«
»Das werden wir Ihnen gleich erklären.«
Sie fanden nichts.
»Den Wagen rechts raus fahren!«
Beunruhigt sah er, daß sich ein Polizist hinter das Steuer setzte und den Wagen aus der Kolonne herausfuhr.

Es war ein Wirrwarr von Stimmen, von Funkverbindungen. Von allen möglichen Stellen kamen Durchsagen und Anfragen. Er stand abseits, von einem Polizisten mit Maschinenpistole bewacht, und fühlte sich unsicher werden. Was konnte das zu bedeuten haben? Hatten sie John geschnappt? Kannten sie den Namen Winston?

Zwanzig Minuten dauerte die qualvolle Ungewißheit, während er wartend neben dem Wagen stand. Danach kamen zwei Polizisten und befahlen ihm, die Motorhaube zu öffnen. Sie suchten nach der Motornummer, verglichen sie mit den Fahrzeugpapieren. Dann prüften sie die Fahrgestellnummer. Es stimmte alles.

»Wo kommen Sie her?«

»Ich habe mein Mädchen besucht.«

»Gut, Sie können weiterfahren. Wir haben Sie so genau untersucht, weil in Queens ein Raubüberfall mit einem schwarzen Chevrolet oder Ford verübt wurde.«

»Nein, mit so was habe ich nichts zu tun.« Benny lachte und setzte sich in den Wagen. Er parkte ihn bald darauf in der Nähe der Wohnung, ging dann schnell zum Lift.

Dolly und John hörten das Klingeln. Sie schlich auf Strümpfen zur Tür und schaute durch das Guckloch.

»Er ist es!« rief sie und öffnete die Tür. Sie zog ihn herein, küßte ihn schnell auf den Mund und schloß dann die Tür.

»In drei Teufels Namen, wo hast du gesteckt?« fragte John.

Er erzählte ihnen, wie ihn die Polizei gründlich kontrolliert hatte. Sie waren aufgeregt, redeten gleichzeitig und durcheinander. Dolly erzählte von den beiden Durchsagen am Radio. John wollte seine Geschichte mit dem Taxifahrer anbringen. Fünfzigtausend Dollar! Auf die konzentrierte sich schließlich ihr Gespräch.

»Das habe ich mir immer einmal gewünscht, fünfzigtausend Dollar zu zählen«, sagte Benny.

Sie öffneten den Koffer. Es war wie ein erregendes Spiel: Sie sortierten die Hunderter, Fünfziger, Zwanziger und Zehner.

Dann fingen sie an. John zählte laut. Sie saßen auf dem Boden, hatten das Geld auf dem Teppich ausgebreitet, und die beiden anderen zählten mit. Die zwei Maschinenpistolen lagen neben ihnen.
Sie brauchten fast eine halbe Stunde; nur zählen, zählen, zählen. Es waren über neunundvierzigtausend Dollar.
»Und jetzt?« fragte Benny. »Was machen wir jetzt mit dem Geld?«
Es wurde eine ganze Weile still im Zimmer. Jetzt, da sie es vor sich liegen hatten, ihr Eigentum, wußten sie keine Antwort auf diese Frage.
Dolly dachte zwar an den versprochenen Nerz, aber sie wagte es nicht, davon zu sprechen. Die Bar spukte auch in ihren Gedanken – aber auch da wollte sie erst warten, was Benny und John sagen würden.
»Tja«, überlegte John. »Es gibt jetzt viele Möglichkeiten für uns...«
»Aber nur eine ist richtig«, meinte Benny.
Sie kamen zu keinem Ergebnis, fanden auch, daß sie noch Zeit hätten. Nur nichts überstürzen. Immerhin sollte das Geschäft, das sie gründen wollten, drei Personen ernähren.
»Wißt ihr was?« entschied John. »Wir verschwinden erst einmal für ein paar Wochen aus New York... Wir machen eine hübsche Reise zu dritt. Wir folgen ab Chicago der Route sechsundsechzig westwärts, quer durch die Vereinigten Staaten. Wir packen die Koffer, verbergen das Geld im Wagen. Jeder steckt sich ein paar tausend Dollar in die Tasche, und dann hauen wir ab... Was haltet ihr davon?«
»Verreisen?« Dollys Gesicht wurde noch fröhlicher. »Ich war noch nie auf Reisen.«
Benny leuchtete ein, daß es gut war, für eine Weile aus New York zu verschwinden. »Aber wohin?«
»Wie ich schon gesagt habe, quer durch die Staaten und hinunter bis nach Mexiko. Da ist es jetzt schön warm...« Er sah Benny und Dolly abwartend an. Der Vorschlag gefiel ihnen.

Aber was sollten sie mit diesem Abend und dieser Nacht anfangen? Sie wußten alle drei, daß sie heute nicht schlafen würden. Die Erregung war zu stark. Also, was unternehmen?
»Gehen wir groß aus?« fragte Dolly.
Die Idee war nicht schlecht, nur fanden beide Brüder, daß es nicht geschickt sei, zu dritt auszugehen. John und Benny wollten sich so wenig wie möglich miteinander zeigen. Immerhin konnte es sein, daß jemand auf gefährliche Ideen kam. Und soviel war klar: Zwillingsbrüder von ihrem Aussehen, die in teuren Lokalen verkehrten, würden auffallen.
»Also ziehen wir doch Karten, wer mit ihr ausgehen darf«, schlug John vor.
Sie protestierte: »Das finde ich geschmacklos.«
»Ich auch«, sagte Benny.
Dolly machte einen Vorschlag. »Eigentlich brauchen wir ja nicht groß auszugehen. Wir können in einem hübschen chinesischen Lokal essen, und dann gehen wir irgendwohin tanzen, wo ein paar hundert Leute sind. Da fallen wir bestimmt nicht auf. Was meint ihr?«
Sie schlugen sich diese Nacht mit einer vorsichtigen Feier um die Ohren. Es kostete nicht einmal viel. Essen, danach tanzen, alles zusammen nicht mehr als hundert Dollar. Ein wirklich bescheidenes Fest für einen so großen Erfolg.
Als sie früh am Morgen nach Hause kamen, hatten sie sich noch nicht beruhigt. Etwa um vier Uhr öffneten sie die letzte Flasche Whisky, die sie im Haus hatten. John hielt große Reden.
»Das war erst der Anfang«, rief er. »Ihr werdet sehen, wir werden die Größten, die es je gab. John Dillinger war doch ein Anfänger! Er hat mehr Menschen umgebracht, als er Dollars eingenommen hat! Und wie ist er geendet? Als ein Sieb.«
»Nicht so laut!« beschwichtigte ihn Dolly. »Man könnte es hören.«
»Ach was, hier hört uns keiner. Was sagst du, Benny? Werden wir die Größten, oder nicht? Du hättest ihn sehen sollen! Eis-

kalt war er. Als die drei Dummköpfe reinkamen in die Bank, hat er sie hübsch vor seine Kanone laufen lassen... Hahaha! Es war herrlich, wie sie das Genick einzogen und die Hände hochhoben...«
»Du warst auch nicht schlecht«, sagte Benny anerkennend. Seine Zunge war schon schwer und seine Augen sahen aus, als ob sie ihm gleich zufallen würden. »Nicht wahr, ich habe doch flott gearbeitet? Er hat sauber das Geld eingepackt. Angst hatte der nicht, das habe ich gemerkt. Er hat immer versucht, mich von vorne zu sehen... Hahaha!«
Dolly war stolz auf John und Benny. Jetzt hatte das Leben Spannung. Mit solchen Männern wird es auch spannend bleiben. Für ein paar lumpige Dollars habe ich hinter der Bar gestanden. Vorher habe ich Hüte verkauft... Und hübsche Kleider werde ich mir kaufen. Und wir werden verreisen. Quer durch die Vereinigten Staaten.
»Wann fahren wir?« fragte sie. Sie lachte dabei völlig grundlos und tanzte durchs Zimmer.
»Erst wird eingekauft«, stellte John fest.
»Nicht zuviel!« warnte Benny.
Nein, da wollten sie vorsichtig sein. Aber für jeden mindestens zwei Anzüge, dazu noch Sportjacken und Hosen. Und für Dolly Cocktailkleider und einen Nerzmantel. Kaufen! Kaufen! Das hatten sie sich gewünscht.
»Nie mehr arm sein!« rief John.
»Nie mehr!« sagte Benny.
John deutete auf Dolly: »Aber sie muß sich für einen von uns entscheiden! Für wen entscheidest du dich?«
John war aufgestanden und schwankte leicht hin und her. Benny hob den Kopf. Schon das bereitete ihm Mühe. Dolly sah von einem zum anderen. Die Frage schien ihr jetzt ganz selbstverständlich. Es war, als habe sie die ganze Zeit in der Luft gelegen und sei nur aufgeschoben worden. Dolly zögerte, kam zu keinem Entschluß. »Ich weiß nicht. Ihr müßt mir Zeit lassen«, sagte sie langsam.

»Ah!« rief John. »Ich habe es doch gesagt: Sie liebt uns beide. Und wir lieben sie auch beide. Wir haben das seltsamste Verhältnis der Welt!«
Danach gingen sie schlafen – jeder für sich allein.

In dem Pelzgeschäft auf der Fifth Avenue zog sie zuerst einen Naturnerz an.
»Toll«, sagte John. Benny nickte. Es war nachmittags vier Uhr. Sie hatten ihren Rausch ausgeschlafen und Zeitungen gekauft, die über den Raub berichteten, aber sie waren kaum zum Lesen gekommen. Dann hatten sie zusammen in einem teuren Restaurant gegessen. Die Bedenken vom Vorabend waren angesichts der verlockenden Aussicht, gemeinsam Geld ausgeben zu können, auf ein Minimum geschrumpft.
Dolly lief zweimal hin und her. Der Pelz schmiegte sich hauchzart an ihren Körper. Sie liebte den feinen Geruch des Nerzes. Er war wie ein erlesenes Parfum.
»Was kostet der Mantel?« fragte Benny.
Die elegante Verkäuferin sagte: »Sechstausend Dollar...«
Benny zog die Brauen hoch. Er sah John an, und sein Blick bedeutete: Ein bißchen zu teuer...
»Sie können auch etwas anderes anprobieren«, schaltete sich die Verkäuferin ein, die Bennys Blick genau verstanden hatte. »Wir haben hier...« Sie brachte einen hinreißend geschnittenen silbergrauen Nerzmantel. »Viertausend...«, sagte sie und wartete.
Dolly veranstaltete eine Modenschau. Sie probierte ein Dutzend Mäntel, lief darin vor Benny und John auf und ab. Sie fühlte sich, als hätte sie von jeher Nerz getragen und als sei Nerz überhaupt das einzige, was zu ihr passe. Aber kein Mantel kleidete sie so gut wie der erste zu sechstausend Dollar. Noch einmal zog sie ihn an. Sie ging damit vor den Spiegel, drehte sich, betrachtete ihn.
»Gekauft!« sagte John.
Sie ließ den Mantel gleich an. John blätterte sechzig Hundert-

dollarscheine auf den Tisch. Benny fühlte sich ein wenig zurückgesetzt. »Die Hälfte davon zahle ich«, flüsterte er Dolly zu.
Dankbar küßte sie ihn flüchtig auf die Wange. Ihr Gesicht strahlte. Das Gefühl, sechstausend Dollar als Mantel zu tragen, fand sie unbeschreiblich. Unterwegs zu anderen Geschäften sagte sie immer wieder: »Es ist himmlisch, einfach himmlisch...«
Sie verbrachten mindestens vier Stunden damit, Geld auszugeben. John und auch Benny waren der gleichen Ansicht: Es war ein neues Lebensgefühl, auf etwas zu deuten und es sofort als Eigentum mitnehmen zu können.
Sie waren maßlos, gaben in dieser Zeitspanne beinahe zehntausend Dollar aus. Benny kaufte fünf Anzüge. Sie kauften dreißig weiße Hemden, zwölf Paar Schuhe, zwanzig Krawatten, acht Mäntel und schließlich in einem Juweliergeschäft für jeden der Brüder vier Paar goldene Manschettenknöpfe. Danach war ihnen etwas beklommen zumute, denn sie erkannten, daß dieser Rieseneinkauf vielleicht ein Fehler war. Die Pakete ließen sie in einem Herrenmodengeschäft mit der Bemerkung stehen: »Wir holen sie später mit dem Wagen ab.«
John hatte die Idee, zu seinem Vater zu gehen. »Wir müssen dem Alten wieder etwas zukommen lassen.« Er dachte daran, eine bessere Wohnung für ihn und seine Frau zu besorgen und ihr genug Geld zu geben, damit sie die Miete für ein Jahr bezahlen konnte. Er dachte auch an seine Freundin Ellen. Er hatte sie jetzt bald zwei Wochen nicht mehr gesehen.
»Erledigt ihr die Geschichte mit den Paketen. Ich bin in zwei Stunden wieder in der Wohnung.« John stieg in ein Taxi und fuhr zur Wohnung des Vaters.
Sie waren allein, gingen nebeneinander her. Sie hatte sich bei ihm eingehängt. Benny fühlte den seidenweichen Pelz in seiner Hand, spürte das Vibrieren des Körpers, der neben ihm ging.
»Was für ein Tag!« sagte Dolly glücklich.
Er dachte: Wir haben nicht lange Zeit. In einer Seitenstraße,

die von der Fifth Avenue abbog, zog er sie plötzlich in einen dunklen Hauseingang. Er riß sie an sich und küßte sie ungestüm.

Seine Stimme war heiser, als er sagte: »Du mußt dich für mich entscheiden, hörst du? Du gehörst mir.«

Sie antwortete nicht.

Er sagte: »Ich lasse dir Zeit. Ich dränge dich nicht, aber irgendwann mußt du dich für mich entscheiden. Ich liebe dich.«

Sie sagte noch immer nichts.

»Wir fahren nach Hause«, bestimmte er. »Wir laden die Pakete ein und fahren dann sofort in die Wohnung. Ich brauche dich.«

Sie nickte, sagte aber kein Wort.

10.

Zwei Tage später brachen sie auf zu ihrer großen Reise. Sie hatten ihre Koffer gepackt. Das Geld war im Wagen verstaut, eine Aufgabe, die John übernommen hatte.
»Und du glaubst, daß das Geld da sicher ist?« fragte Benny, als sie bereits unterwegs waren, die ersten Vororte New Yorks erreichten und ihre Reisestimmung auf dem Höhepunkt angekommen war. Jeder der beiden trug fünftausend Dollar in der Tasche, Dolly hatten sie zweitausend gegeben.
»Ich habe den Ersatzreifen abmontiert und das Geld in wasserdichte Folie eingepackt. Es liegt in der Felge. Jemand, der es klauen wollte, müßte erst unseren Kofferraum aufbrechen, dann müßte er die Koffer herausnehmen und schließlich noch den Ersatzreifen losschrauben...«
Mit zweiundzwanzigtausend Dollar, unter dem Ersatzreifen versteckt, fuhren sie aus den Häuserschluchten New Yorks hinaus. Bei dem Geld lag auch noch der Rest von Johns Raubüberfall auf das Juweliergeschäft. Die Wohnung hatten sie behalten. In etwa vier Wochen wollten sie zurückkehren und dann ihr gemeinsames Geschäft eröffnen. Eine große Snackbar schwebte ihnen vor. Dort wollten sie gemeinsam arbeiten und Geld scheffeln, wie sie das nannten.
Benny fuhr den Wagen. John saß hinten mit Dolly. Er blätterte in den Zeitungen, die sie mitgenommen, aber immer noch nicht gelesen hatten. Er suchte nach Artikeln über den Bankraub, sammelte diese Bestätigungen.
»Hört zu!« rief er. »Hört euch an, was sie über uns schreiben:

»Tollkühner Überfall in den Abendstunden…« las er vor. Die Überschriften waren sich alle ähnlich. Von Kühnheit, Schnelligkeit, von Meistern ihres Faches wurde da gesprochen, die kaltblütig gehandelt hatten. Man müsse damit rechnen, daß diese beiden Männer wieder zuschlagen würden, denn eine solche Perfektion deute darauf hin, daß man es mit professionellen Gangstern zu tun habe, die sicherlich mit fünfzigtausend Dollar nicht zufrieden sein würden.
»Hört ihr das?« fragte John. »Sie haben Angst vor uns. Sie wissen genau, daß wir noch einmal losschlagen werden.«
»Warum eigentlich?« fragte Benny. »Haben wir nicht genug Geld? Ich wäre dafür, daß wir aufhören…«
Dolly war der gleichen Ansicht. »Das haben wir doch nicht mehr nötig! Für unsere Snackbar reicht das Geld. Warum wollt ihr euch noch einmal in Gefahr bringen?«
John wurde wütend. »Nun hört euch das an! Kaum waren wir einmal am Drücker und haben ein bißchen Geld, schon wollt ihr schlappmachen. Noch *ein* so großes Ding werden wir laufen lassen. Diesmal aber mit mindestens hunderttausend. Denn die Snackbar, wie ihr sie euch vorstellt, kostet bestimmt soviel…«
»Und wie wollen wir so viel Geld nachweisen?« fragte Benny. »Wir tauchen plötzlich mit einem Vermögen auf… Glaubt ihr nicht, das könnte auffallen? Du warst Fahrer bei einem Bestattungsunternehmen, und ich bin ein pleite gegangener Pächter einer Snackbar…«
John lächelte überlegen. »Darüber habe ich auch schon nachgedacht. Es gibt eine ganz einfache Lösung: Wir machen einen Abstecher nach Las Vegas. Und dort werden wir ein bißchen spielen. Falls wir je Schwierigkeiten haben sollten, werden wir sagen, wir hätten gespielt und gewonnen. Ganz einfach ist das.«
Benny und Dolly waren auch diesmal überzeugt. John dachte an alles. Nur die Vorstellung »spielen« gefiel den beiden nicht besonders. Man konnte natürlich auch verlieren. Die meisten

Besucher verloren in Las Vegas. Das hatten sie in Zeitungen und Illustrierten gelesen.
»Macht euch darüber keine Sorgen«, beschwichtigte sie John. »Wenn wir beispielsweise Roulette spielen, dann setze ich tausend auf Rot, und Dolly setzt tausend auf Schwarz. So behalten wir immer genau unser Geld...«
»Und wie ist es mit Zero? Wenn Zero kommt, hat die Bank alles gewonnen.«
»Dann werden wir eben auch Zero mit zwanzig Dollar belegen...«
Wie immer, wenn John etwas vorschlug, folgten sie ihm. Sie waren in der Stimmung, sich überzeugen zu lassen. Ferienreisende waren sie jetzt, die den Alltag hinter sich lassen wollten. Dolly hatte das Gefühl, daß es jetzt nur aufwärts gehen konnte, und auch Benny war voller Hoffnung.
»Wir fahren quer durch die Staaten und dann nach Mexiko hinunter. Und Florida nehmen wir auf dem Rückweg auch mit. Wir werden uns ein Motorboot leihen und Wasserski laufen. Das wird ein Riesenspaß«, erklärte John.
»Und wie lange wollen wir in Las Vegas bleiben?« fragte Benny.
Höchstens fünf Tage, einigten sie sich. Sie wollten Hotelrechnungen, Tankstellenbelege und ähnliche Beweise für ihre Anwesenheit im Paradies der Spieler und Liebenden sammeln. Wenn es nötig werden sollte, konnte man damit Nachforschungen der Polizei begegnen.
»Aber wer sagt denn überhaupt, daß wir auffallen? Am besten machen wir eine Überweisung von Las Vegas aus. Dann sieht es so aus, als hätten wir dort gewonnen. Wir suchen uns telefonisch eine Bank aus. Das kann alles mit einem Ferngespräch geregelt werden...«
John war wieder überzeugend.

Sie fuhren westwärts, der Sonne nach, folgten der legendären Route sechsundsechzig. Die Giftschwaden Chicagos brannten

ihnen in den Augen. »Da ist New York immer noch besser«, sagte Dolly.
Illinois lobten sie, Missouri mit seinen Millionen Bäumen beeindruckte sie. Von Kansas und Oklahoma waren sie begeistert. Texas, New Mexico und Arizona waren heiß. Sie fühlten sich großartig und waren überwältigt von der Größe ihres Landes.
»Amerika kann nichts passieren«, sagte John während dieser langen Fahrt ein paarmal. »Wir sind die Größten.«
Ihr Gefühl für Amerika war mächtig in ihnen aufgebrochen, und jenes Gefühl, das sie verband, das ihre seltsame Dreierbeziehung möglich machte, versuchte John zu erklären, als er einmal ausrief: »Benny, du bist ich und ich bin du. Dolly hat immer den gleichen Mann. Sex ist die angenehmste Beschäftigung!« Er lachte laut.
Dolly dachte: Es ist wahr, ich habe zwei Männer, aber eigentlich ist es nur einer; der gleiche Mann in zwei Variationen.
Nach einundzwanzig Tagen erreichten sie Las Vegas. »Hier werden wir unser Glück mal ein bißchen kitzeln«, sagte John.

Der Saal war riesig, von der Decke, die mit Stuckornamenten reichlich verziert war, hing mindestens ein Dutzend schwerer Kronleuchter. Die Wände waren getäfelt, aber die Spieler kamen in diesen Saal nicht etwa im Smoking, sondern im Sporthemd oder in Sommerkleidern. Las Vegas, eine Stadt in der Wüste, von Gangstern geplant und erbaut.
Dolly saß neben einem dicken Mann, der ihr unmißverständlich sein Interesse bekundete und dabei den Rauch seiner Zigarre ins Gesicht pustete. Der Tisch war belagert von Spielern, darunter auch einige Frauen mit den abgezehrten Gesichtern der vom Spiel Besessenen.
Dolly war nervös. Sie setzte tausend auf Schwarz, wartete gespannt, ob John die gleiche Summe auf Rot setzen würde. Er spielte im Stehen. Sie sah ihn nicht immer und hatte ihn im Verdacht, daß er auch an anderen Tischen spielte.
Wo blieb er nur? Als der Croupier das Spiel ankündigte und

es höchste Zeit war, den Einsatz zu machen, erschien er und setzte schnell tausend Dollar auf Rot. Er sah aus, als sei er verstimmt. Wahrscheinlich hat er an den anderen Tischen verloren, dachte sie.

Sie hatten eine schöne Zeit hinter sich. In Kalifornien hatten sie nahe am Meer gewohnt. Sie hatte gelernt, Wasserski zu laufen. In dem schneeweißen Sand hatten sie gelegen und sich braun brennen lassen. Üppige Dinners in den Hotels, erstklassige Bands, Tanzen im Freien und in lauen Nächten. Es war herrlich gewesen. Nicht ganz billig, denn sie wollten von allem das Beste. Und Chancen hatte sie gehabt, enorme Chancen. Die Männer waren hinter ihr hergelaufen. Sie hatte begriffen, was sie wollten. Natürlich war ihr auch klargeworden, daß an einem dieser berühmten Ferienorte das Schicksal einen dollarschweren Ehemann bereithalten könnte. Es war ein Gedanke gewesen, mit dem sie gespielt hatte. Nicht ernsthaft, sondern nur als Bestätigung, welche Möglichkeiten es für sie gebe.

Nein, das kam nicht in Frage für sie. Sie blieb bei Benny und John. Außerdem kümmerten die beiden sich sehr intensiv um sie. Es hatte sich eine stillschweigende Vereinbarung ihres Zusammenlebens entwickelt. Sie wechselten sich ab.

Der Croupier ließ jetzt die Kugel rollen. Während sie über die Felder sprang, hörte Dolly das harte Klappern. Die Kugel schien im Rund des Kessels noch unschlüssig zu torkeln und hüpfte dann mit einem kleinen Satz in ein Feld.

Sie hatte gewonnen. Schwarz! Auf die Zahlen achtete sie nicht. Sie hatte jetzt dreimal gesetzt und dreimal gewonnen. Folglich mußte John dreimal verloren haben, dreitausend Dollar. Sie würden das nachher verrechnen.

Der Dicke neben ihr versuchte wieder ein Gespräch mit ihr. »Ein goldenes Händchen haben Sie. Wenn ich Ihnen sage, das muß man nützen. Sie haben jetzt eine Strähne. Ja, ja, wenn ich Ihnen sage, jetzt müssen Sie rangehen. Ich verstehe allerhand davon. Ich komme jedes Jahr mindestens drei-, viermal hierher...«

Sie antwortete zum erstenmal: »Glauben Sie wirklich?« Sie schaute ihn dabei an.
Der Mann bildete sich ein, jetzt Interesse geweckt zu haben. »Ja, ja, glauben Sie mir. Das ist so beim Roulette. Mein Name ist Smith. Alfred L. Smith. Ich habe Großbäckereien in Chicago... Wollen Sie für mich spielen? Hier sind zehntausend Dollar in Chips. Setzen Sie, wie Sie wollen. Wir teilen uns den Gewinn...«
Erstaunt betrachtete sie den Berg von Chips, den er ihr zuschob. »Sind Sie denn so überzeugt, daß ich gewinne?«
Er war überzeugt und drängte sie zu setzen, was ihr in den Sinn kam. Sie spielte das erste Dutzend mit tausend, setzte Zero, dann die Eins, die Vier und die Sechs mit je zweihundert Dollar. Es machte ihr Spaß. Jetzt hatte das Spiel Spannung. Während sie darauf wartete, daß der Croupier die Kugel rollen ließ, wiederholte sie sich ständig ihre Einsätze.
John war nicht da, und sie setzte nicht das eigene Geld. Der Dicke versuchte, unter dem Tisch ihre Hand zu streicheln.
»Ich denke, wir spielen Roulette«, sagte sie leise, aber unmißverständlich zu ihm. Ihre Augen waren dabei sehr kühl. Der Dicke zog seine Hand wieder zurück.
So hatten es einige Männer versucht während der vergangenen drei Urlaubswochen, aber sie hatte nicht darauf reagiert. Zwar dachte sie manchmal, daß es ein eigentümliches Dreiecksverhältnis war, auf das sie sich mit den Zwillingsbrüdern eingelassen hatte. Sie liebte sie beide. Und nachdem sie bemerkt hatte, daß Benny und John nicht mehr auf die Entscheidung drängten, sondern sie teilten, hatte sie mit beiden geschlafen. Abwechselnd, ohne darüber zu sprechen.
Die Kugel rollte, die Gespräche am Tisch waren jetzt ganz verstummt. Jetzt folgten alle Augen diesem kleinen weißen Ball, der über Gewinn und Verlust entschied.
»Die Sechs gewinnt!«
Der Rechen des Croupiers fuhr schnell hin und her. Sie hatte gewonnen, zweimal gewonnen. Das erste Dutzend mit tausend

und die Sechs mit zweihundert Dollar. Der Berg vor ihr wurde größer. Sie überlegte: War das nicht schon ein kleines Vermögen, das da vor ihr lag?
»Weitermachen! Weitermachen!« sagte Mr. Smith.
Sie setzte noch einmal. Zweitausend auf das erste Dutzend, je zweihundert Dollar auf die Eins, Zwei und Drei. Sie warteten. Mr. Smith zeigte nun mehr Interesse am Spiel als an ihr. Das war ihr recht. Und sie gewann. Die Drei war gekommen.
»Großartig! Großartig!« schnaufte Mr. Smith neben ihr. John war noch immer nicht zu sehen. Sie wurde jetzt unruhig. Und sie verlor die nächsten drei Einsätze. Dann erhöhte sie und spielte auf Zahl. Sie hatte vierhundert Dollar auf die Dreizehn gesetzt. Die Dreizehn kam. Mr. Smith fing nun an, vertraulich zu werden. »Mein Goldmädchen«, flüsterte er, »ich wußte doch, du hast ein goldenes Händchen...«
Er ging ihr jetzt auf die Nerven. Wo war John? Sie machte nur noch fünf oder sechs Spiele. Gewinn und Verlust hielten sich am Schluß in der Waage, aber als sie aufstand und sagte: »Ich habe jetzt keine Lust mehr«, zahlte ihr der Dicke etwas mehr als zwölftausend Dollar in Chips aus.
»Ihr Anteil, Sie haben für mich gewonnen.«
Sie zögerte, aber er beschwichtigte ihre Zweifel. Es sei der Brauch, erklärte er ihr. Sie öffnete ihre Handtasche, doch die Handtasche war zu klein. Es blieb immer noch ein Haufen, den sie in der Hand zur Kasse tragen mußte. Niemals zuvor hatte sie so viel Geld besessen.
Mr. Smith hatte zwar noch Absichten, aber sie wimmelte ihn dann doch mit dem Hinweis ab: »Ich muß meinen Verlobten suchen. Er wird wohl an einem der Tische hier sitzen...«
Mr. Smith seufzte entsagend. Er sah ihr nach, wie sie zu einem der Tische ging, langbeinig, schlank, mit aufreizenden Rundungen. Für diese Frau hätte er gern seinen gesamten Gewinn gegeben – und noch etwas mehr.
Sie brauchte eine Weile, bis sie John fand. Er saß an einem Spieltisch. Sein Gesicht verriet ihr sofort, daß er verloren hatte.

Seine erste Frage war dann auch: »Hast du noch Geld? Gib mir, was du hast.«
»Laß es sein«, bat sie. »Du hast kein Glück heute.«
»Gib schon her, und rede nicht soviel!« Er nahm keine Rücksicht darauf, daß die Männer, die neben ihm saßen, zuhörten. Wortlos öffnete sie ihre Handtasche und legte ihm viertausend Dollar auf den Tisch. Er achtete keine Sekunde länger auf sie. Er bemerkte nicht einmal, daß sie fortging.
Benny war im Hotel geblieben. Er hatte gesagt: »Ich bin müde. Ich habe gestern sechshundert Meilen in einem Stück gefahren. Geht ihr mal allein.«
Dolly war jetzt wütend auf John. Er hatte fünftausend Dollar verspielt – mindestens, wenn nicht mehr. Sie nahm vom Spielcasino aus ein Taxi und fuhr zum Hotel. Sie hatten drei Zimmer nebeneinander genommen. Sie klopfte bei Benny an, sagte dann nicht mehr viel, sondern zog ihr Kleid aus, zog alles andere aus und legte sich zu ihm ins Bett.
Noch schlaftrunken, griff er nach ihr, zog sie an sich, fragte nichts. Erst als sie eine Stunde später still nebeneinanderlagen, wollte er wissen: »Und wo ist John?«
»Er spielt«, sagte sie. »Er verliert. Ich habe es gesehen.« Er hörte die Bitterkeit in ihrer Stimme, aber er wußte noch nicht, wie ernst die Situation geworden war.

John saß mit verbissenem Gesicht am Spieltisch. Er wirkte jetzt verschwitzt, übernächtigt und verärgert.
Am frühen Abend war er mit Dolly gekommen, jetzt war Mitternacht lange vorbei. Nur noch zweihundert Dollar lagen vor ihm.
Zum fünften- oder sechstenmal rechnete er nach, was er am Tisch gelassen hatte. Mit den viertausend, die Dolly ihm noch gegeben hatte, waren es mehr als elftausend Dollar. Er hatte niemals zuvor Roulette gespielt, aber er war gekommen, überzeugt von seinem Glück, sicher in seiner naiven Selbstüberschätzung, daß die Kugel für *ihn* rollen würde.

Ich bin ein Anfänger, sagte er sich. Mit dieser Erkenntnis hätte er gehen können, und es wäre bei dem einmaligen hohen Verlust geblieben. Aber John Winston ist aus anderem Holz geschnitzt, sagte er sich. Um zwei Uhr nachts setzte er die letzten fünfzig Dollar auf Zero. Und Zero kam.

Nun hatte er die Vorstellung, ja die Gewißheit, daß sich das Blatt gewendet hatte. Er setzte die Hälfte seines Gewinns und konnte ihn verdoppeln. Er war wie elektrisiert, sah sich bereits mit vollen Taschen ins Hotel zurückkehren. Hotel? dachte er kurz. Wo war Dolly? Er konnte es sich denken, aber das war ihm jetzt gleichgültig.

Zwei Stunden später besaß er noch fünf Dollar und fünfzig Cent. Das reichte für ein halbes Hähnchen und eine Flasche Bier. Er aß im Stehen in einer der vielen Bars, die täglich vierundzwanzig Stunden geöffnet waren. Ein übernächtigtes Mädchen stellte sich einen Augenblick neben ihn. Sie sagte nur: »Na, wie geht's?«

»Hau ab!« murmelte er.

Er sah sie nicht einmal an, hörte nur, wie sie sagte: »Verloren heute nacht, wie?« Dann schlenderte sie lässig weiter und suchte nach einem anderen Kunden.

Er stützte den Kopf schwer in die rechte Hand, fühlte sich matt, ausgelaugt, und war voller Zorn. In dieser Stimmung ging er zum Hotel zurück. Er holte sich leise die Wagenschlüssel aus seinem Zimmer. Er schaute nicht nach, wo Dolly und Benny waren. Er wußte es, und es war in Ordnung so. Er ging zum Wagen, stand einen Augenblick davor, überlegte noch einmal, ob er es riskieren konnte, dann stieg er ein. Er fuhr durch die Morgendämmerung, in der die Lichtreklamen der Bars und Amüsierlokale müde leuchteten wie ein verschlafenes Augenzwinkern. Er mußte aus der Stadt hinaus. Es wäre zu gefährlich gewesen, es hier zu machen. Immerhin muß ich den Ersatzreifen abschrauben, das Geld herausnehmen, den Reifen wieder anschrauben... Nein, ich muß auf die Landstraße hinaus, auf irgendeinen Highway.

Er fuhr eine halbe Stunde, dann sah er vor sich die endlose Straße, auf der sie gekommen waren. Er erinnerte sich an Parkplätze, die einigermaßen von Büschen verdeckt waren. Als er den ersten sah, bog er von der Straße ab. Die Stille hing zwischen den Büschen, leere Konservendosen lagen herum, Papierfetzen trieben vor dem Wind.
Er ließ den Motor laufen, wollte schnell und vorsichtig arbeiten. Er stand hinter dem Wagen, öffnete den Kofferraum und begann, mit einem schweren Schraubenschlüssel das Ersatzrad loszuschrauben. Im Hohlraum der Felge lag das Geld in durchsichtiger Folie verpackt. Es waren Bündel zu je fünftausend. Er nahm drei heraus und steckte sie in seine Tasche. Danach schraubte er das Rad wieder fest, verschloß den Kofferraum und fuhr in irrsinnigem Tempo zur Stadt zurück.
Das Spielcasino, in dem er mit Dolly gewesen war, das größte am Platz, hatte durchgehend geöffnet. Auf dem Weg dorthin sah er die Reklameschilder, deren Neonlicht jetzt gegen die Sonne ankämpfte. Die Straßen waren schmutzig, von Papier und Pappbechern bedeckt. Riesig blinkte die Schrift »Golden Nugget«. Ein Amüsierbetrieb größten Stils: Mädchen, Attraktionen, Striptease, Prostitution... Er hätte gerne eines dieser Lokale gesehen, aber er war wie besessen von dem Vorsatz, sein Geld zurückzugewinnen, dieses schwer verdiente Geld.
Während in der einen Ecke des Saales Putzfrauen Ordnung machten, die adrett aussahen wie Hostessen, war die andere Seite des Raumes zum Spiel frei. John ging rasch zu einer der Toiletten, und dort öffnete er die drei Geldpakete. Er verteilte die Hundertdollarscheine auf sämtliche Taschen seines Anzugs. Er war entschlossen, dieses Geld zu riskieren, groß einzusteigen, wie er es nannte.
Ein Vorwurf pochte in ihm. Beging er jetzt Betrug an Benny und Dolly? Vielleicht war es unfair, ihnen nichts zu sagen, aber war es nicht sein Geld? Die Hälfte gehörte ihm. Und das, was er jetzt in der Tasche trug und was er schon verloren hatte, war diese Hälfte. Er bemerkte gar nicht, daß er sich verrechnet

hatte, daß er schon Geld seines Bruders setzen wollte. Er war jetzt in einer verzweifelten Stimmung, das Spielfieber hatte ihn gepackt. Ich muß gewinnen! Ich muß gewinnen! Mit dieser Devise der Verlierer machte er die ersten Einsätze.
Es saßen etwa ein Dutzend Männer mit ihm am Tisch. Nur eine Frau. Sie war noch nicht vierzig, aber ihr Gesicht war zerstört von Las Vegas. Sie spielte mit kleinen Einsätzen.
Er gewann bei den ersten fünf Spielen an die viertausend Dollar. Danach ließ er sich Whisky an den Tisch bringen. Er war jetzt ohne jedes Gefühl für Zeit, verspürte keinen Hunger und rauchte unablässig.
Als er die ersten tausend Dollar des eigenen Geldes verspielt hatte, begann er leise vor sich hin zu fluchen. Er bestellte Whisky nach und setzte, über das Spielfeld verteilt, viertausend Dollar. Danach lehnte er sich zurück und wartete ungeduldig, bis der Croupier die Kugel rollen ließ. Er sah sie hüpfen, folgte ihr mit den Augen, haßte diese Kugel jetzt, als wäre sie ein persönlicher Feind.

Um zehn Uhr morgens erwachte Benny. Er brauchte ein paar Sekunden, bis er begriff, daß er in einem Hotel in Las Vegas lag, daß sie ein paar Wochen Urlaub machten – all diese Dinge im Halbschlaf, plötzlich gegenwärtig. Wo ist John? fragte er sich und setzte sich im Bett auf. Dolly lag neben ihm. Sie schlief noch. Ihr Mund war leicht geöffnet. Sie sah sehr jung aus. Das Bettlaken war verrutscht, und die leichte Steppdecke lag am Boden. Sie war nackt. Er betrachtete sie versonnen und mit einem ersten Anflug von Zärtlichkeit.
Die Sorge um John war stärker. Er zog ein Pyjama und einen Bademantel an und ging hinüber zu Johns Zimmer. Leise klopfte er an die Tür. Es kam keine Antwort. Er wartete, pochte dann hart mit dem Knöchel gegen das Holz. Keine Antwort.
Schnell ging er ins Zimmer zurück und stellte sich im Bad unter die Dusche. Während er sich rasierte, kam Dolly und sagte: »Ich habe geschlafen wie ein Stein... Wo ist John?«

»Er ist nicht in seinem Zimmer. Wir müssen ihn suchen. Zieh dich schnell an! Weiß der Teufel, wo er sich rumtreibt. Wir schauen im Spielsaal nach.«
»Der Narr, hoffentlich hat er nicht sein ganzes Geld verspielt...« Dolly sagte es leise und nachdenklich. Sie traute es ihm zu, denn sie erinnerte sich an seinen starren, verbitterten Gesichtsausdruck. Er war ein Spieler und hatte es selbst nicht gewußt.
»So dumm kann er nicht sein«, meinte Benny. »Kämme dich nicht so lange! Los, los, wir müssen ihn suchen. Wir nehmen den Wagen.«
Als sie auf dem großen Parkplatz vor dem Hotel suchten, stand der schwarze Chevrolet nicht dort. »Er hat den Wagen genommen«, sagte Benny bestürzt. »Er hatte den zweiten Wagenschlüssel...« Er kaute auf seiner Unterlippe herum.
»Ein Taxi?« fragte Dolly.
Benny ging zum Portier und bestellte einen Wagen. Während sie warteten, redeten sie nichts. Als könnten sie noch etwas retten, befahl Benny dem Fahrer: »Fahren Sie schnell!«
Um diese Uhrzeit waren nur wenige Tische besetzt. Das Spiel lief müde. Sie sahen ihn sofort. Sein Gesicht war grau, und er war betrunken. Ein paar Chips lagen vor ihm. Als sie vor ihm standen, schien er sie zu übersehen.
Benny beugte sich zu ihm hinunter und flüsterte: »Bist du wahnsinnig geworden? Steh auf und komm mit! Los, steh auf!«
John nickte zur. Er raffte mit einer Hand die fünf, sechs Chips zusammen und legte sie alle auf Rot. »Einen Moment noch...«
Es kam Schwarz. Schwerfällig stand er auf. Ohne ein Wort zu sagen, ging er zwischen ihnen. Der Wagen stand nicht weit vom Eingang. Benny setzte sich ans Steuer. Während sie anfuhren, rief er nach hinten: »Was hast du verspielt?«
»Alles!«
Sie begriffen nicht gleich, dachten, er habe sein Geld und die

viertausend Dollar von Dolly verspielt. Aber John erklärte: »Ihr versteht mich nicht. Ich sagte: Alles…«
Und jetzt verstanden sie ihn wieder falsch, denn nun glaubten sie, er habe ihr gesamtes Geld verspielt. Benny schrie am Steuer auf: »Du Schwein! Du verdammtes Schwein!«
»Was wollt ihr? Meinen Anteil habe ich verspielt. Es liegt noch Geld unter dem Reserverad, und ihr habt doch auch noch etwas in der Tasche…«
Sie beschimpften sich während der Fahrt zum Hotel. John verteidigte sich mit den beiden ersten Raubüberfällen. »Habe ich nicht meine Haut für euch zu Markt getragen? Wo wärst du heute ohne mich?«
Wortlos gingen sie zu dritt zum Lift. Sie wußten, jetzt war die Ferienreise unwiderruflich zu Ende. Im Zimmer begann Dolly zu weinen.
John saß auf einem Stuhl und stierte vor sich hin. Er war jetzt verzweifelt. Die dämpfende Wirkung des Alkohols hatte nachgelassen. Jetzt begriff er. Er schüttelte den Kopf: »Ich kann es nicht begreifen. Ich wollte mein Geld wiederholen… Versteht ihr? Ich wollte es mit den fünfzehntausend Dollar wieder aus der Bank herausholen.«
Benny packte ihn plötzlich vorn an der Jacke und riß ihn vom Stuhl hoch. Mit vor Wut zusammengebissenen Zähnen knirschte er: »Dafür habe ich alles riskiert. Fünfzehn Jahre Zuchthaus und vielleicht mehr. Du Mistkerl…« Er schlug mit der flachen Hand drei-, viermal hart zu.
John torkelte und fiel um. Es war nicht so sehr die Wirkung der Schläge, er war nur völlig erschöpft. Er griff auch nicht an, als er sich wieder aufgerappelt hatte. Leise sagte er: »Ich mache das wieder quitt. Ich werde das Geld schon beschaffen. Ich kann es nicht begreifen. Wie kann ein Mensch so dumm sein! Jetzt will ich nur schlafen. Ich will nur schlafen. Danach werden wir weitersehen…«
Die Füße müde nachziehend, ging er aus dem Zimmer. Benny und Dolly sahen ihm nach. Sie haßten ihn jetzt beide. Sie hat-

ten sich nahe am Ziel gefühlt. Jetzt war alles in Frage gestellt. Die Katastrophe!
»Natürlich ist es eine Katastrophe!« rief Benny. Er ging mit langen Schritten in Dollys Zimmer auf und ab. Sie saß auf dem Bett und sagte nichts. »Eine Snackbar hätten wir gekriegt mit dem Geld, das wir in der Tasche hatten. Wir hätten schön verdient, irgendwo am Broadway oder im Theater District... Dieser hirnverbrannte Idiot hat uns um unsere Chance gebracht.«
Dolly dachte als erste praktisch. »Wieviel haben wir noch, wenn wir beide alles zusammenlegen? Ich habe für so einen Dickwanst aus Chicago gespielt. Und er sagte, ich hätte ein goldenes Händchen...« Sie rechnete und kam auf die Summe von mehr als zehntausend Dollar. »Das habe ich hier in meiner Handtasche.«
Benny blätterte sein Geld auf den Tisch. Dreieinhalbtausend Dollar. »Dazu die siebentausend im Wagen. Wir haben über zwanzigtausend Dollar.« Sie hatten die Idee gemeinsam; ohne viel darüber zu sprechen, schalteten sie John aus. »Wenn wir klein anfangen...« überlegte Benny.
»Ich weiß, daß Bill mit weniger angefangen hat«, sagte sie. Sie hatte erfahren, daß ihr ehemaliger Chef seine Bar mit geringem Eigenkapital übernommen hatte.
»Wir trennen uns von ihm!« Benny schlug mit der Faust auf den Tisch. »Es ist das einzige, was er verdient hat. Du und ich, wir fangen an. Wir haben herrliche drei Wochen hinter uns. Ich habe mal wieder so richtig Lust auf ehrliche Arbeit.«
»Wollen wir ihn hier zurücklassen?« Es war kein Protest gegen diese Möglichkeit, sondern nur die Frage, *wie* man ihn hier zurücklassen solle. »Wir müssen ihm Geld für die Rückreise hinterlegen...«
Sie waren entschlossen. Dolly holte bereits ihre Koffer hervor und packte die Kleider ein. Sie glaubte jetzt, sicher zu sein, daß sie sich endgültig für Benny entschieden hatte. Er war der Verläßlichere, der Mann, der mehr arbeiten würde. John konnte sie sich schlecht mit einer weißen Schürze hinter einer Theke

vorstellen. Er liebte den Luxus, und er würde immer wieder ausbrechen und ihre Sicherheit gefährden. Es war jetzt genug, genug Abenteuer. Sie dachte an ein geruhsames Leben ohne Angst. Nein, John war nicht der Richtige für so etwas.
Benny ging hinüber in sein Zimmer. Er hatte in zehn Minuten alles gepackt. Sie standen dann vor ihren Koffern und zögerten noch. Aber ihr Zorn war so stark, daß kein Mitleid mit John aufkam. Sie fühlten sich von ihm betrogen.
»Wieviel lassen wir ihm hier?« überlegte Benny. »Ich denke, tausend Dollar sind genug. Damit kommt er leicht nach New York.«
Sie nahm das Geld aus ihrer Handtasche und legte es auf den Tisch.
»Wir müssen es in sein Zimmer bringen, denn wir machen unten die Rechnung. Ich werde ihm einen Zettel auf den Tisch legen...«
Benny schrieb auf ein Stück Papier: »Wir sind auf dem Weg nach New York und werden mit unserem Geld etwas Vernünftiges anfangen. Du hast uns hintergangen. Dolly gehört zu mir. Hier sind tausend Dollar. Es ist das letzte Geld, mit dem du von uns rechnen kannst...«
Als er ins Zimmer seines Bruders ging, sah er, daß John in Kleidern auf dem Bett lag und fest schlief. Er legte den Zettel und das Geld neben ihn auf den Nachttisch.
Sie verließen das Hotel, als seien sie auf der Flucht. Benny verstaute schnell ihre Koffer im Wagen. An der Rezeption wartete Dolly auf die Rechnung. Es waren ein paar hundert Dollar. Er legte die Scheine hin, nahm dann Dolly am Arm und sagte: »Raus hier! Nichts wie weg von hier!«
»Und jetzt?« fragte Dolly im Wagen.
»Jetzt fahren wir nach New York. Du und ich... Jetzt werden wir arbeiten und nicht mehr herumspinnen.« Er startete den Wagen.
»Ja«, sagte sie. »Du und ich...«
Sie hatten noch nicht gefrühstückt, und als sie zehn Kilometer

von Las Vegas entfernt eine einladende Schnellgaststätte sahen, sagte Benny: »Laß uns da eine Tasse Kaffee trinken!«
Sie bestellten Schinken und Eier, Kaffee, Butter und Brot. Schweigend aßen sie. Benny hatte plötzlich eine Idee. Sie war geboren aus seiner Nervosität und der Furcht, in New York könnte etwas geschehen sein, irgend etwas, das ihnen gefährlich werden könnte.
Er kannte die Telefonnummer der Wohnung, in die sein Vater mit der Stiefmutter gezogen war. Wenn ich dort anrufe, und es wäre etwas passiert, wüßten sie davon... Die Polizei hätte garantiert bei Vater Nachforschungen angestellt...
Er ging zu dem Glashäuschen für Ferngespräche und wählte die Nummer. Während er wartete, konnte er Dolly sehen, die mit verschlossenem Gesicht am Tisch saß und vor sich hin grübelte. Sie hat Angst, dachte er.
Die Stiefmutter meldete sich am Apparat. Ihre Stimme war weit entfernt. Sie verstand nicht gleich.
»Ich will Vater sprechen«, sagte er. »Hier ist Benny.«
Der alte Winston kam an den Apparat. »Das ist schön, daß du dich mal meldest...«
»Ist was Besonderes?« fragte Benny. Er wartete gespannt.
Die Stimme seines Vaters war schleppend wie immer, ein müder Mann, vom Alkohol ausgehöhlt. »Ja, es gab allerlei. Johns Freundin war hier, Ellen. Sie fragte nach ihm. Aber ich konnte ihr ja nichts sagen. Wo treibt ihr euch denn rum? Kein Mensch weiß, wo ihr seid...«

Ellen war an einem Nachmittag gekommen. Sie hatte die Adresse von der früheren Hausverwaltung erfahren. Und der Hausverwalter hatte am Telefon gesagt: »Ja, denen geht es jetzt gut. Die wohnen in einer ganz feinen Gegend...«
Ellen war dann mit dem Taxi zur neuen Wohnung gefahren. Sie staunte, als sie die Räume sah, die zwar nicht luxuriös, aber im Vergleich zur alten Wohnung geradezu fürstlich schienen. »Ist bei Ihnen der Wohlstand ausgebrochen?« fragte sie den al-

ten Winston. Der Alte lächelte verschmitzt und sagte: »Meine Söhne... Ja, sie lassen ihren alten Vater nicht im Stich...« Die Stiefmutter machte eine hämische Bemerkung. Ellen konnte es nicht überhören, daß sie sagte: »Da stimmt doch etwas nicht mit den beiden! Wo ist denn plötzlich das viele Geld her? Mir kann man da nichts vormachen. Da ist irgend etwas faul...«

11.

Die Hitze flimmerte über dem Highway. Benny fuhr mit hoher Geschwindigkeit. Die Monotonie der endlosen Landstraße, die von Las Vegas wegführte, ließ ihn über diese Reise nachgrübeln.

Kaum jemals hatte es ein ernsthaftes Zerwürfnis zwischen ihm und John gegeben. Was John aber nun getan hatte, war nicht zu verzeihen: Wir haben alles riskiert bei diesem Überfall auf die Bank, und dann setzt er sich in Las Vegas an den Spieltisch und verspielt über die Hälfte des Geldes.

Weder er noch Dolly sprachen davon, aber sie dachten beide daran. Eine bittere Enttäuschung: Er hat es heimlich getan. Ohne uns etwas davon zu sagen, hat er den Wagen geholt, hat Geld aus dem Versteck unter dem Ersatzreifen genommen. Es ist wie Betrug oder Diebstahl. Benny dachte: Es ist richtig, daß wir uns von ihm getrennt haben. Aber es fiel ihm doch schwer, sich an den Gedanken zu gewöhnen.

Er drehte ein wenig den Kopf und betrachtete Dolly unauffällig. Ihr Gesicht war traurig, enttäuscht. Wer hätte gedacht, daß diese Urlaubsreise am Spieltisch enden würde? Es blieb in jedem Fall eine Schweinerei.

»Er hat uns alles verdorben... Und es war das erste Mal, daß wir in unserem Leben auf eine Reise gingen.«

»Ich war auch noch nie auf Reisen. Ich hatte mich so gefreut«, sagte sie.

Nachdem sie drei Stunden unterwegs waren, hatte Benny das Gefühl, als würde er etwas Unrechtes gegen seinen Bruder unternehmen: ein krummes Ding. Es kam plötzlich über ihn, es war die alte, zwischen Zwillingsbrüdern durch nichts zu erschütternde Verbundenheit. Dolly? Ja, sie hatte sich für ihn entschieden. Aber ein wenig hatte es ihn doch überrascht, wie schnell sie sich von John hatte trennen können. Es kam ihm jetzt vor, als wäre nicht er, sondern sie auf die Idee gekommen, John in Las Vegas sitzenzulassen. Sein Zorn war nach vier Stunden Fahrt fast verraucht.

Vorsichtig begann er: »Wer weiß, was er mit den tausend Dollar macht, die wir ihm hinterlegt haben?«

Sie hörte sofort die ganze Wahrheit heraus. »Willst du etwa umkehren?« fragte sie spitz. »Kannst du nicht ohne ihn auskommen?«

»Ich weiß nicht... Ich mache mir Sorgen um ihn. Natürlich kann man ihm das nicht verzeihen, was er mit uns gemacht hat. Aber...«

»Was ›aber‹? Du kannst ihn nicht allein lassen. Und du kommst dir ohne ihn vor, als wärst du nur eine Hälfte. Oh, ich habe schon lange gemerkt, daß ihr unzertrennlich seid. Ihr seid eigentlich nur vollkommen, wenn einer den anderen sieht. Ihr wolltet ja eine Entscheidung... Gut, ich habe mich für dich entschieden. Aber kaum sind ein paar Stunden vergangen, ist er dir wichtiger als ich.«

»Was redest du für einen Unsinn! Natürlich hängen wir aneinander. Wir sind schließlich Zwillinge...«

Sie schrie ihn plötzlich an. Die Spannung, immer zwischen den Brüdern zu stehen, überforderte jetzt ihre Nervenkraft. »Ich will nicht mehr! Hast du mich verstanden? Ich habe euch beide satt. Was bin ich eigentlich für euch? Kaum zeigt einer von euch den Rücken, will der andere mit mir schlafen. Und noch etwas: In was bin ich da hineingeraten? Wenn sie euch eines Tages schnappen, hänge ich mit drin. Für was? Für einen Nerzmantel und eine Reise, eine verunglückte Reise!«

Er trat so scharf auf die Bremse, daß die Reifen aufquietschten. Der Wagen stand. Sie waren allein in der Wüste. »Hast du nicht mit großem Vergnügen eingekauft? Hast du es nicht genossen, Geld zu haben?« schrie er zurück. »Komme mir nicht mit diesen Mätzchen! Wir sitzen zu dritt in einem Boot, und keiner kann ohne den anderen etwas tun. Und das Schlafen ... Das hat dir doch wohl auch Spaß gemacht!«

»Oh, hör schon auf! Laß mich aussteigen an irgendeiner Bahnstation. Ich fahre mit dem Zug zurück.«

»Ja«, sagte er. »Wir fahren zurück, aber mit dem Wagen und nach Las Vegas. Dort holen wir John, dann fahren wir zu dritt auf dem schnellsten Weg nach New York.« Während er das sagte, ließ er den Motor wieder an. Er wendete mit dem Wagen auf der Straße und fuhr mit neunzig Meilen in der Stunde wieder in Richtung Las Vegas.

Eine halbe Stunde später sagte er in versöhnlichem Ton: »Wenn einer von uns einen Fehler macht, müssen wir ihn nicht verschlimmern ... Und das würden wir tun, wenn wir ihn im Stich ließen ...«

Sie antwortete erst Minuten später. Er sah ihr verdrossenes, entschlossenes Gesicht. »Du wirst mich verlieren ... John ist der Stärkere von euch beiden. Jetzt hast du deine Chance verspielt ...«

Er antwortete nicht, starrte auf die Straße, auf der der Wagen nach Las Vegas zurückraste.

John erwachte und erschrak. Es war ein langsames Erschrecken, das ihm der Reihe nach jede Einzelheit der verhängnisvollen Nacht vor Augen führte. Es war nicht zu korrigieren. Eine endgültige Niederlage.

John wußte nicht, wie lange er geschlafen hatte. Erstaunt setzte er sich im Bett auf, als er bemerkte, daß er noch seine Kleider trug. Ah, ich war betrunken ... Er führte das nicht als Entschuldigung an, denn er wußte, als er den größten Teil des Geldes verspielt hatte, war er nüchtern gewesen.

Es gab nur einen Trost für ihn: Ich werde noch einmal zuschlagen. Aber diesmal ganz groß. Zweihunderttausend Dollar,

vielleicht dreihunderttausend. Ein letztes Mal! Und mit diesem Geld wollte er vernünftig umgehen, es anlegen, in einer Snackbar unter der Leitung von Benny und Dolly. Seine Vorstellungskraft zeigte ihm schon das neue Leben. Nach dieser gedanklichen Bereinigung stand er vom Bett auf und wollte hinübergehen ins Badezimmer – duschen, einen anderen Anzug anziehen, alles frisch und neu.
Plötzlich sah er den Zettel und das Geld, das Dolly und Benny für ihn hinterlassen hatten. Er begriff nicht gleich, mußte die Mitteilung zweimal lesen. Sie hatten sich von ihm getrennt. Tausend Dollar für die Rückreise nach New York. Aber auch in New York wollten sie nichts mehr von ihm wissen. Das ging aus den Zeilen hervor.
Er setzte sich aufs Bett und starrte vor sich hin. Hatten sie nicht recht? Die haben Grütze im Kopf. Er grinste einmal melancholisch vor sich hin, schwankte zwischen Selbstmitleid und Vorwürfen. Dann stand er auf, legte hastig seine Kleider ab und ging unter die kalte Dusche. Er ließ das Wasser lange auf sich herunterplatschen und begann, klar zu denken. Er hatte noch eine Maschinenpistole für sich. Er hatte Erfahrung in der gefährlichsten aller Branchen, und er hatte noch großes Zutrauen zu sich selbst wie jeder Mann, der sich in der Gefahr bewährt hat.
Niemand hätte ihm irgend etwas anmerken können, als er zwanzig Minuten später in den Speisesaal des Hotels ging, um etwas Kräftiges zu essen. Er sah frisch aus, gesund und jung; ein schlanker, eleganter Mann, nach dem sich die Frauen an den nächsten Tischen umblickten.
Sein Entschluß stand fest: Koffer packen, die Rechnung begleichen und dann nach New York. Dolly hatte sich für Benny entschieden. Er nahm es ihr nicht übel. Sie war ein vernünftiges Mädchen. Sie dachte an die Zukunft. Warum auch nicht? Nur hatte sie einen Fehler gemacht: *Ich* werde Zukunft haben. *Ich* werde meine Zukunft erzwingen.
Er aß mit gutem Appetit ein großes Steak, trank dazu eine Fla-

sche Bier und erwiderte ab und zu den Blick der Frauen, die ihm unverhohlen ihr Interesse zeigten.
Diese Frauen staunten, als der gleiche Mann in den Saal hereinkam, begleitet von einer bildschönen Blondine. Die beiden steuerten auf Johns Tisch zu.
Er sah sie kommen. Er lächelte ihnen zu, aß ruhig weiter. Sie setzten sich an den Tisch, aber sie sagten nichts.
Er brach als erster das Schweigen. Nach den letzten Bissen seiner Mahlzeit sagte er leichthin: »Ihr seid also zurückgekommen... Es war dumm von euch, fortzugehen. Ein Fehler wird durch einen zweiten Fehler nicht ausgebügelt.«
»Der Ansicht war ich auch«, antwortete Benny. »Aber du hättest es verdient, daß man dich hier hocken läßt...«
»Ja, ich weiß. Aber was sollen wir noch lange darüber reden.«
Dolly schaltete sich ein: »Er kann ohne das Brüderchen nicht leben... Wenn es nach mir gegangen wäre, hättest du den Zug nach New York nehmen können.«
Er sah sie ein paar Sekunden aus kalten Augen an. Dann sagte er leise: »Halte dich da raus, du Hutverkäuferin... Wenn ich nicht wäre, ständest du noch für ein paar Dollar hinter der Bar und müßtest mit jedem Hanswurst saufen.« Er beachtete sie nicht weiter, und sie wagte keine Entgegnung. Sie suchte Schutz und legte die Hand auf Bennys Arm. Aber auch der achtete jetzt nicht weiter auf sie.
John sagte: »Ich habe neue Pläne. Du wirst sehen, Benny, in ein paar Wochen haben wir alles hinter uns. Verlaß dich da auf mich... Ich denke, wir können diesen Schuppen verlassen.« Er winkte dem Kellner und zahlte. Dann gingen sie. Draußen stand der Wagen. Benny und John setzten sich nach vorn. Dolly saß im Fond und fühlte sich von beiden verlassen.
Sie begriff, wie eng die Zusammengehörigkeit dieser Brüder war und daß kaum eine Frau sie auseinanderbringen konnte. Sie waren tatsächlich eins, einer ohne den anderen aber nur eine Hälfte.
»Wir fahren in einem durch«, bestimmte John. »Wir lösen uns

beim Fahren ab. Wer nicht fährt, kann schlafen. Höchstens vier Übernachtungen bis nach New York, damit wir uns etwas erfrischen können ...«
Dolly hatte Angst – vor John, vor seinen Plänen, vor neuen Banküberfällen, vor dieser bedrohlichen Zukunft. Sie dachte an Flucht. Amerika ist groß. Sie hatte es auf dieser Fahrt kennengelernt. Sie könnte sich absetzen in irgendeiner Stadt. Ganz neu beginnen.

Von Las Vegas in Nevada fuhren sie durch Arizona und New Mexico nach El Paso. Von El Paso nach New Orleans. Und dort waren sie so erschöpft, daß sie in einem Hotel übernachten mußten. Eigentlich gab es keinen Grund für ihre hektische Eile, aber sie waren unruhig, als wären sie Flüchtlinge, die sich auf einen Wettlauf mit der Zeit eingelassen hatten.
Während der ganzen Fahrt hatte Dolly kaum gesprochen. Die Verstimmung zwischen ihnen war noch nicht beseitigt. Sie saßen am Abend zu dritt im Speisesaal des Hotels. Als sie gegessen hatte, sagte Dolly sofort: »Ich möchte schlafen. Ich bin müde ...«
Benny folgte eine Viertelstunde später. Er klopfte an ihre Zimmertür. Aber sie öffnete nicht.
»Ich möchte allein bleiben heute nacht«, sagte sie. Sie ließ sich auf keine Diskussion ein.
»Nur nicht hinter ihr herrennen«, riet John, als Benny ihm erzählte: »Sie ist sauer auf mich.«
Spät in der Nacht, sie konnten beide nicht schlafen, äußerte John eine Befürchtung. »Wir müssen auf sie aufpassen. Sie weiß zuviel. Als Kronzeuge ginge sie nach dem Gesetz straffrei aus und würde noch eine hohe Belohnung kassieren ...«
»Wenn sie uns verpfeifen würde ... Aber das glaube ich nicht«, meinte Benny. »Wer kennt sich schon bei Frauen aus, das sind Launen. Verraten würde sie uns nie ...«
Sie waren spät eingeschlafen und erwachten spät. Nachdem sie geduscht hatten, ging Benny zu Dollys Zimmer.

Er fühlte sich jetzt erfrischt, wollte sie ganz freundlich zum Frühstück rufen und hatte die Hoffnung, sich an diesem Morgen mit ihr aussprechen zu können.
Ihr Zimmer war leer, die Tür nur angelehnt. Er ging zum Bett, stellte fest, daß es kalt war. Die Schränke standen offen. Im Badezimmer hing noch der Duft ihres Parfums. Sie war fort.
Schnell ging er hinüber zu John. »Sie ist nicht mehr da!«
»Hat sie Geld?« war Johns erste Frage.
Natürlich hatte sie noch Geld. Benny wußte, daß sie an die zehntausend Dollar in der Handtasche bei sich getragen hatte. In ihren Koffern waren genug Kleider, sie hatte genügend Wäsche. Sie war unabhängig von ihnen. Er war betroffen, spürte die Härte, mit der sie gegen ihn gehandelt hatte. Sie kann mich nicht geliebt haben, dachte er. Zugleich aber erkannte er, daß er sie gekränkt hatte. Es war zu spät. Diese ganze Reise war ein einziger großer Mißerfolg.
»Steh nicht rum und starre Löcher in die Wände!« fuhr ihn John an. »Wir müssen etwas tun.«
John telefonierte mit der Rezeption des Hotels. Ja, Miß Dolly Landon habe gestern abend noch gefragt, wann die Maschinen nach New York gingen. Um sieben Uhr morgens flog ein Jet von New Orleans zum Kennedy Airport in New York. »Sie hat sich wecken lassen«, sagte die Stimme am Telefon, »um sechs Uhr...«
John schaltete schnell: »Geben Sie mir die nächste Maschine nach New York!« Es dauerte nur eine halbe Minute. Dann sagte ihm der Mann die Abflugszeit. Es blieben noch eineinhalb Stunden Zeit. Kurz nach zwölf Uhr mittags würde die Maschine starten.
»Du fährst den Wagen nach New York mit dem Gepäck. Ich nehme die Maschine. Sie ist halt ein typisches Weib. Wenn sie vorhat, uns zu verpfeifen, möchte sie erst noch nach New York und ihre Sachen aus der Wohnung holen. Vielleicht will sie gar nichts gegen uns unternehmen, sondern einfach nur verduften. Natürlich mit ihren Kleidern...«

»Das glaube ich eher«, überlegte Benny. »Sie hat die Schnauze voll von uns. Der Braten wird ihr zu heiß ... Es ist auch wahr, du bist schon ein großer Narr. Alles hast du kaputtgemacht ...«
Jetzt war keine Zeit für lange Diskussionen. John hatte einen Plan. Er wollte ihr sofort folgen, würde sie wahrscheinlich noch in der Wohnung antreffen. Und dort wollte er sie überreden, Vernunft anzunehmen. »Es war *doch* ein Fehler, sie in alles einzuweihen. Aber was hätte ich damals machen sollen, als ich angeschossen war?«
»Wir hätten vieles anders machen können«, knurrte Benny. Es war ihm klar, daß in diesem Unternehmen bereits Fehler steckten, Fehler, die sich verhängnisvoll auswirken konnten. Es hatte angefangen mit ein paar Marihuana-Zigaretten und ein bißchen Falschgeld, von dem er tatsächlich nichts gewußt hatte. Und dann war Dolly ins Spiel gezogen worden. Das war der erste große Fehler.
Sie fuhren zum Flughafen von New Orleans. Benny lieferte John ab. »Du brauchst mich ja wohl nicht mehr hier. Ich fahre sofort los in Richtung New York. Von unterwegs rufe ich an. Wahrscheinlich brauche ich drei Tage. Ich will mich nicht so abhetzen.«

Sie hatte einen Fensterplatz. Manchmal sah sie hinaus in die weite gleißende Leere des Himmels. Sie war noch nie in ihrem Leben geflogen. Es gab vieles, was sie noch nie erlebt hatte. Sie fühlte sich jung und noch immer hungrig auf das Leben. Aber nicht mit Benny und John. Sie hatte manchem zugestimmt, weil sie in Not gewesen waren – Benny im Gefängnis, sie, die Barfrau, John als Fahrer eines Leichenwagens. Was für ein miserables Leben!
Aber jetzt, da sie so nahe am Ziel gewesen waren, schien es ihr unverzeihlich, daß John die Chance wie irgendein Dummkopf verspielt hatte.
Und Benny! Dieser Narr glaubt, er kann eine Frau so behan-

deln! Sie litt unter der Kränkung, daß sie nicht genug Macht über ihn besaß, um ihn von diesem Bruder zu trennen.
Während des ganzen Fluges dachte sie über die drei Wochen nach, die so hoffnungsvoll begonnen und so armselig geendet hatten. Was werde ich in New York tun? Sie wollte nicht dort bleiben. Vielleicht war eine Kleinstadt im Mittelwesten besser. Aber allein! Davor graute ihr ein wenig, denn sie war Einsamkeit nicht mehr gewöhnt. John und Benny hatten für sie gedacht. Es war angenehm gewesen.
Nun war sie auf der Flucht. Sie fürchtete John, aber sie dachte keine Sekunde daran, ihn und Benny der Polizei auszuliefern.
In New York angekommen, nahm sie vom Flughafen ein Taxi zur Beverley Road in Brooklyn. In der Stadt war es kühl und feucht. Sie dachte an die schönen Tage, an den herrlichen Strand in Kalifornien.
Die Wohnung war unverändert. Es sah aus, als wäre Dolly vor zwei Stunden gegangen und jetzt wiedergekommen. Alles war vertraut, jedes Ding an seinem Platz. Sie ging zur Hausbar und schenkte sich einen kleinen Whisky ein. Dabei erinnerte sie sich genau daran, wie sie die Flasche gekauft hatten, wie sie die ersten Gläser davon getrunken hatten. Sie war voller Hoffnung gewesen. Und jetzt überfiel sie eine plötzliche Traurigkeit, die sie lähmte. Unentschlossen setzte sie sich in einen der großen Sessel. Sie legte eine Platte auf. Erst viel später begann sie, ihre Koffer zu packen.
Aber wohin mit den Koffern? Wohin in der kommenden Nacht? In ein Hotel? Sie fröstelte bei dem Gedanken an die unpersönlichen Hotelzimmer dieser Stadt.
Es fiel ihr schwer, sich von dieser Wohnung zu trennen. Sie dachte, es sei nur die Wohnung. In Wirklichkeit fürchtete sie die Trennung von John und Benny. Aber das wußte sie nicht.
Sie mußte sich aufraffen. Ich werde erst noch baden und mir dann etwas zu essen machen. Konserven sind genug im Haus, dachte sie.
Als sie in der Wanne lag, musterte sie bedauernd das luxuriöse

Badezimmer. Eine solche Wohnung konnte sie sich nur kurze Zeit leisten, und dann mußte sie wieder in irgendeine Mietskaserne ziehen, mit anspruchslosen Räumen. Daran dachte sie auch noch später, als sie nur mit dem Bademantel auf dem Körper vor dem Kühlschrank stand, um sich etwas zu essen zu machen.

Sie überhörte, daß die Tür aufgeschlossen wurde. Sie hörte nur mit einem Mal die Stimme und schrie vor Schreck leise auf.

»Nanu? Willst du uns etwas zu essen machen? Benny kommt erst in ein paar Tagen. Ich würde vorschlagen, wir gehen in ein Restaurant essen...«

Sie starrte John fassungslos an. »Wie kommst du hierher?« Dann überlegte sie. »Natürlich, ich hätte es mir denken können... Du hast die nächste Maschine genommen. Es war ja ganz einfach...«

»Sehr richtig, mein Schatz. Ganz einfach war es. An der Rezeption hattest du nach der nächsten Maschine gefragt... Nur, was ich jetzt wissen will, was hattest du vor?« Er trat dicht an sie heran und packte sie am Revers des Bademantels. Seine Augen konnten seltsam kalt werden, das unterschied ihn von Benny. Während er so vor ihr stand, schossen ihr Gedanken durch den Kopf. Einer war, daß sie ihm zutraute, unter Umständen einen Menschen töten zu können. Sie hatte Angst.

»Was ich vorhatte? Oh, nichts Besonderes. Ich will mich von euch trennen. Du vermutest wohl, ich will euch in den Rücken fallen... Ich sehe doch deinem Gesicht an, was du denkst...«

»Ja, das habe ich gedacht, und deshalb bin ich dir gefolgt. Ich traue dir nicht. Es war für dich eine Kleinigkeit, Benny und mich im Stich zu lassen. Einfach so verduften. Dabei waren wir eine hübsche kleine Familie... Du bist ein kaltes Luder, deshalb traue ich dir nicht.«

Sie griff plötzlich an: »Was bildet ihr euch eigentlich ein! Ich habe mein ganzes bisheriges Leben aufgegeben. In allem bin ich euch gefolgt. Und wie habt ihr mich behandelt? Ja, ihr habt mir einen Nerz gekauft. Und dann sollte ich mich für einen von euch entscheiden. Und dann habe ich mich entschieden, für Benny! Weil er der Verläßlichere von euch beiden ist. Und was macht er, dieser Trottel? Er fährt wieder zurück nach Las Vegas und zeigt mir deutlich, daß du ihm wichtiger bist als ich. Glaubst du, das nimmt eine Frau so hin?«

Er grinste und lockerte seinen Griff an ihrem Bademantel. »Gekränkte Eitelkeit, wie?«

Sie zuckte nur mit den Achseln.

Sein Ton war beschwörend: »Hör zu, Mädchen, mach keinen Unsinn! Lange genug haben wir jetzt wegen meiner blödsinnigen Spielerei Theater... Sei nicht dumm! Wir fangen von vorne an. Ich weiß, du willst Sicherheit. Ich garantiere dir, daß du in spätestens drei Wochen Chefin einer stinkfeinen Snack bist. Hörst du?«

Sie machte ein Gesicht wie ein beleidigtes Schulmädchen, aber im Grunde hatte sie sich gewünscht, daß beide vor ihr zu Kreuze kriechen würden. Jetzt konnte sie die Verzeihende spielen, die man überreden mußte. Ihr gekränkter Stolz verlangte nach dieser Bestätigung.

Er stand vor ihr und sah am Ausschnitt des Bademantels, daß sie darunter nackt war. Er wehrte sich schon gegen den ersten Gedanken und sagte sich: Nein, jetzt nicht. Ich werde zu Ellen gehen. Lange genug habe ich nichts von mir hören lassen. Und Dolly? War sie sicher? Er war überzeugt davon. Sie hätte schon längst bei irgendeiner Polizeidienststelle anrufen können. Es wäre eine Kleinigkeit gewesen. Sie wollte ganz einfach türmen, sich aus dem Staub machen.

Sie seufzte einmal resigniert auf: »Wenn du nur nicht wieder verrückt spielst... Ich bleibe, aber nur unter der Bedingung, daß wir bald anfangen, vernünftig zu arbeiten. Und noch etwas: Ich möchte mal eine Zeitlang allein schlafen. Ich muß zu mir kommen...«

»Das ist ganz in Ordnung«, sagte er. »Das Bett ist jetzt nicht so wichtig. Wir müssen jetzt nur eines: Wir müssen Dollars machen.«

John sagte sechs Tage später: »Wir müssen am hellen Tag! Es gibt keine andere Möglichkeit. Ich habe die Bank jetzt vier Tage beobachtet. Mittags kurz vor zwölf ist das meiste Geld dort. Drei- bis vierhunderttausend Dollar. Das ist die letzte große Sache, die wir machen.« John ging wieder in der Wohnung auf und ab.
Benny saß im Sessel und hörte zu. Er schüttelte den Kopf. »Du bist wahnsinnig. Kurz vor zwölf! Eine Bank zwischen Times Square und Pennsylvania Station. In der Vierunddreißigsten Straße... Um diese Zeit ist dort ein Verkehr, daß man nur im Schrittempo fahren kann...«
»Na und? Dann kann die Polizei auch nur im Schrittempo fahren. Wir manövrieren uns schon irgendwie raus. Wenn wir zum Broadway kommen, haben wir gewonnen. Das ist gar kein Problem. Aber es erfordert Mut.«
»Bis zum Broadway haben wir zwei Verkehrsampeln. Wenn die auf Rot stehen, sind wir in der Mausefalle...« Benny war nicht überzeugt.
John war in der Stadt herumgelaufen wie ein Besessener. Er hatte kurz Ellen besucht und nachgesehen, ob sein Vater mit der Stiefmutter eine bessere Wohnung genommen hatte. Sie lebten jetzt in einer hübschen, sauberen Straße. Die Wohnung war klein, aber freundlich. Ellen hatte ihn nur eine Nacht halten können. Dann war er wieder losgegangen und hatte gesucht. Er wollte seinen Fehler gutmachen.
Und an einem Mittag hatte er dann in der Bank in der Vierunddreißigsten Straße gestanden. Das Geld lag zum Greifen nahe vor ihm. Aber er sah auch, daß diese Bank gut gesichert war. Ein bewaffneter Wächter stand neben den Schaltern, die durch Glasblenden geschützt waren. Dahinter arbeiteten mindestens fünfzehn Angestellte. Zwanzig Kunden waren im Schalterraum: Ein heißes Eisen.
Aber welche Chance hatten sie gegen zwei entschlossene Männer, die mit Maschinenpistolen bewaffnet waren?

Dolly war nicht im Zimmer. John hatte sie fortgeschickt. »Hole uns was Hübsches zu essen, Steaks und Pommes frites...« Es hätte sich alles wieder eingespielt. Benny war drei Tage später gekommen. Jeder hatte sein Zimmer bezogen. Nur Dolly schlief allein. Sie hatten es so festgelegt, und Dolly war jetzt so etwas wie eine Haushälterin für Benny und John.
»Ich muß mir die Sache genau ansehen«, sagte Benny. »Es gibt sicher noch andere Banken, die weniger gefährlich sind... Warum willst du alles übers Knie brechen? Wir haben genug Geld zum Leben...«
»Aber wie lange?« unterbrach ihn John. »Und du hast gehört, was uns der Makler gesagt hat...«
Sie waren bei einem Makler gewesen und hatten gefragt, was für eine Art Bar oder Restaurant sie für zwanzigtausend Dollar übernehmen könnten. Der Mann hatte gegrinst. »Legen Sie noch achtzigtausend drauf, dann gibt es eine ganze Menge von Objekten, die ihren Mann ordentlich ernähren...«
»Und für zwanzigtausend?« hatte John gedrängt.
»Nix!« Der Makler hatte nur den Kopf geschüttelt.
John begriff genau, was in seinem Bruder vorging: Angst! Und Benny verstand die Rastlosigkeit, mit der John zu einem neuen Überfall trieb. Er war erfolgreich gewesen, und er traute sich eine Menge zu. Ein brennender Ehrgeiz drängte ihn, auf dem Gebiet, das er zu beherrschen glaubte, etwas zu leisten. John war stolz und unbeugsam, und er sagte: »Wenn zwei Mann so zusammenhalten wie wir, wenn sie eiskalt sind, dann können sie fast jede Bank in New York ausräumen.«
Benny war langsam. »Ich muß es genau überprüfen...« Er stand auf und schüttelte noch immer den Kopf, war noch nicht überzeugt.

Drei Stufen führten zu der großen Tür hinauf, einer Schwingtür aus kugelsicherem Glas. Benny spürte es am Gewicht, als er sie aufstieß. Er war das ganze Stück von der Ecke Broadway und Vierunddreißigste Straße zu Fuß gegangen. Was er gesehen hatte, gefiel ihm nicht. Der Verkehr flutete hier unablässig in beide Richtungen. Er begriff, noch ehe er in der Bank war, daß John sich nur auf die beiden Maschinenpistolen verließ. Alles auf eine Karte!

Er hatte von der Tür bis zum ersten Schalter zwanzig Schritte zu machen. Dort stellte er sich an. Eine Hundertdollarnote in der Hand, die er gewechselt haben wollte.

Der Wachmann mit dem Colt im tiefsitzenden Halfter lehnte bequem gegen eine Säule. Er schaute aufmerksam zu. Hier ging Geld ein, das sah Benny sofort. Aber er übersah auch nicht die Schwierigkeiten, die es hier geben würde.

Der Raum war riesengroß und mit seinen Ecken und Winkeln nicht zu überschauen. Fünf Schalter zum Auszahlen, dahinter Männer mit dunklen Augenschirmen. Er zweifelte keine Sekunde daran, daß sie in greifbarer Nähe Pistolen liegen hatten.

Er ließ das Geld wechseln. Nur ein Blick hinter den Schalter war nötig. Ganze Stapel von Hundertdollarscheinen, von Fünfzigern und kleineren Noten. Während er so tat, als zähle er das erhaltene Kleingeld nach, prägte er sich jede Einzelheit ein. Was aber war mit dem Wächter? Und wie sollte er all diese Menschen unter Kontrolle halten, falls er die Sicherung und John das Kassieren übernehmen würde?

Er ging die zwanzig Schritte zur Tür zurück, und dabei dachte er: Beinahe unmöglich, der Einsatz ist zu hoch.

Und erst die Abfahrt! dachte er draußen. Der Wagen müßte etwa zehn Meter vom Eingang entfernt mit dem Kühler Richtung Broadway fahrbereit stehen. Bis er zu erreichen war, konnte ungehindert von der Bank aus geschossen werden ... Es ist fast nicht zu machen.

John lachte ihn aus, als er in der Wohnung erklärte: »Das ist Selbstmord – oder Mord.«

Er brachte alle seine Einwände vor, alles, was er gesehen hatte. John schüttete sich gutgelaunt noch ein Glas Whisky ein. »Anfänger«, spottete er. »Wir kommen nicht von vorn. Wir kom-

men von hinten... Haha! Zur gleichen Zeit, in der du dort warst, war auch ich da. Es hat mir keine Ruhe gelassen. Und stell dir vor: Ich habe etwas entdeckt. Die großen Geldtransporte gehen nämlich nicht über die Vierunddreißigste Straße, sondern die Panzerwagen bringen und holen das Geld, indem sie über die Eighth Avenue anfahren und dann in einem Torbogen verschwinden, von dem aus ein Gang zwischen zwei Häusern bis an den Rückeingang der Bank führt. Und dort sitzt einer in einem Glashäuschen, ein Pförtner oder so was, und der bedient die schwergepanzerte hintere Tür... Verstehst du, was ich meine?«
Benny sah ihn zweifelnd an. Das änderte alles, wenn es stimmte.
»Aber natürlich stimmt es. Ich habe dir noch nichts davon gesagt, aber mir war vor ein paar Tagen aufgefallen, daß dort ein gepanzertes Transportfahrzeug durch den Torbogen fuhr. Heute nachmittag war ich an Ort und Stelle und bin bis zu dem Pförtner gekommen. Er wurde sofort nervös, als ich um die Ecke kam... Und das ist das Gute. Der etwa drei Meter breite Gang zwischen den Häusern macht kurz vor dem Pförtnerhäuschen einen Knick. Du hättest den Mann sehen sollen, wie er sich aufregte. Er hat gerufen: ›Was suchen Sie hier?‹ Ich habe ihm erklärt, ich hätte gestern abend ein Mädchen hierhergebracht. Jetzt suchte ich ihre Adresse...«
Noch war Benny nicht gewonnen.
Dolly kam von der Küche herein und bemerkte sofort die Spannung zwischen den Brüdern. »Was habt ihr?« fragte sie.
»Ich habe gar nichts«, grinste John. Mit einem Kopfnicken deutete er auf Benny. »Aber er... Er hat kein Zutrauen zu sich...«
Benny lief im Zimmer auf und ab. »Rede keinen Mist! Diese Sache ist nicht zu machen.«
Sie bestimmten Dolly zum Schiedsrichter. John redete. Er war wieder überzeugend, ein eiskalter Planer. Und wie er es erklärte, klang alles ganz einfach: »Mittags, kurz vor zwölf. Wir

kommen von hinten, überrumpeln den Pförtner und nehmen ihn mit hinein. Er wird vor uns hergehen ...«

»Willst du ihn als Schild benutzen?« fragte Benny.

»Genau. Zwei Schalter werden wir abräumen. Von den Schaltern aus halten wir den Wachmann in Schach. Dann raus. Den Gang zurück, wir verschwinden aus dem Torbogen. Mit dem Wagen entkommen wir über eine der kleinen Straßen, die von der Eighth Avenue abgehen. Dann fahren wir hierher ...«

»Und wann soll es sein?« fragte Benny. Er schüttelte unschlüssig den Kopf.

Dolly sagte: »Ich glaube, John hat recht. Wenn er sagt, es sei zu machen, dann ist es zu machen. Er ist unzuverlässig, aber *das* kann er ...«

In Benny wirbelten die Gedanken durcheinander. Angst, Nervosität, die Befürchtung, vor Dolly als Feigling zu erscheinen, Hoffnung auf ein mögliches Gelingen. Fünf Minuten des Schreckens. Danach haben wir ausgesorgt.

»Und wann?« fragte Benny noch einmal.

John stand langsam auf. Er hielt das Glas in der Hand, grinste und sagte: »Morgen.«

Benny starrte vor sich hin. »Morgen ...« wiederholte er. Es war Zustimmung, aber es klang resigniert, als habe er keine andere Wahl. Dolly beobachtete ihn. Sein Gesicht war schneeweiß.

12.

Die Maschinenpistolen lagen im Koffer. Benny und John steckten sich jeder noch zwei volle Magazine in die Manteltaschen. »Stell dir vor, was für eine Feuerkraft wir damit haben«, sagte John.
»Es wäre besser, wir brauchten keinen einzigen Schuß abzugeben«, murmelte Benny.
Dolly sah, wie die beiden die Hüte aufsetzten, die abgeschnittenen Nylonstrümpfe für die Gesichtsmasken in die Tasche steckten. Es war ein fast wortloser Abschied, bei dem jeder an die Gefahr dachte, an die Möglichkeit, töten zu müssen oder getötet zu werden. Das machte sie schweigsam. Sie waren zwei gegen alle, gegen Zufälle und Unvorhergesehenes. Es konnte viel geschehen in dieser nächsten Stunde.
Dolly ging mit bis zur Tür. John lachte ein wenig und tätschelte einmal ihre Wange. Benny gab ihr einen flüchtigen Kuß. Dann waren sie draußen. Sie stand hinter der Tür und hörte, wie der Fahrstuhl nach unten surrte. Eine ganze Weile blieb sie so stehen und konnte sich nicht wehren gegen das Gefühl, daß jetzt vielleicht ein Unglück begonnen hatte.
Sie ging zurück ins Zimmer. Und wie immer, wenn die Dinge sich zuspitzten, legte sie eine Schallplatte auf. *»When a Man Loves a Woman«*, gesungen von Percy Sledge. Die Melodie machte sie wehmütig. Ehe sie es richtig merkte, weinte sie. Sie dachte an Benny, der mitgegangen war wie einer, der zu seiner Hinrichtung geführt wird. Sie rollen jetzt, dachte sie. In Gedanken war sie dabei.

Benny fuhr den Wagen, und er hatte denselben Eindruck wie Dolly. Jetzt hat es angefangen. Wir sind unterwegs. Und die Stelle, wo es sich abspielen wird, kommt immer näher. Es war zwanzig Minuten vor zwölf Uhr. Der Tag war heiter; ein wolkenloser, blauer Himmel über New York; Verkehr auf den Straßen; Zehntausende von Menschen unterwegs. Alle mit festen Zielen, mit bestimmten Absichten. Eine betriebsame, rumorende Stadt.

Sie hatten diesmal keine falschen Schilder am Wagen. John war überzeugt, daß der schwarze Chevrolet zwischen den anderen geparkten Fahrzeugen auf der Eighth Avenue nicht auffallen würde, zumal sie vom Torbogen aus ganz ruhig zum Wagen gehen wollten. Schnell laufen mußten sie nur durch den kleinen Gang, der von der Bank wegführte, um die Ecke, bis zum Torbogen, da hinaus und zum Wagen.

Zehn Minuten vor zwölf.

Über den Times Square schoben sich die Kolonnen der Autos. Aus den U-Bahn-Schächten quollen die Menschen. Benny fuhr vorsichtig. Er hatte ein Gefühl, als seien seine Hände am Steuer des Wagens abgestorben.

»Wir sind gleich da«, sagte John. »Bleibe ganz ruhig! Tu genau, was ich dir sage, dann kann nichts schiefgehen. Und zeige um Himmels willen keine Angst! Wenn du nur eine Sekunde lang unsicher wirkst, sind wir verloren. Merk dir das!«

»Ich werde es mir merken«, sagte Benny leise.

Sie bogen nach links: Eighth Avenue. Breit und kerzengerade lag die Straße vor ihnen.

»Jetzt müssen wir nur einen guten Parkplatz erwischen«, sagte John.

Ja, ja, ja! dachte Benny. Er sagte es nicht laut. Sein Gesicht war verkrampft. Die zusammengebissenen Zähne ließen die Backenmuskulatur knotig hervortreten. John beobachtete ihn von der Seite und dachte: Mein Gott, er hat Angst.

Es war acht Minuten vor zwölf.

Sie kreuzten die Vierunddreißigste Straße, und von der Kreu-

zung aus konnten sie die Bank sehen. Die weiten Flügeltüren schwangen auf und zu, auf und zu. Hochbetrieb, eilige Besucher, die vor der Schließung um die Mittagsstunde noch ihre Geschäfte erledigen wollten.
»Sieh dir das an«, murmelte Benny. Es klang, als wollte er um Aufschub bitten. Johns Gesicht wurde finster. Er spürte die Regungen seines Bruders genau.
»Ich sehe keinen Parkplatz«, rief Benny aufgeregt.
»Quetsch dich da irgendwo rein. Dort, dort!« John deutete auf eine Parklücke, in die der Wagen gerade hineingepaßt hätte, nicht weit vom Torbogen entfernt. Benny fuhr vorbei.
Es brach ganz plötzlich aus ihm heraus. »Ich mache nicht mit!« schrie Benny. »Das Ganze ist heller Wahnsinn! Du willst deine Scharte auswetzen, und dafür haust du dich und mich in die Pfanne. Du bist doch ein Verrückter!«
»Fahr zu!« brüllte John. »Einmal um den Block herum! Gib Gas! Los, du feiger Hund!« Er gab ihm einen Stoß mit der Faust. Benny gehorchte. In schnellem Tempo fuhren sie um den Block, kamen zurück zur Eighth Avenue. Benny steuerte den Wagen in die noch freie Parklücke. Es hätte jetzt noch bessere Parkmöglichkeiten gegeben, fünf oder sechs, aber es schien, als wäre sein Denken ausgeschaltet, als wäre er nur der Befehlsempfänger seines Bruders.
Der Wagen stand. Der Verkehr rollte an ihnen vorbei. »Nimm deinen Strumpf um den Hals! Den Hut tief ins Gesicht ...« Aus dem Koffer, der zwischen seinen Knien stand, nahm John die beiden Maschinenpistolen. Wortlos schob er Benny die Waffe zu. Sie versteckten sie unter dem Mantel, hielten sie mit der Hand dicht am Körper, als sie ausstiegen. Niemand konnte sehen, daß sie bewaffnet waren: Zwei Männer, die sich in nichts von anderen Männern unterschieden. John trug in der linken Hand zwei große zusammengerollte Tragtaschen aus Papier. Die Brüder setzten sich in Bewegung, auf den Torbogen zu. Es war jetzt vier Minuten vor zwölf.

Die Zeiger der großen Wanduhr in der Bank zuckten in Richtung der Mittagsstunde. Die Kassierer arbeiteten fieberhaft. Sie hatten Lohngelder abzuzählen, Kunden zu bedienen, die es um diese Zeit besonders eilig hatten. Um zwölf Uhr oder einige Minuten danach sollte an der rückwärtigen Pforte ein Wagen des »Armoured Car Service« vorfahren, um zwei Millionen Dollar abzuholen. Dieses Geld mußte zu einer Großbaustelle transportiert werden.

Der Wachmann O'Sullivan, ein sommersprossiger Ire, freute sich bereits auf die Ablösung. Das Bewachen der Bank war nicht nach seinem Geschmack. Die Luft war hier schlecht, und er mußte dann und wann ein Gähnen unterdrücken. Ein Bier, dachte er. Er würde ein Stunde frei haben. Danach noch einmal fünf Stunden Dienst. Eine langweilige Geschichte.

Dieses Institut war so gesichert, daß er sich für völlig überflüssig hielt. Eine Alarmanlage mit direkter Verbindung zu den nächsten Polizeiwachen. Eingebaute vollautomatische Kameras, die jeden Winkel der Bank filmten, wenn einer der vierzig Knöpfe gedrückt wurde, die an vielen Stellen versteckt angebracht waren. Mechanische Türen, die sich zur gleichen Zeit schlossen, so daß aus dem großen Hauptportal kein Mensch mehr hinauskommen konnte. Und dazu noch eine Stahltür nach hinten, die von einem Pförtner bewacht war.

O'Sullivan gähnte hinter der vorgehaltenen Hand. Nein, hier war er überflüssig.

Noch ein paar Minuten, bis der Panzerwagen beladen werden mußte. Die könnten auch etwas früher kommen, dachte O'Sullivan.

Der Pförtner, der, mit einer Pistole bewaffnet, die rückwärtige Tür sicherte, dachte ähnlich. Er wohnte nicht weit von hier, und jede Minute, die er länger blieb, ging von seinem Nickerchen ab, das er jeden Mittag nach dem Essen zu halten pflegte. Die Mittagsstunde war für ihn genau eingeteilt: eine Viertelstunde Essen und vierzig Minuten für das Schläfchen.

Er zündete sich eine Zigarette an. Als er aufsah, kamen zwei

Männer um die Ecke des Ganges. Er schob die Glasscheibe hoch und wollte gerade fragen: »Was suchen Sie hier?«
In diesem Augenblick sah er in die Mündungen von zwei Maschinenpistolen, die unter dem Mantel hochgehoben wurden. Er begriff sofort. Langsam streckte er die Arme in die Höhe, noch ehe einer der beiden ihm den Befehl dazu erteilt hatte.
»Keine falsche Bewegung, sonst bist du ein toter Mann«, sagte John. »Du gehst vor uns her in die Bank hinein. Wenn sich drinnen einer regt, bist du dran. Wir wollen nicht dein Leben, wir wollen nur das Geld, das hier liegt. Also los jetzt! Mach die Tür auf!«
Der Mann war aschgrau im Gesicht. Er drückte auf einen kleinen Knopf, schaute dabei mißtrauisch in die Gesichter der beiden Männer. Aber er konnte sie nicht erkennen. Ihre Gesichtszüge waren von den enganliegenden Nylonstrümpfen deformiert und vollkommen verändert. Er überlegte, aber er fand keine Möglichkeit, irgend etwas gegen die beiden zu unternehmen. Gegen diese beiden auf ihn gerichteten Maschinenpistolen war nichts zu machen. Die Alarmanlage konnte er auch nicht mehr betätigen, denn überall in der Bank waren die Knöpfe versteckt angebracht, nur hier im Pförtnerraum ragte der Alarmknopf wie der Griff einer Notbremse von der Decke herunter. Die Direktoren hatten gespart. Es sei ausreichend, hatten sie gesagt.
Lautlos öffnete sich die elektrisch gesteuerte Stahltür.
John ließ den Mann vor sich hergehen. Die drei drangen ein, ohne Hast. Sie fielen erst auf, als sie hinter dem nächsten Schalter standen. In diesem Augenblick wurde es totenstill im Raum. John gab ihnen keine Zeit. Er rief laut: »Überfall! Bei der geringsten falschen Bewegung stirbt dieser Mann, und mindestens ein Dutzend nehmen wir noch mit. Einpacken!« Er gab dem Kassierer einen Stoß und warf ihm eine Tragtasche hin. Widerstandslos, mit ängstlichem Blick die beiden Brüder musternd, begann der Kassierer die Geldbündel einzupacken. Benny beobachtete den Wachmann. Er war jetzt kühl und ge-

lassen. O'Sullivan stand wie alle anderen mit erhobenen Händen da. Er war völlig überrascht. Damit hätte er nie gerechnet, daß man in diese Bank von hinten hineingehen könnte, um sie auszuräumen. Und dann hatte er eine Idee. Er dachte: Wenn der Panzerwagen kommt, sind sie zwischen uns. Dann kann ich einen Sprung hinter die Säule machen, und wir haben sie zwischen zwei Feuern...

Der erste Kassierer hatte seine Zahltheke abgeräumt. John schob ihm die zweite Tragtasche zu: »Hier, geh zum nächsten Schalter! Einpacken, aber fix!«

Mit einem Griff zog John die gefüllte Tasche zu sich heran.

Alle standen bewegungslos. Bis jetzt hatte keiner der Angestellten auf einen Alarmknopf gedrückt. Sie fürchteten um das Leben des Pförtners. Nur einer überlegte. Ein Lehrling, erst ein halbes Jahr in der Bank, siebzehn Jahre alt. Er brauchte nur den Fuß dreißig Zentimeter nach links zu bewegen. Dann würden die Eingangstüren einrasten. Allerdings blieb der hintere Eingang unverschlossen. Die mechanische Tür hatte sich zwar wieder zugeschoben, aber sie war von innen mit einem Handgriff zu öffnen.

Der jüngste Mann der Bank überlegte. Wenn er derjenige wäre, der den Alarm auslöste? Sein Bild in den Zeitungen... Vielleicht Beförderung? Was konnte geschehen? Die Sirene würde draußen aufheulen... Es kam darauf an, ob sie dann schossen...

John sah genau die Bewegungen des Kassierers. Er arbeitete nicht übermäßig schnell, aber auch nicht zu langsam. Er kalkulierte mit Sekunden.

»Etwas schneller, los!« rief er ihm zu.

Es kamen jetzt keine Kunden mehr herein. Nachdem sie die Bank betreten hatten, war es zwölf Uhr geworden.

Benny hielt die Maschinenpistole auf den Wächter O'Sullivan gerichtet. Er beobachtete genau sein Gesicht. Er schien ihm harmlos, ein gutmütiger Bulle, der völlig perplex war. Die Kunden standen, ohne sich zu rühren. Alles ging wider Erwar-

ten gut, und Benny empfand jetzt fast Bewunderung für seinen Bruder. Diese Sache war wirklich einmalig.
John hatte den Kassierer und die Angestellten im Auge. Die Mündung im Rücken des Portiers, den er als Schild benutzte, hielt er die Angestellten in Schach. Fünf Meter von ihm entfernt, beendete der Kassierer seine Arbeit. Die zweite Tasche war vollgestopft mit Dollarbündeln.
O'Sullivan hoffte auf den Panzerwagen. Mein Gott, die Burschen müssen doch jetzt kommen! Zwei Minuten sind diese Banditen schon in der Bank. Jetzt sind sie gleich fertig. Dann werden sie zur Hintertür hinausgehen und in aller Ruhe verduften. Dieser Gedanke machte ihn grimmig. Aber es war jetzt nichts zu machen. Er kalkulierte: Die haben zusammen mindestens achtzig Schuß, das reicht aus für ein Blutbad...
Der Lehrling, der noch immer mit dem Gedanken spielte, daß sein Bild in den Zeitungen erscheinen würde, wenn er... wenn er... Nur ein bißchen mit dem Fuß nach links. Und da machte er eine etwas zu auffällige Bewegung. Er kam fast bis zum Knopf. John sah es und jagte eine kurze Salve zwei Handbreit über des Lehrlings Kopf in die gegenüberliegende Wand.
Der Junge zuckte vor Schreck zusammen. Mauersplitter spritzten von der Wand weg.
»Laß diese Dummheiten, du Narr!«
Sofort drückte er die Maschinenpistole wieder in den Rücken des Pförtner, der wie betäubt war von den Schüssen, die dicht neben seinem Ohr abgefeuert worden waren.

Der Wagen Nummer vier des »Armoured Car Service« bog langsam von der Eighth Avenue in die Einfahrt mit dem Torbogen ab. Er war besetzt mit drei Männern, die mit Pistolen bewaffnet waren und die außerdem noch eine Maschinenpistole hinter dem Sitz liegen hatten. Der Transportleiter war ein energisch aussehender Mann von zweiundvierzig Jahren namens Burton. Er war schon lange im Dienst der Firma. Ein bewährter Mann, der vor sieben Jahren von Gangstern überfallen

worden war. Er hatte jedoch als Fahrer das Auto der Bande gerammt. Die vier Mann konnten gefaßt werden.
Burton saß diesmal neben dem Fahrer, und als sie um die Ecke des Ganges fuhren, sah er sofort, daß der Pförtner nicht an seinem Platz war.
»Nicht aussteigen«, befahl er, »verriegle die Tür!« Er schob den Hebel vor, den er bereits auf AUSSTEIGEN gestellt hatte, als sie in die Einfahrt abgebogen waren. Der Panzerwagen war jetzt von außen nicht zu öffnen. Die Sehschlitze an den Seiten blieben halb geöffnet, das schwere Panzerglas der Windschutzscheibe war kugelsicher und würde jeder Salve standhalten. Burton überlegte genau. Er hatte alles getan, was in dieser Situation möglich war.
»Glaubst du, da ist etwas los?« fragte der Fahrer.
»Man kann nie wissen. Jedenfalls ist es gegen die Abmachung, wenn der Pförtner nicht auf seinem Platz ist. Wir warten hier. Gib mal ein Zeichen mit der Hupe!«
Der Fahrer hupte drei-, viermal. Burton wartete. Er dachte noch nicht an einen Raubüberfall, aber was immer vorgefallen sein mochte, er war gewappnet. Und dafür, daß er zu jeder Minute vorsichtig handelte, zahlte ihm der »Armoured Car Service« ein schönes Gehalt.
»Sie müssen uns gehört haben«, murmelte Burton nach einer Minute. »Etwas stimmt da nicht. Laß den Motor an! Laß ihn laufen...« Burton überlegte krampfhaft. Er kannte die Bank. Von vorn war sie unmöglich zu machen. Jeder Gangster hätte sofort gesehen, daß ein frontaler Angriff Selbstmord gewesen wäre. Ja, früher, zu John Dillingers Zeiten, da waren sie sechs, acht Mann hoch in die großen Banken gestürmt, hatten aus allen Rohren gefeuert und alles niedergemäht, was ihnen in den Weg kam. Aber der Typ Dillinger war ausgerottet. Den gab es heute nicht mehr.
Burton brauchte nur noch Sekunden, dann hatte er die Lösung gefunden. »Paßt auf, Leute«, sagte er zu seinen beiden Mitfahrern. »Diese Bank ist nur auf *eine* Art zu machen: nämlich von

hier aus. Die Boys kommen den Gang hier entlang, zwingen den Pförtner, die Stahltür zu öffnen, und marschieren mit ihm hinein. Da haben sie eine Geisel bei sich und die Überraschung ist vollkommen...«

»Glaubst du wirklich?« fragte der Fahrer.

»Dann will ich mal die Feuerspritze langsam hervorholen«, sagte der dritte und griff nach hinten, um die schwere »Thompson«-Maschinenpistole bei der Hand zu haben.

»Hupe noch einmal lang und kurz«, befahl Burton. »Wenn sich nichts rührt, stoßen wir rückwärts wieder hinaus.«

Laut gellte das Horn vor der Tür: lang, kurz. Es war nichts zu sehen, keine Reaktion. Burton zögerte nicht länger. Er sagte: »Auf, Jungs, das Ding ist faul. Langsam zurückstoßen...«

Benny und John waren fast mit der Arbeit fertig, als sie draußen ein Hupen hörten. Sie begriffen im Bruchteil einer Sekunde, daß sie jetzt möglicherweise zwischen zwei Feuern waren. Wer stand da draußen im Gang, mit einem Wagen? Polizei konnte es nicht sein, denn die hätten nicht gehupt.

Das alles dauerte nur Sekunden, in denen jedoch über unendlich viel entschieden werden mußte. Sie ließen keinen Augenblick in ihrer Wachsamkeit nach, sahen aber genau, wie sich Hoffnung, beinahe Triumph in den Gesichtern der Angestellten und Kunden spiegelte.

John versuchte, die Situation an sich zu reißen. Laut rief er: »Kommt keiner auf falsche Ideen! Wir haben achtzig Schuß, das reicht für jeden von euch! Du!« wandte er sich an den Kassierer. »Komm hierher, neben mich!«

Mit erhobenen Händen und ängstlichem Gesicht leistete der Kassierer dem Befehl Folge. Er murmelte: »Machen Sie sich nicht unglücklich...«

John und Benny überlegten krampfhaft. Wer war da vor der Tür? Wie kamen sie jetzt hinaus? Durch den vorderen Eingang war es unmöglich, denn ihr Wagen stand in der falschen Richtung. Sie hätten wenden müssen, oder sie wären gezwungen

gewesen, an der Bank vorbeizufahren, genau im Schußfeld. Und noch jemand überlegte: der Wächter O'Sullivan. War es ein Risiko, den Burschen die Wahrheit zu sagen? Er ging das Wagnis ein. »Hört zu, ihr beiden, ihr steckt in der Falle. Vor der Tür steht ein Panzerwagen des ›Armoured Car Service‹. Die Jungs da drin sind bis an die Zähne bewaffnet. Die können euch auspusten wie nichts, wenn ihr da hinten rausgeht. Vorn könnt ihr nicht, da erwischen wir euch. Es gibt für euch beide nur eine Chance: Werft eure Kanonen weg! Dann kommt ihr mit ein paar Jährchen weniger weg... Los, Jungs...«
O'Sullivan wollte ein paar Schritte auf den Schalter zu machen, aber John fuhr ihn scharf an: »Bleib stehen, wo du bist! Ich mache ein Sieb aus dir, wenn du auch nur einen einzigen Schritt weiter gehst!«
Sullivan hörte die Stimme, und er begriff, daß der andere Ernst machen würde. Er hatte Erfahrungen. Der Mann, der sich da hinter der Strumpfmaske verbarg, war gefährlich. Und gewiß war er kein Dummkopf. Den Beweis hatte er geliefert. Nur ein ganz gerissener Fuchs konnte auf die Idee kommen, die Bank auf diese Art und Weise zu machen.
Er verlegte sich aufs Verhandeln: »Hört zu! Ich meine es wirklich gut mich euch. Die Chancen stehen hundert gegen eins. Was würde es euch nützen, hier ein paar Mann umzulegen? Ihr kommt nicht weg von hier. Die da draußen sind bereits alarmiert. Sie haben eine direkte Telefonverbindung. Ihr habt das Ding klug eingefädelt, aber jetzt läuft die Uhr gegen euch. Macht keinen Unsinn! Ich gebe euch den besten Rat der Welt: So, wie es bis jetzt abgelaufen ist, könnt ihr mit fünf Jährchen davonkommen...«
Benny lachte laut auf. »Halt jetzt die Klappe!«
Draußen hupte es lang und kurz.
Benny war wütend. Johns Plan hatte sich so grandios verwirklichen lassen. Sollte alles an einer Kleinigkeit scheitern? »Wir müssen hinaus«, flüsterte er John zu. »Hinten. Die beiden nehmen wir mit.«

Der Kassierer und der Portier zuckten erschreckt zusammen.
John nickte. Dann rief er: »Wir ziehen uns jetzt langsam zurück. Die beiden hier bleiben unser Schutzschild. Macht keine Dummheiten!«
O'Sullivan rief: »Ihr macht einen großen Fehler, Jungs. Ich habe es wirklich gut gemeint.«
Langsam, Schritt für Schritt gingen Benny und John rückwärts auf die Stahltür zu. Die beiden verängstigten Bankangestellten machten die gleichen Bewegungen nach rückwärts mit. Sie deckten die Brüder genau ab. Es gab keine Möglichkeit, die beiden zu treffen, ohne das Leben des Pförtners und des Kassierers zu gefährden.
Sie kamen bis zur Tür. Und hier zögerten sie – eine, zwei Sekunden. Was wartete da draußen auf sie?
Sämtliche Augen waren auf die Stahltür gerichtet. John und Benny wußten, was alle wünschten. Sie hofften, daß sie vor der Tür gefaßt, überrumpelt, erschossen würden. Ein Mann, der maskiert und bewaffnet in eine Bank einbricht, kann nicht auf Gnade rechnen.
»Los!« befahl John dem Pförtner. »Du öffnest die Tür und gehst voraus! Ich folge dicht hinter dir.« Er wandte sich an Benny. »Du machst dasselbe mit ihm.«
Langsam öffnete sich die Stahltür. Die Hände des Pförtners zitterten. Er schob sich nach draußen. Und da sahen sie dieses gepanzerte Ungetüm, das sich gerade anschickte, rückwärts zu fahren.

Als der Fahrer des Wagens sah, daß der Pförtner die Hände erhoben hatte, als er begriff, daß dieser Mann das Schutzschild für einen Gangster war, stoppte er den Wagen.
Benny und John sahen durch das Panzerglas der Windschutzscheibe genau die drei Gesichter der Männer. Sie waren zum Greifen nahe. Entschlossene, aufmerksam beobachtende Gesichter.
Langsam gingen die beiden an dem Wagen vorbei. Die drei

Männer darin waren in Sicherheit, sie konnten aber nicht schießen, denn alle Luken des Wagens waren geschlossen.
Benny und John trugen je eine prall gefüllte Tragtasche in der linken Hand, mit der rechten hielten sie die Maschinenpistolen im Anschlag, genau im Rücken der beiden Angestellten. Ruhig und mit einem leisen, fast zischenden Surren schloß sich die Stahltür vor der Bank.
Im gleichen Augenblick schwirrten sie drinnen durcheinander. Drei oder vier traten gleichzeitig auf die Knöpfe der Alarmanlage. Die Sirene vor dem Haupteingang an der Vierunddreißigsten Straße schrie gellend los. O'Sullivan rannte zu den großen Türen. Er wußte, daß die beiden nur aus dem Torbogen kommen konnten, und er wollte von der Ecke aus schießen. Wollte er... Doch die Alarmanlage hatte auch das Hauptportal blokkiert. Er rüttelte zornig daran, bis er begriff, daß er dort nicht hinauskonnte. Wertvolle Sekunden gingen verloren.
Benny und John waren bis zu dem Knick im Gang der Eighth Avenue gekommen. Sie hörten die Sirene von weitem, hörten, daß der Panzerwagen langsam anfuhr, im Gang weiter zurückstieß, sie wahrscheinlich verfolgen wollte. Bis zu ihrem Auto hatten sie noch höchstens fünfzig Meter.
»Los, lauft!« schrie John die beiden Angestellten an. »Wer um diese Ecke kommt, fällt um.«
Der Pförtner und der Kassierer rannten mit schreckensbleichen Gesichtern davon. Sie erreichten den Panzerwagen, gingen hinter ihm in Deckung, fühlten sich gerettet. O'Sullivan erschien plötzlich in der sich langsam öffnenden Stahltür. Er stürmte an den beiden vorbei, rannte zur Ecke. Und dann hörte er eine Salve, hörte das metallische Klirren der Geschosse, die auf den Panzerwagen trafen und mit einem infernalischen Geheul als Querschläger davonstoben.
Sullivan hatte sich zu Boden geworfen. Er spähte vorsichtig nach der Ecke. Die beiden waren fort.
John hatte O'Sullivan kommen gesehen. Er hatte ihn nicht treffen wollen. Ganz bewußt und kühl hatte er auf die Panzer-

platten gezielt, um den draufgängerischen Iren abzuschrecken. Dann waren die Brüder losgerannt. Kurz vor dem Ausgang zur Straße schoben sie die Maschinenpistolen unter den Mantel. Sie wollten zum Wagen gehen.

Sie sahen die Öffnung des Torbogens. Draußen Helligkeit, vorbeihuschende Autos. Sie waren auf der Eighth Avenue, hörten aber noch im Fortgehen das schwere Röhren des nachfolgenden Panzerwagens.

Die Straße war zu dieser Zeit belebt. Eine Menge von Sekretärinnen war unterwegs zum Lunch, zu einer Tasse Kaffee und einem Hamburger. Männer stiegen in ihre Autos, um zum Essen zu fahren. Mittagsstunde. Und die Sirene heulte von weitem, signalisierte, daß gerade ein gefährliches Unternehmen ablief. Die Menschen blieben einen Augenblick stehen. Aber was ging es sie an? Es war ihre freie Zeit.

Und zwischen diesen teilnahmslosen Menschen gingen Benny und John zum Wagen. Aber ehe sie ihn erreichten, schob sich bereits das Heck des Panzerwagens aus dem Torbogen heraus, schob sich auf die Eighth Avenue. Aus einer Schießluke ragte der Lauf der schweren »Thompson«-Maschinenpistole.

Und dann kam O'Sullivan. Den Colt in der Hand, blieb er nahe am Eingang stehen und schoß zwei-, dreimal über die Köpfe der Menge. Frauen schrien auf und warfen sich zu Boden. Männer drückten sich an Hauswände. Das Schußfeld war plötzlich frei.

Alle lagen auf der Erde. Nur die zwei Männer neben dem Wagen mit zwei Papiertüten, großen, vollgepackten Papiertüten, standen aufrecht.

Benny sah O'Sullivan und die »Thompson« in der Schießluke des Panzerwagens. Auf der anderen Seite ihres Autos stand John neben der Wagentür. Fast zur gleichen Zeit rissen sie ihre Maschinenpistolen hoch. Die »Thompson« begann gerade ihre tiefe, bullernde Schußfolge. Die Projektile zirpten vorbei, schlugen klatschend ins Blech des schwarzen Chevrolets. Die Maschinenpistole hüpfte in Bennys Hand. Er hörte Johns

Waffe. Und dann fiel der Wachmann O'Sullivan mit dem Gesicht auf die Straße. Aber noch immer feuerte die »Thompson«. Benny hatte die Papiertragtüte fallen lassen. Mit einem Sprung war er im Wagen. Und ehe er ihn anließ, sah er noch, wie die Papiertüte von einer Garbe zerfetzt wurde. Dollarscheine wirbelten durch die Luft. Wie von einer Riesenfaust gepackt, hüpfte die Tragtüte drei, vier Meter weiter.
Die Autos auf der Straße waren stehengeblieben. Noch ein kurzer Feuerstoß aus Johns Maschinenpistole. Dann war es plötzlich ganz still. Kreischend drehten die Räder des Chevrolets durch, als Benny mit Vollgas anfuhr.
Dann wieder Schüsse. Aus einer Pistole. Ein einzelner Mann, auf der Straße stehend, schoß das Magazin leer. Klirrend zerbarst die Windschutzscheibe des Chevrolets und über das Rückfenster zogen sich plötzlich Zehntausende von kleinen Sprüngen.
Mit kalkweißem Gesicht stand Burton auf der Straße und zielte genau. Immer wieder krümmte sich sein Finger, obwohl Burton tödlich getroffen war. Aber er haßte diese beiden Männer und wünschte ihnen den Tod.

13.

Mit einem einzigen Faustschlag hatte John die von fünf oder sechs Schüssen zersplitterte Windschutzscheibe hinausgefegt. Der Wind fing sich heulend in der nun großen Öffnung. »Fahr zu!« schrie John. »Was drin ist im Wagen!«

Der Chevrolet raste die Eighth Avenue hinunter. Kurz vor der Dreiundzwanzigsten Straße schrie John: »Und jetzt links rein!«

Es war, als wären sie aus einem Sturm in eine plötzliche Stille gekommen. Kein Wagen hatte es riskiert, ihnen zu folgen. Weit, weit entfernt hörten sie das Geheul einer Sirene, dann heulten mehrere gleichzeitig. Großeinsatz der New Yorker Polizei. Ein paar Kinder spielten in der stillen Straße und schauten interessiert zu, wie zwei Männer aus einem zerschossenen Chevrolet stiegen. Die beiden gingen nebeneinander die Straße hinunter. Sie verschwanden in einem Haus. Es waren kleine Kinder, die nicht begriffen, was sie sahen.

Schwer atmend und mit zitternden Händen zogen sich John und Benny die Strumpfmasken herunter. Die Maschinenpistolen, die sie unter den Mänteln versteckt hatten, flogen in den Koffer. Die Papiertüte wurde hineingestopft.

»Wo hast du deine Tragtasche?« fragte John.

»Ich konnte sie nicht mehr mitnehmen. Die Garbe kam genau neben die Tür...« Bennys Gesicht war verzweifelt. Es sah aus, als ob er gleich weinen würde.

»Mein Gott«, sagte John nur. »Läßt der Kerl den Sack liegen mit all dem Geld!«

Benny platzte los: »Idiot! Sei froh, daß wir noch am Leben sind. Ich pfeife auf das Scheißgeld.«
Es war jetzt keine Zeit für lange Auseinandersetzungen. Hastig zogen sie ihre Mäntel aus, nahmen die Hüte ab. Gespannt lauschten sie in das Haus hinein. Niemand war auf der Treppe. Niemand hatte sie gesehen.
»Wir gehen getrennt. Jeder nimmt irgendwo ein Taxi... Den Mantel über dem Arm... Ich trage den Koffer. Wir treffen uns bei Dolly... Los, wir müssen abhauen!«
John wartete gar nicht, ob sein Bruder auch ging. Den Koffer in der Hand, den Mantel über dem Arm, verließ er den Hauseingang. Ein Blick nach links. Da standen die Kinder und betrachteten den Wagen. Aber auch ein Mann war bei ihnen. Die Kinder erzählten ihm etwas. Der Mann schaute die Straße hinunter. John ging langsam. Aber der Weg bis zur Ecke schien ihm unendlich lang. Er würde zur Seventh Avenue gehen und in der Menge verschwinden.

Benny war zwanzig Meter hinter ihm.
Ich sah die beiden Männer fallen, dachte Benny, und er wußte, daß die Garbe, die den Wachmann getroffen hatte, aus seiner Maschinenpistole gekommen war. Ist er tot? Es war fast Gewißheit. Er sah noch das Mündungsfeuer, das aus der Hand O'Sullivans aufzüngelte. Er hörte noch das widerliche Pfeifen der Projektile. Denken war unmöglich gewesen. War es nicht ein fairer Kampf, auf offener Straße? Aber dieser Versuch einer Rechtfertigung brach in sich zusammen. Ist er tot? fragte sich Benny Winston.
Viel später erst wurde ihm bewußt, daß sie von jetzt an Gejagte waren. Es würde keine Stunde dauern, und die Polizei würde den Wagen finden. John war der Eigentümer. Und dann? Nachforschungen – Anfragen beim Vater. Und dann? Die große Jagd. Und das Ende? Dafür gab es den elektrischen Stuhl...
Er hatte mühelos die Seventh Avenue erreicht, war ein Mann

unter tausend anderen. Niemand beachtete ihn, und er schien niemanden zu sehen. Wie ein Schwimmer, der mit letzter Kraft das Ufer erreicht, kam er zu einem Taxistand. Er gab die Adresse an, lehnte sich in die Polster zurück und schloß die Augen.

Und da waren sie wieder, all die Bilder eines ungeheuerlichen Geschehens, das von jetzt an unwiderruflich auf ihm lasten würde.

Der graue Koloß des Panzerwagens, der sich drohend aus dem Torbogen auf die Straße schob. Und Minuten davor die Augenblicke in der Bank, Riesensummen, gebündelte Zehntausende, die vom Kassierer in die Tragtasche gesteckt und später von der Garbe zerfetzt wurden.

Er trauerte dem Geld nicht nach. Was er in einer tiefen Erschöpfung betrauerte, war sein Leben. Er begriff, daß es auf irgendeine Weise heute zu Ende gegangen war. Er dachte an John, an Dolly, an seinen Vater und außerdem noch an zwei Tote, vor allem an den Wachmann, dessen Gesicht er genau vor sich sah: gutmütig, mit vielen Sommersprossen.

Das Taxi schlängelte sich durch den Verkehr. Es erreichte die Beverley Road. Benny hatte die Augen geschlossen. Der Fahrer fragte: »Ist Ihnen nicht gut?« Er beobachtete seinen Fahrgast durch den Rückspiegel.

»Es ist der Magen«, antwortete Benny. »Ich habe ein Magengeschwür...«

»Kein Wunder«, sagte der Fahrer. »Bei der Hetze in diesem verdammten New York...«

John hatte schwer zu tragen. Aber er dachte nicht an das Geld, sondern gleich einen Schritt weiter. Der Wagen würde alles verraten. So viel war ihm klar. Sein Vater würde nichts sagen können, aber sie würden die Identität des Fahrzeughalters feststellen. Und dann noch einen Schritt weiter – Großfahndung nach John und Benny Winston. Nicht nur in New York. Gesucht wegen Raubmordes. Es gab nur eine Lösung: Mexiko.

Wir müssen uns getrennt nach Mexiko durchschlagen!
Danach erst setzte Bedauern ein für die möglichen Verletzten oder Toten. Während er über die Seventh Avenue ging und zigtausend Dollar sowie zwei Maschinenpistolen in einem Koffer mit sich trug, kam ihm kein Selbstvorwurf in den Sinn. Er hatte sofort Rechtfertigung bereit: Ich habe niemanden verletzen wollen. Ich habe das Geld gewollt, aber nicht fremdes Leben. Sie haben mich dazu gezwungen.
Im Taxi war er aufmerksam, beobachtete genau die Straße, sah, daß viele Streifenwagen unterwegs waren. Aber er fühlte sich noch sicher. Dollys Adresse war niemandem bekannt. Die Wohnung lief auf ihren Namen. Niemand im Haus hatte ihn je gesehen. Ein ganz unpersönliches Hochhaus, in dem die Menschen aneinander vorbeigingen, ohne sich zu grüßen. Beverley Road in Brooklyn.
»Wir sind da«, sagte der Fahrer.
Er bezahlte und ging etwa hundert Meter zu Fuß auf das Haus zu. Von der gleichen Stelle aus war er schon einmal nach vollendeter Tat mit dem Koffer auf das Haus zu gegangen. Aber damals war alles glatt abgelaufen. Wir hatten eine kleinere Beute. Nicht so doll, damals... Und jetzt traf ihn der Vorwurf, daß es genug gewesen wäre, wenn er nicht in Las Vegas das Geld verspielt hätte. Der eine Schlag hätte genügt. Es gab keinen Ausweg, keine Ausflüchte vor der Feststellung: Ich bin schuld an allem.
Er spürte, daß sein Rücken feucht war von Schweiß. Eine Schwäche im Magen und ein Zittern der Beine zeigten ihm, während er im Lift stand, wie sehr ihn die letzte Stunde mitgenommen hatte. Einen Schluck Whisky, dachte er. Einen großen, großen Schluck...
Dolly war sofort an der Tür. Ihr Gesicht war verstört. Er sah sofort die ganze Wahrheit in ihren Zügen. »Mein Gott! Zwei Tote. Im Radio... Es kam aus dem Radio! Ich habe hier gesessen und gewartet...«
Sie stand vor ihm im Zimmer und blickte ihn verzweifelt an.

Wortlos setzte er den Koffer ab, dann ging er zu einem Sessel und ließ sich hineinfallen. »Gib mir ein großes Glas Whisky«, bat er. Während er es sagte, bemerkte er, daß seine Stimme heiser war.
Sie ging zur Bar, goß das Glas voll und brachte es zu ihm. Er setzte es an und trank es aus, als wäre es Wasser.
»Wo ist Benny?« fragte sie. Er antwortete nicht gleich, sondern starrte vor sich hin auf den Boden. Sie wiederholte die Frage.
»Er muß gleich kommen«, sagte er müde.
Es waren zwei, drei Minuten der Ratlosigkeit zwischen ihnen. Dann raffte sich John auf und fragte: »Erzähl mir genau, was im Radio gemeldet wurde.«
»Es war vor zehn Minuten. Der Sprecher sagte, daß die Bank überfallen worden sei. Er hat euch genau beschrieben, bis auf das Gesicht. Es gab ein Feuergefecht vor der Bank. Ein Wachmann und ein Angestellter des ›Armoured Car Service‹ sind getötet worden... Die Bevölkerung von New York wurde um Mitfahndung gebeten... So ungefähr hat der Sprecher gesagt...«
Er nickte vor sich hin. »Ja, so war es. Aber es hätte nicht zu sein brauchen. Alles lief glatt. Warum mußten sie uns auch auf die Straße folgen, diese Idioten!«
Er stand jäh vom Sessel auf, ging mit schnellen Schritten zur Bar und goß sich ein zweites Glas ein. »Es war eine Maßarbeit! Du kannst es mir glauben. Wir hatten sie alle in der Tasche. Da kommt dieser verdammte Panzerwagen vor die hintere Tür gefahren. Wer hätte damit rechnen können? Sage mir, wer hätte an so etwas denken können?« Er ging zwei-, dreimal im Zimmer auf und ab.
»Ach so«, sagte sie. »Ich habe noch etwas vergessen: Der Sprecher sagte, es wurden sechshundertvierzigtausend Dollar geraubt...«

Benny kam eine Viertelstunde später. Er sagte kein Wort, ging an Dolly vorbei, als würde er sie überhaupt nicht sehen. Im

Wohnzimmer setzte er sich neben John in einen Sessel. »Sie sind tot, nicht wahr?« Es war, als würde er von John Hilfe erwarten.
Aber auch John wußte kaum etwas zu sagen. Vor Erschöpfung und Ratlosigkeit waren sie fast zwanzig Minuten lang stumm. Dolly saß dabei und erkannte schon jetzt, daß es keinen Ausweg gab. Diesmal würde John die Karre nicht aus dem Dreck ziehen können. Keiner von ihnen dachte an das Geld, an die vielen tausend Dollar, die im Koffer verpackt waren.
Ganz plötzlich begann John zu reden. Er murmelte nur: »Etwa jetzt werden sie den Wagen finden. Sie werden dann Vaters Adresse ermitteln. Es ist eine Kleinigkeit für sie. Die Polizei wird ihn zwingen, ein Foto von mir oder Benny herauszurükken. Und dieses Bild wird im Fernsehen gezeigt. So wird das laufen...«
»Und was können wir tun?« fragte Dolly.
Benny hob den Kopf und wartete auf Johns Antwort, aber sein Gesicht war ohne Hoffnung.
»Es gäbe vielleicht doch eine Möglichkeit... Stellt euch vor, ich würde sagen: ›Der Wagen ist mir gestohlen worden. Ich weiß überhaupt nichts von der Sache.‹ Aber um das glaubhaft zu machen, müßte ich den Wagen innerhalb der nächsten Stunde als gestohlen melden...«
»Und die Kinder, die uns gesehen haben?« warf Benny ein. »Wir kamen ohne Maske aus dem Haus. Wenn drei, vier Kinder sagen: ›Das sind die Männer, die aus dem Wagen gestiegen sind...‹«
John überlegte fast eine Minute. »Ja, die Kinder würden uns verraten. Todsicher ist ihnen aufgefallen, daß wir Zwillinge sind. Nein, diesen Ausweg gibt es nicht für uns.«
Dolly war dem Weinen nahe, als sie sagte: »Aber etwas muß doch geschehen! Wir können uns doch nicht den Rest unseres Lebens hier verstecken! Wie stellt ihr euch das vor?«
»Nicht den Rest unseres Lebens, aber sehr lange müssen wir uns hier verstecken«, sagte John ernst. »Du mußt Vorräte ein-

kaufen in mehreren Geschäften. Nicht zuviel auf einmal. Am besten gehst du jetzt gleich los. Kauf für hundert Dollar Lebensmittel, Whisky und Zigaretten. Wir können nicht eher aus dieser Wohnung hier heraus, bis uns Bärte gewachsen sind, Schnurrbärte. Wir müssen unsere Haare färben. Einer von uns beiden muß eine Brille tragen, wir dürfen nicht gleich aussehen. Man darf uns nicht mehr als Zwillinge erkennen. Also auch einen anderen Haarschnitt. Oder meinetwegen, kaufe eine Haarschneidemaschine, und ich gehe mit Glatze...«
Der Witz kam nicht an. Niemand lachte. Nur so viel war klar: Eine Tarnung mußte irgendwie gefunden werden. Ihre Gesichter würden von jetzt an überall in den Vereinigten Staaten auf Steckbriefen zu sehen sein.
»Mein Gott!« stöhnte Benny. »Wir haben zwei Männer umgebracht! Mußte das sein?« Er schüttelte den Kopf.
»Was hätten wir denn tun sollen?« rief John. »Uns abknallen lassen wie ein Stück Vieh? Sie haben uns gezwungen. Wir haben uns nur verteidigt. Daß wir schneller waren als sie, ist Zufall. Wir könnten genausogut an ihrer Stelle jetzt dort auf der Straße liegen...«
Dagegen gab es keinen Widerspruch. Der Zufall, das Unberechenbare, war gegen sie gewesen. Da gab es nichts wegzudiskutieren, nichts zu beschönigen. Sie waren jetzt Ausgestoßene. Und es war dieses Bewußtsein, das sie zusammenschweißte. Sie begannen zu planen, begannen, sich zu wehren.
»Schalte den Fernseher ein«, befahl John Dolly. »Er muß von jetzt an ohne Unterbrechung laufen, damit wir informiert sind über alles, was draußen vorgeht.«
Erst jetzt dachten sie an das Geld, das noch immer unangetastet im Koffer lag. John öffnete ihn und nahm die Papiertragtüte heraus. Sie war schwer und prall.
»Das schöne Geld«, räsonnierte John. »Er hat es liegenlassen. Einen ganzen Sack voll...«
»Geld! Geld!« sagte Dolly bitter. »Als ob das jetzt noch so wichtig wäre! Wir werden niemals ein Geschäft eröffnen kön-

nen, und in dieser Tragtüte ist genug für die nächsten Jahre. Sechshundertvierzigtausend Dollar habt ihr geholt. Das ist mindestens die Hälfte davon...«

Es zeigte sich, daß Dolly nicht recht hatte. Sie zählten gemeinsam fast eineinhalb Stunden, ohne Begeisterung, ohne die Freude, mit der sie nach dem ersten Bankraub gezählt hatten. Es waren genau zweihundertvierzigtausend Dollar.

»Dann hat er vierhunderttausend auf der Straße liegenlassen!«

Dieser Vorwurf weckte in Benny wieder das Bild vom Papiersack, den die Garbe aus der Maschinenpistole zerfetzte. »Du Narr!« fuhr er John an. »Zwei Tote, und unsere Namen sind bekannt... Da redest du noch groß von diesem Geld! Hast du dir eigentlich schon einmal überlegt, daß auf uns der elektrische Stuhl wartet?»

John schwieg zu diesem Vorwurf. In Gedanken mußte er Benny beistimmen. Lebend werden sie mich nicht kriegen, nahm er sich vor.

»Und übrigens, wie sicher sind wir denn hier?« gab Benny zu bedenken. »Glaubst du nicht, sie werden herausfinden, daß wir Zwillingsbrüder sind? Mich kennen sie seit der Affäre mit den Marihuana-Zigaretten und dem Falschgeld. Dolly hat mich damals im Gefängnis besucht. Sie ist eingetragen... Diese Wohnung hier läuft auf ihren Namen. Wir sind hier auch nicht sicher. Das ist doch ganz klar!«

Verblüfft stellten sie fest, daß sie wertvolle Zeit hatten verstreichen lassen. »Wir sind zu dumm!« knirschte John. »Menschenskind, freilich ist das klar. Wir müssen hier raus. Aber schnellstens!«

»Los, packen!« schrie John Dolly an. »Du mußt unter falschem Namen eine möblierte Dreizimmerwohnung für uns suchen. Heute abend bei Anbruch der Dunkelheit müssen wir hier verduften.«

In diesem Augenblick wurde das laufende Fernsehprogramm unterbrochen. Sie hatten es bisher nicht richtig wahrgenom-

men. Irgendein Wildwestfilm war gelaufen, hin und wieder unterbrochen von Werbespots.
Der Sprecher auf dem Bildschirm begann: »Eine Durchsage der Kriminalpolizei. Wir bitten die Bevölkerung New Yorks um Aufmerksamkeit. Sehen Sie sich bitte genau dieses Bild an ...«
Und da war Johns Bild auf dem Schirm. Groß und deutlich das Gesicht.
Und der Sprecher fuhr fort: »Gesucht wird wegen Raubmordes John Winston, siebenundzwanzig Jahre alt, einen Meter und achtzig groß. Er hat wahrscheinlich mit seinem Zwillingsbruder Benny Winston heute um die Mittagsstunde eine Großbank an der Vierunddreißigsten Straße überfallen. Die beiden drangen maskiert von hinten in die Schalterräume ein und zwangen einen der Kassierer mit vorgehaltenen Maschinenpistolen, sechshundertvierzigtausend Dollar für sie einzupacken. Als sie die Bank verließen, kam es auf der Eighth Avenue zwischen den Gangstern und einem Wachmann sowie den Fahrern eines Panzerwagens des ›Armoured Car Service‹ zu einem Feuergefecht. Dabei wurden der Wachmann und einer der Fahrer von den Gangstern erschossen ...«
Und wieder wechselte das Bild. Da war der schwarze Chevrolet. Viele Löcher im Heck, zerschossenes Rückfenster, ohne Windschutzscheibe. Die Kamera zeigte die Nummernschilder, fuhr um den Wagen herum.
Und wieder der Sprecher: »Dieses Fahrzeug, Marke Chevrolet, ließen die Gangster kurz nach dem Überfall stehen. Nach den Aussagen von mehreren Kindern handelte es sich zweifellos um die Zwillingsbrüder John und Benny Winston ... Hier noch einmal das Bild von John Winston. Sein Bruder gleicht ihm genau. Die beiden sind kaum zu unterscheiden. Die Bevölkerung New Yorks wird bei der Aufklärung dieses schweren Verbrechens um Mitfahndung gebeten ...«
Abermals eine Blende: Eine Postkutsche aus dem Wilden Westen wurde von Banditen überfallen. Schüsse auf dem Bildschirm ...

»Verdammt!« Benny sagte es laut und langsam. »Wir sitzen in der Tinte.«

Um ein Uhr mittags hatten acht Kriminalbeamte den zerschossenen Chevrolet untersucht. Ein Spezialkommando. Fingerabdrücke vom Steuerrad, von den Türgriffen. Staubanalysen in Reagenzgläsern. Sie arbeiteten ohne Unterbrechung. Das FBI war eingeschaltet worden. Noch ehe der Spezialtrupp seine Untersuchungen beendet hatte, war die Adresse des alten Winston ermittelt.

Der Eigentümer des Wagens war leicht herauszufinden gewesen: John Winston. Und dieser John Winston lebte bei seinen Eltern. Mit sechs Telefongesprächen war die Fahndung am Ziel. Die Beamten fuhren los, in der Tasche einen Haftbefehl.

Als es an der Tür klingelte, öffnete die Stiefmutter der Brüder. Sie sah vier Männer, hochgewachsen, mit dem gewissen Gesichtsausdruck: kühl und bestimmt. Sie wußte auf den ersten Blick: Das ist die Polizei. So hatte sie sich Kriminalbeamte vorgestellt. In Gedanken sagte sie sich: Das habe ich kommen sehen ... Ich habe es immer gewußt, daß einer der beiden irgendwann etwas ausfressen wird...

Die Männer fragten nicht erst. Sie gingen über die Schwelle, sagten nur ganz kurz: »Kriminalpolizei.«

Drinnen zogen sie sofort ihre Pistolen. Jetzt wurde die alte Frau blaß. »Es ist niemand hier. Nur mein Mann. Er ist angetrunken – wie immer, oder fast immer. Wen suchen Sie denn?«

»Wo sind Ihre Söhne John und Benny?«

»Es sind nicht *meine* Söhne«, quengelte sie mit ihrer Altweiberstimme. »Es sind die Söhne seiner ersten Frau. Und ich wußte immer, daß sie nichts taugen. Aber er, er hat sie immer in Schutz genommen.« Sie deutete dabei mit dem Zeigefinger auf eine Zimmertür, um damit zu sagen, daß dahinter ihr Mann war.

Die Beamten gingen zu der Tür und stießen sie plötzlich auf. Der alte Winston saß am Fenster. Er blinzelte überrascht die

vier Männer an. »Was... Was suchen Sie hier?« Er sah erst jetzt, daß die Männer Pistolen in der Hand hielten. »Was soll denn das – Pistolen?«
»Wir suchen Ihre Söhne John und Benny. Wo sind sie? Wann haben Sie sie zum letzten Mal gesehen?«
Der alte Mann brauchte eine Weile, bis er begriff, daß es sich um eine schwerwiegende Sache handeln mußte. Er ging sofort zum Angriff über. »Was wollen Sie von meinen Söhnen? Und wieso kommen Sie hier mit Pistolen ins Zimmer? Ich weiß nichts von meinen Söhnen. Nichts weiß ich. Und wenn ich es wüßte, würde ich es Ihnen nicht sagen.«
»Hören Sie zu, Mr. Winston! Ihre Söhne haben heute zwei Männer erschossen. Bei einem Bankraub.«
Der alte Winston sah geradeaus. Seine Lippen wiederholten: »Erschossen... Bei einem Bankraub... Meine Söhne? Wann, wie?« Er schüttelte den Kopf.
»Heute mittag um zwölf Uhr. Ihre Söhne sind überführt. Sagen Sie uns, wo sie sind. Oder wenn Sie Kontakt zu ihnen haben: Sie sollen sich stellen. Sie haben keine Chance. Wir werden sie durch die gesamten Vereinigten Staaten jagen, bis wir sie haben.«
Der alte Winston schüttelte den Kopf: »Meine Söhne... jagen...« Er stand plötzlich vom Stuhl auf und machte einen unsicheren Schritt auf die Beamten zu. Während er sie anschrie, traten die Adern an seinem faltigen Hals hervor. »Jagen! Meine Söhne! Seid ihr sicher, daß sie es waren? Ich glaube es euch nicht. Das kann nicht stimmen. Ich habe sie aufgezogen. Bei mir sind sie groß geworden...« Er zeigte mit der Hand, wie sie als Kinder heranwuchsen. Er klopfte sich an die Brust. »Ich habe sie in die Schule gebracht. Und es waren gute Jungens. Das sind sie auch heute noch. Und ihr wollt sie jagen mit euren Pistolen, meine Jungens...«
Die Kriminalbeamten merkten, daß sie mit Vater Winston nichts anfangen konnten. Ein alter Mann, sicher um die sechzig, ausgemergelt und vom Alkohol zerstört.

Sie wandten sich an seine Frau, die in der Tür stand und alles mit angesehen hatte. »Wir müssen die Wohnung durchsuchen.«
Sie zuckte nur mit den Achseln. Die Beamten begannen ihre Arbeit. Sie öffneten jede Schublade, jede Schranktür. Im Nachttisch, der früher neben Johns Bett gestanden hatte, fanden sie sein Bild. »Ist er das?« fragte der Leiter der Fahndungsgruppe.
»Ja, das ist John.« Die Alte nickte. »Der andere sieht genauso aus. Sie sind nämlich Zwillinge. Aber ich wußte immer, daß sie nichts taugen.«
Sie folgte den Beamten überallhin, während ihr Mann verdattert im Zimmer stehenblieb und vor sich hinmurmelte: »Meine Söhne... meine Söhne... Ich habe sie zur Schule gebracht. An der Hand hielt ich sie, und sie liefen neben mir her. Gute Jungens... Zur Schule habe ich sie gebracht.«
Im Nebenzimmer flüsterte die Frau, die er aus Versehen geheiratet hatte, einem Beamten zu: »Ich habe schon lange gemerkt, daß da etwas nicht stimmt. Sie hatten plötzlich soviel Geld. Dabei war der eine nur Fahrer von einem Leichenwagen, und der andere war auch nichts Gescheites...«
Aufmerksam hörten die Beamten zu. »Wir müssen Sie und Ihren Mann mitnehmen, zur Vernehmung. Wir müssen ein Protokoll anfertigen. Danach können Sie wieder heimgehen...«
Sie schrie auf: »Mitnehmen! Vernehmen!« Sie schlug die Hände zusammen. »Ich wußte doch immer, daß uns die beiden noch die Polizei ins Haus bringen werden.«

Obwohl sie mit der Durchsage gerechnet hatten, waren sie bestürzt über ihre Genauigkeit. Das Foto war erst vor kurzem aufgenommen worden. John kannte es. Er hatte es in seiner Nachttischschublade liegenlassen. Die Polizei war also bei seinem Vater gewesen.
Ein paar Minuten waren sie wie erstarrt. Dann legten sie los. »Anrufen! Sofort anrufen bei einem Makler!« drängte John.

»Dolly, du bist Schauspielerin und suchst für ein Vierteljahr eine hübsche möblierte Dreizimmerwohnung. Du heißt Diana Green und kommst aus Kalifornien. Los Angeles. Oder San Francisco. Du bezahlst die drei Monate im voraus. Sag, du willst etwas Gediegenes. Repräsentativ, verstehst du? – Los, los, geh schon ans Telefon!« Er wedelte mit der Hand.
Dolly gehorchte sofort. John und Benny standen neben ihr, als sie mit den Maklern sprach. Erst der dritte hatte eine entsprechende Wohnung. Sie war sündhaft teuer, kostete zweitausendfünfhundert Dollar im Monat und lag in der Hundertsechsten Straße im sechzehnten Stock eines Hochhauses.
»Vier Zimmer, Miß«, sagte der Makler am Telefon. »Sehr repräsentativ. Etwas ganz Exklusives, das kann ich Ihnen sagen, Miß... Miß... Wie war doch Ihr Name?«
»Green, Diana Green«, sagte Dolly. Sie gab ihrer Stimme einen etwas affektierten Klang.
Sie könne die Wohnung jederzeit besichtigen und den Schlüssel abholen.
»Ich zahle für drei Monate im voraus«, sagte sie. »Wahrscheinlich brauche ich die Wohnung nur diese drei Monate...«
»Gut gemacht«, lobte sie John.
»Aber wie lange sind wir dort sicher?« fragte Benny.
»Wir werden nicht drei Monate dort wohnen. Höchstens zwei. Danach ist es etwas ruhiger geworden. Wir können dann daran denken, nach Mexiko zu verschwinden. Aber getrennt. Mit gefärbten Haaren und so. Oder? Habt ihr einen anderen Vorschlag?« John schaute Dolly und Benny fragend an.
Nein, sein Vorschlag war der beste. Sie packten ihre Kleider in mehrere Koffer, vergaßen nichts, kein Kleidungsstück, keinen Gegenstand, den sie benutzt hatten. »Vor allem müssen Dollys Fingerabdrücke verschwinden«, erklärte Benny.
John und Benny gingen in die Küche und spülten sämtliche Gläser heiß ab, alle Teller, alle Bestecke. Sie wischten mit feuchten Handtüchern über Türklinken.

Als sie fertig waren, befahl John: »Dolly, nimm dir jetzt ein Taxi, und schau dir die Wohnung in der Hundertsechsten Straße an! Kauf unterwegs zwei Brillen mit gewöhnlichem Glas. Du kommst hierher zurück. Wir fahren dann sofort nach Einbruch der Dunkelheit los. Wir müssen raus hier. Nichts wie raus hier.«

14.

Die Wohnung war wirklich luxuriös. Der Makler, ein kleiner, rundlicher Mann, lief eifrig und beflissen vor Dolly her. »Schauen Sie sich das an, Miß. Für das Geld ist die Wohnung glatt geschenkt. Hier, das Wohnzimmer, mit Kamin! Und sehen Sie sich die Sessel an, da kostet das Stück mindestens fünfhundert Dollar.«
Er setzte sich in einen der Sessel, demonstrierte, wie bequem man darin sitzen konnte. Dabei musterte er sie mit unverschämten Blicken, betrachtete wohlgefällig ihre makellosen, schlanken Beine, prüfte mit Kennerblick den teuren Nerz. »Sie sind beim Theater, Miß... Miß...«
»Green«, sagte Dolly mit einem kühlen Blick. Sie spielte ihre Rolle perfekt. Der Makler dachte: Na ja, so eine von der Mittelklasse. Mittlere Rollen. Und einen reichen Freund hat die garantiert auch. Er kannte seine Kunden. Diese hier war ihre zehntausend Dollar wert. »Sie zahlen im voraus für die drei Monate?«
»Ich will erst die ganze Wohnung sehen. Das Bad, die Küche...«
Alles war erste Qualität. Das Bad – ein Traum, die Küche mit zwei Herden zu je vier Kochplatten, ein riesiger Kühlschrank stand in der Ecke. Die Zimmer waren geräumig. Ein Gästezimmer mit zwei Betten und kleinem, separatem Badezimmer gehörte dazu. Durch die Fenster Sicht auf den Central Park. Dolly öffnete ihre Handtasche.
»Nehmen Sie die Wohnung?« fragte der Makler.

»Ich nehme die Wohnung.« Sie zählte ihm die Hundertdollarnoten auf den Tisch. »Machen wir den Vertrag über drei Monate...«

Die Schlüssel konnte sie gleich in Empfang nehmen.

Als der Makler gegangen war, ging sie noch einmal staunend durch die Räume. Sie dachte daran, wie herrlich es hätte sein können, in dieser Wohnung zu leben. Es war genügend Geld da. Sie hätten ein lohnendes Geschäft anfangen können. Das Ende der Armut! Leben auf einer gehobenen Ebene. Reich sein, unabhängig sein, sich alles leisten können. Aus, dachte sie. Zwei Tote! Und ganz verschwommen drohte in ihren Gedanken die schreckliche Vorstellung des elektrischen Stuhls. Sie wollte leben, wollte die unerbittliche Wahrheit abschütteln. Ich bin noch so jung, dachte sie. Und in was bin ich da hineingeraten... Würde man sie auch vor Gericht stellen, wenn John und Benny der Polizei ins Netz gingen? Vielleicht. Aber man wird mich nicht hart bestrafen können. Was habe ich getan? Ich habe geliebt...

Sie fuhr mit dem Taxi zurück. Während der Fahrt schaute sie aus dem Fenster, sah das betriebsame New York an einem heiteren Apriltag. Es war vier Uhr nachmittags.

John und Benny hatten ungeduldig gewartet, obwohl sie nur kurze Zeit weg gewesen war. »Wie ist die Wohnung? Ist sie sicher?« fragte Benny als erstes.

»Sie ist ganz sicher. Es gibt drei Fahrstühle im Haus. Da wohnen nur gute Leute. Ich habe niemanden gesehen. Und die Wohnung... Ich kann euch sagen, das ist eine Wohnung...«

Dolly hatte unterwegs zwei Brillen gekauft. Vor dem Spiegel probierten sie, ob die Brillen sie genügend tarnten. »Mit Brille und dem Hut tief im Gesicht, so könnte es gehen«, fand Dolly. Jetzt mußte es nur noch dunkel werden. Benny goß sich Whisky ein. Er hatte die Füße hochgelegt und starrte in den Fernseher. Sein Gesicht wirkte schlaff.

»Trink nicht soviel!« ermahnte ihn John. »Nimm ihm die Flasche weg, Dolly!«

»Laß mich in Frieden! Dieses Leben ist doch nur noch mit Alkohol zu ertragen.« Benny hielt die Flasche fest, als Dolly sie ihm wegnehmen wollte.

Nachdem es dunkel geworden war, sagte John: »Wir können aufbrechen. Wir fahren getrennt. Zuerst Dolly, dann du, Benny. Als letzter fahre ich.«

Als er den Satz gerade beendet hatte, hörten sie das Heulen einer Polizeisirene. Es kam näher, immer näher. Sie gingen schnell zum Fenster und sahen hinaus. Tief unten auf der Straße konnten sie zwei Wagen erkennen, die mit Blinklicht und großer Geschwindigkeit herankamen.

»Das gilt uns«, stieß Benny hervor.

»Halt die Klappe, und mach mich nicht nervös!« fauchte ihn John an.

Die Wagen waren ganz nahe. Und dann hielten sie mit kreischenden Bremsen genau vor dem Haus. Dolly schrie vor Angst leise auf. John gab Befehle: »Weg vom Fenster! Maschinenpistolen aus dem Koffer! Los, los! Wir müssen die Magazine auffüllen! Dolly, du gehst ins Hinterzimmer. Schließ dich ein! Benny, wir werden uns nicht ergeben. Ehe sie uns erwischen, nehmen wir noch ein paar von denen mit!«

Sie warteten. Die Maschinenpistolen in der Hand, standen sie im Zimmer und beobachteten von der Tür aus den Wohnungseingang.

»Wir haben keine Chance«, murmelte Benny. »Sie werden uns hier ausräuchern mit Tränengas, und dann haben sie uns. Aber ehe das kommt, springe ich aus dem Fenster...«

John hörte ihn, aber er schwieg. So würde das jetzt enden. Sie waren nur noch zu zweit. So würde es enden. Hier in diesem dunklen Zimmer, alles gegen sie: die Meinungen, die Sympathien, der gesamte Apparat der New Yorker Polizei. Nein, es gab keine Chance, von hier wegzukommen. Was für ein miserables Leben. Ein falsches Leben. Ja. Es war von Anfang an nicht viel los damit. Wenig Liebe, wenig Hoffnung. Wir waren zwei Gassenjungen von Beginn an. Es war ungerecht, und des-

halb sind auch wir ungerecht geworden. Und wieder gab John vor sich selber zu, daß er ein Schuldiger war.
»Sie müßten längst hier oben sein«, murmelte Benny leise.
John antwortete nicht, aber Benny hörte, wie sein Bruder einmal laut seufzte. Er wußte, an was John jetzt dachte. Dieses Seufzen in der Dunkelheit, von einem Mann, der so hart war wie John, sagte mehr als alle Worte.
Die Verlorenheit dieser endlosen Augenblicke, während der sie in dem dunklen Zimmer auf den Angriff der Polizei warteten, brachte sie einander nahe. Benny sagte: »John, wir haben immer zusammengehalten. Schon als Jungen hat keiner den andern im Stich gelassen. Weißt du noch, in unserer Straße, wie wir uns geprügelt haben?«
»Ja, mit den anderen. Wir haben immer zusammengehalten...« Johns Stimme war heiser, fast krächzend.
»Und das ist das Ende...«
»Ja, das ist das Ende«, sagte John.
Sie warteten. Nach fünf Minuten war immer noch nichts geschehen. Vorsichtig gingen sie zum Fenster. John öffnete es und sah hinunter. Tief unten auf der Straße konnte er erkennen, daß hinter dem Streifenwagen eine Ambulanz stand. Das große rote Kreuz war nicht zu übersehen. Und dann wurde jemand auf einer Bahre zu dem Krankenwagen getragen, ganz mit einem weißen Tuch bedeckt. Vielleicht ein Toter.
»Menschenskind, das war nicht für uns.« John schlug Benny auf die Schulter. »Hahaha! Es war nicht für uns. Dolly!« rief er über den Flur. »Komm rüber, es ist nichts.«
Sie lachten, es war, als wäre ihnen das Leben neu geschenkt worden. So empfanden sie es. Und in dieser Stimmung der noch einmal Davongekommenen schöpften sie neue Hoffnung, glaubten sie, daß sie aus New York hinauskommen würden.
»Wir fahren nach Mexiko. Und von Mexiko aus weiter nach Argentinien. Wir haben mit dem, was uns noch von Las Vegas geblieben ist, mehr als zweihundertfünfzigtausend Dollar. Wir kaufen eine Hazienda in Argentinien und züchten Rinder. Kein

Mensch wird uns kennen.« John redete sich in Begeisterung, und er riß Benny und Dolly mit, die sich mit dem Taschentuch die Tränen aus den Augen wischte.
Aber zuerst mußten sie aus dieser Wohnung hinauskommen. Und wie war es mit der Übergabe der Wohnungsschlüssel? Sie berieten, daß Dolly alles telefonisch erledigen sollte. Schlüssel in ein Briefkuvert, dann ein kurzer Anruf, sie brauche die Wohnung nicht mehr.
»Es darf kein Verdacht auf Dolly fallen. Sonst sind wir verloren«, überlegte Benny.
»Niemand kann Dolly mit dem Raub in Zusammenhang bringen«, sagte John.
Das leuchtete ihr ein, und auch Benny konnte sich nicht vorstellen, daß die Polizei ein Bild von Dolly finden würde. »Aber ändern, irgend etwas ändern muß sie auch«, sagte er. »Vielleicht die Haare färben...«
Dazu war noch viel Zeit. Jetzt mußten sie erst einmal aus dieser Wohnung verschwinden. John stellte fest, daß sie zu viele Koffer hatten: »Benny und ich dürfen nur jeder einen Koffer mitnehmen, damit wir nicht zuviel Zeit verlieren mit dem Ein- und Ausladen. Wir dürfen den Taxifahrern keine Gelegenheit geben, lange mit uns zu reden. Dolly, du nimmst sechs Koffer, läßt den Fahrer heraufkommen und ihn das Zeug nach unten tragen...«
Dolly telefonierte nach einem Taxi. Als der Fahrer klingelte, versteckten sich Benny und John in einem der Schlafzimmer. Sie hörten, wie Dolly sagte: »Ach bitte, tragen Sie mir doch die Koffer zum Lift und zum Wagen. Ich ziehe in eine andere Wohnung...«
Dann war es still. Sie gingen zurück zum Wohnzimmer und warteten etwa zwanzig Minuten. Der Fernseher lief. Sie redeten kaum etwas, waren ganz beschäftigt mit ihren Gedanken und ihrer Flucht.
In dem Augenblick, als Benny das nächste Taxi anrief, blendete das Fernsehen wieder eine Durchsage ein.

»Die Bevölkerung von New York wird aufgefordert, sich an der Fahndung nach den beiden Raubmördern Benny und John Winston zu beteiligen. Die Staatsanwaltschaft hat für die Ergreifung der Täter zwanzigtausend Dollar Belohnung ausgesetzt. Wir bringen noch einmal das Bild John Winstons...«
Mit einem schnellen Schritt war John zu dem Gerät gegangen und hatte es abgestellt. »Jetzt reicht es mir bald! Fahr los! Ich komme in einer Viertelstunde nach...«

15.

»Kennen Sie diesen Burschen?« Der Kriminalbeamte hielt dem Rechtsanwalt Dr. Bradley ein Foto unter die Nase.
Dr. Bradley schaute sich das Bild an und sagte: »Ja, das ist Benny Winston. Einer meiner Klienten. Er saß in Untersuchungshaft wegen Rauschgift und Falschgeld. Ich habe ihn gegen eine Kaution bis zur Hauptverhandlung freibekommen.«
Der Anwalt sah die vier Beamten fragend an. Es waren die gleichen, die den alten Winston und seine Frau vernommen hatten.
»Warum? Was ist mit ihm?«
»Wissen Sie, wo er sich aufhält oder aufgehalten hat?«
»Darüber ist mir nichts bekannt.«
»Aber Sie haben eine Besuchserlaubnis für eine gewisse Miß Dolly Landon eingereicht, als er in Untersuchungshaft saß. Wo wohnt diese Miß Dolly Landon?«
Der Rechtsanwalt wußte es nicht, aber er konnte sich erinnern, daß dieses Mädchen in »Bill's Tavern« gearbeitet hatte.
Bill staunte nicht schlecht, als die vier Männer in sein Lokal kamen. Es war früher Abend. Er sah ihnen sofort an, daß sie Kriminalbeamte waren. Er hatte einen Blick dafür.
»Ich kann nicht viel über diesen Benny Winston sagen«, erklärte er gedehnt. »Dolly war seine Puppe. Ein hübsches Mädchen. Aber sie kam dann nicht mehr. Es ist ja kein Verlaß auf die Sorte...«
Bill hörte den Erklärungen der Beamten verblüfft zu. »Was, einen Banküberfall soll der Junge begangen haben? Das hätte ich

dem nicht zugetraut. Ein Bild von ihr? Nein, ich habe kein Bild von ihr, aber ich kann sie beschreiben. Sie ist schlank, prächtig gewachsen. Ein hübsches Gesicht, blonde, lange Haare... Warten Sie mal, ich glaube, ich habe da doch ein Bild von ihr. Wir haben uns einmal gemeinsam fotografieren lassen. Ein guter Gast hat in Schnapslaune das Bild von einem dieser Fotografen machen lassen, die nachts in den Bars herumschnorren... Ich muß es in irgendeiner Schublade liegen haben.«
Bill suchte und fand das Bild. Er überließ es den Beamten.
»Hat sie denn auch was damit zu tun?« fragte er.
Die Männer gaben keine Auskunft. Es sah so aus, als würden sie eine ganze Menge verschweigen. Bill schüttelte den Kopf.
»Wer hätte das gedacht? So ein hübsches Ding, und noch so jung... Wäre die mal lieber bei mir geblieben...«
»Sie kriegen das Bild wieder. Wir lassen eine Reproduktion davon machen.«
»Und wie war Ihr Name?« fragte Bill. »Man muß ja schließlich wissen, mit wem man es zu tun hatte...«
»Lieutenant Rogers.« Der Mann tippte mit einem Finger gegen seine Hutkrempe. Die vier gingen hinaus.
Im Wagen nahmen sie sofort Kontakt mit der Zentrale auf. Über die Sprechanlage hörten sie, daß die anderen Männer der Sonderkommission nicht geschlafen hatten. »Lieutenant Rogers, eine Miß Dolly Landon wurde ermittelt, wohnhaft in der Beverley Road...« Sie wußten alles. Hunderte von Telefongesprächen waren geführt worden. Dolly Landon hatte unter ihrem richtigen Namen in der Beverley Road gewohnt. Die Stimme in der Sprechanlage befahl: »Sofort hinfahren! Verstärkung ist unterwegs. Das Gebiet wird soeben abgeriegelt. Wir haben sechzehn Wagen im Einsatz...«
»Los, fahr zu!« befahl Lieutenant Rogers dem Fahrer. »In die Beverley Road. Hoffentlich kommen wir nicht zu spät.«
Lieutenant Rogers blieb während der Fahrt in Kontakt mit anderen Einsatzwagen. Als sie vor dem Haus eintrafen, standen bereits acht Beamte in Zivil nahe an der Hauswand. Sie trugen

die Maschinenpistolen offen in der Hand. Ein paar Neugierige wollten sich um sie scharen, wurden aber barsch angefahren: »Weitergehen! Weitergehen!«

Sie waren schließlich zwölf Mann, als sie oben vor der Tür ankamen. Rogers klingelte und ging dann zur Seite. Drinnen blieb alles still. Sie klingelten noch einmal. Nichts.

»Tür aufbrechen!« befahl Rogers.

Zwei Mann warfen sich krachend gegen die Tür. Beim zweiten Anlauf gab sie nach. Von vier Maschinenpistolen gedeckt, die schußbereit in die Öffnung gehalten wurden, betrat Lieutenant Rogers die Wohnung. Er rief: »Benny und John Winston! Das Haus und die Wohnung sind umstellt. Kommen Sie heraus!«

Nichts.

Die Wohnung war leer. Papierfetzen lagen überall auf dem Boden, Schranktüren standen offen. Die Betten waren nicht gemacht. Im Bad tropfte ein Wasserhahn. Einer der Beamten ging zum Fernseher, hielt die Hand an den Schirm. »Noch warm!«

»Verdammt! Wir sind höchstens eine halbe Stunde zu spät gekommen«, fluchte Lieutenant Rogers. »Sie müssen entweder eine neue Wohnung suchen, oder sie sind bei Freunden untergekrochen...« Rogers überlegte. »Ich denke nicht, daß sie ein zweites Auto hatten, denn weder auf diese Dolly Landon noch auf Benny Winston ist ein Wagen angemeldet. Also müssen sie ein Taxi genommen haben... Los, alle Taxistände in der Umgebung befragen! Aber genau!«

Sie untersuchten systematisch die Wohnung, fanden nichts außer einer leeren Parfumflasche im Abfalleimer, »Chanel Nummer fünf«, und leere Konservendosen in einer solchen Menge, daß sie unmöglich nur von Dolly Landon stammen konnten. Dazu noch zwei leere Whiskyflaschen.

»Klarer Fall, das Mädchen hängt mit drin«, sagte Lieutenant Rogers. »Sind Fingerabdrücke gesichert?«

Von der Zentrale kam die Durchsage, daß ein Taxifahrer vor etwa einer Stunde in dieser Wohnung einer jungen Frau geholfen hatte, Koffer zum Lift zu tragen. Die Beschreibung stimmte genau. Er hatte sie abgeholt, hatte die Koffer eingeladen und war zum Bahnhof gefahren. Mehr wußte er nicht. Central Station.

»Da können wir lange suchen«, schimpfte Rogers. »Das ist eine ausgekochte Bande. Aber wir werden sie kriegen. Es muß vor kurzem noch jemand in der Wohnung gewesen sein. An die Zentrale: ›Das Bild der Dolly Landon im Fernsehen bringen! Im Zusammenhang mit dem Raubmord in der Bank wird gesucht... Los, los! Ihr wißt den Text schon.«

Zwei Beamte gaben den Befehl weiter. In allen Polizeistationen lag jetzt bereits eine genaue Beschreibung von Miß Dolly Landon. In etwa einer Stunde würde ihr Bild über sämtliche Fernsehstationen des Staates New York gesendet werden.

John war der letzte gewesen. Er hatte kein Taxi angerufen, sondern seinen Koffer in die Hand genommen und seine durchgeladene Pistole in die Manteltasche gesteckt. Er war zur Tür gegangen, hatte sich aber dort erinnert, daß der Fernseher noch lief. Er war zurückgegangen, um ihn auszuschalten.

Mindestens fünfhundert Meter ging er dann zu Fuß. Da fuhr ein Taxi dicht an ihm vorbei. Er winkte dem Fahrer, stieg ein und ließ sich zum Central Park fahren, dann ging er wieder zu Fuß.

Es war ein eigentümliches Gefühl, durch die Straßen zu gehen, ein Gesuchter, einer, auf den wohl der elektrische Stuhl wartete.

Mit der linken Hand trug er den Koffer, die rechte hielt die durchgeladene Pistole umklammert. Er wußte, daß er schießen würde, wenn sie ihn stellen sollten. Lieber ein schnelles Ende als das Warten, dieses endlose Warten auf die Gerichtsverhandlung und dann... Er stellte sich alles genau vor, den Gang zum elektrischen Stuhl... Nein, lieber auf offener Straße erschossen werden.

Er suchte das Haus in der Hundertsechsten Straße. Er brauchte nicht lange zu suchen. Es war einer dieser riesenhaften Beton-

klötze, die endlos in den Himmel zu wachsen scheinen, wenn man vor ihnen steht.
Er fand, es war ein gutes Haus, als er im Fahrstuhl stand. Drei Lifts nebeneinander. Hier kannte garantiert keiner den anderen. In den unteren Stockwerken Büros, erst im zehnten Stockwerk begannen die Wohnungen.
Er klingelte, hatte vorher das Ohr an die Tür gelegt, um nach drinnen zu lauschen. Aber drinnen war alles still. Es war auch unmöglich, daß mit der Wohnung etwas nicht stimmte. Entweder die beiden waren auf der Straße geschnappt worden, oder aber sie waren sicher bis zur Wohnung gekommen.
Es dauerte fast eine halbe Minute, bis Dolly kam. Ihr Haar war aufgelöst. Er sah sofort, daß sie nur einen Bademantel trug.
»Aha«, bemerkte er vielsagend. »Ihr habt wohl an nichts anderes zu denken...« Er schaute sich um. Die Wohnung gefiel ihm. Der Wohnraum war mindestens sechzig Quadratmeter groß. Das war Luxus. Geschmackvolle Möbel, genau aufeinander abgestimmte Farben, schwere Teppiche. So etwas hatte er sich immer gewünscht.
»Donnerwetter...« sagte er leise.
»Nach Benny fragst du wohl gar nicht«, sagte Dolly.
»Ich sehe doch, was los ist... Ihr liegt im Bett.«
»An einem solchen Tag kann man nur trinken oder ins Bett gehen. Was glaubst du, was mit meinen Nerven los ist!« Sie war zornig.
»Ja, ja, ja!« beschwichtigte er sie. »Ich habe ja gar nichts dagegen. Ihr gehört zusammen, du und Benny. Ich war ja sowieso nur ein Eindringling...« Er grinste sie an. »War alles in Ordnung unterwegs?«
»Natürlich war alles in Ordnung, sonst wären wir ja wohl nicht hier. Ich habe mich bis zur Central Station fahren lassen. Dort stieg ich mit all meinen Koffern um. Eine böse Plackerei...«
»Und wie ging es mit Benny?«
»Alles in Ordnung.«
Benny kam ein paar Minuten später ins Zimmer. Auch er war

im Bademantel. Er war fast ein wenig verlegen und sagte: »Dolly und ich, wir haben uns entschlossen... Ich meine, wenn wir nach Argentinien kommen, wollen wir dort heiraten...«
John lächelte. Er nickte: »Schön, schön. So habe ich das gern. Ihr macht Pläne für die Zukunft. Das ist gut. Jetzt müssen wir nur eine Sache klären. Wie ist es mit dem Geld? Jeder von uns sollte wenigstens an die zehntausend Dollar bei sich tragen... Man weiß nie, ob wir nicht einmal getrennt werden. Vorübergehend, meine ich...«
Das Geld war im Koffer bei den Maschinenpistolen. Jeder nahm sich ein paar Bündel heraus. Dann schaltete Dolly den Fernseher ein. »Wir haben es ganz vergessen...«
»Die letzte Durchsage kam, kurz bevor ich ging«, sagte John.
Dolly hatte ein paar Dosen Fleisch eingepackt, als sie die alte Wohnung verließen. Sie wollte für drei Personen kochen. Sie waren hungrig. Allerdings war nichts zu trinken in der Wohnung. »Nicht einmal ein Bier«, fluchte Benny.
»Trinkt Wasser«, spottete Dolly. »Es ist gesünder.«
Noch bevor sie einen Bissen gegessen hatten, kam die Durchsage. Sie hatten es sich gerade im Wohnraum in den schweren Sesseln gemütlich gemacht. Es war mitten in einem Spielfilm. Wie üblich sagte der Sprecher: »Wir machen eine wichtige Durchsage...«
»Aha!« grinste Benny. »Jetzt sehen wir mal wieder Johns Gesicht.«
Sie fuhren vor Schreck aus den Sesseln hoch. Es war nicht John. Auf dem Bildschirm erschien Dolly.
»O Gott!« schrie sie auf.
Ihr Gesicht war gut getroffen, eine anschauliche Fotografie, und der Sprecher sagte: »Gesucht wird Dolly Landon im Zusammenhang mit dem Überfall auf die Bank in der Vierunddreißigsten Straße. Wer kann Angaben über ihren Aufenthaltsort machen? Falls Dolly Landon nichts mit dem Raubmord zu tun hat, wird sie aufgefordert, sich unverzüglich bei der nächsten Polizeistation zu melden. Ich wiederhole...«

Wie eine Bombe schlug die Meldung ein. »Wir müssen pakken«, schrie John. »Sofort packen! Der Makler hat dich gesehen.«
Noch immer war ihr Gesicht auf dem Bildschirm. Und jetzt hörten sie auch, in welcher Gefahr sie geschwebt hatten.
»Dolly Landon hat zuletzt in der Beverley Road im Haus Nummer einhundertachtzig gewohnt. Die Wohnung ist verlassen. Dolly Landon ist mit mehreren Koffern mit einem Taxi zur Central Station gefahren. Wer kann Angaben über ihren Aufenthalt machen?«
»Sie wissen alles!« schluchzte Dolly. »Jetzt ist es vorbei. Wir können nirgends hin. Der Makler hat mich gesehen. Wenn er diese Durchsage gehört hat, hängt er jetzt am Telefon...«
»Sofort packen! Nur das Wichtigste mitnehmen. Den Rest lassen wir liegen. Jeder nimmt einen Koffer. Raus hier! Schnell, schnell!« rief John.
Sie rannten in der Wohnung umher. Benny kleidete sich in größter Eile an. Dolly streifte nur ein Kleid über und zog den Nerzmantel an.
»Welche Koffer nehmen wir mit?« fragte Benny. »Wir müssen Sachen zum Wechseln haben. Und wo sollen wir von hier aus hin?«
Sie redeten durcheinander, verloren wertvolle Zeit, fanden keine Lösung. So viel war ihnen klar: Sie mußten getrennt fahren und sich dann treffen. Aber wo?
»Raus hier, raus hier!« drängte John.
»Und ich habe mich so sicher hier gefühlt, in dieser schönen Wohnung«, jammerte Dolly.
»Wohin?« fragte Benny.
Sie wußten es nicht. Es gab Hunderte von Hotels in New York, aber weder John noch Benny oder Dolly konnten in irgendeines dieser Hotels gehen. Mit dem Taxi konnten sie die Stadt nicht verlassen, denn sie waren sicher, daß sie schnell erkannt würden. Mit dem Zug? Mit dem Flugzeug? Alles unmöglich. Überall würden Polypen stehen, an jeder Ecke, an jedem Schalter,

und jeder von ihnen hatte ihre Bilder in der Tasche und würde sie aus noch so vielen Menschen herauspicken.
»Es ist die Hölle«, weinte Dolly. »Ich kann das nicht mehr aushalten. Ich kann nicht mehr! Ich kann nicht mehr!« Sie begann zu schreien. John hielt ihr den Mund zu und schüttelte sie. »Hör auf mit dem Geplärre! Du verrätst uns noch alle.«
Sie wurde etwas ruhiger, schluchzte vor sich hin. »Ich kann nicht mehr.«
Ratlos schauten sich Benny und John an. Sie wußten, daß jede Sekunde zählte. Und nun hatten sie schon einige Minuten vertan.
»Vielleicht...« überlegte John, »vielleicht zu Ellen. Sie hat ein großes Zimmer. Wir könnten zwei, drei Tage dort bleiben.«
»Damit sie uns verpfeift«, schrie Benny. »Eine hübsche Belohnung für so ein kleines Mädchen.«
»Wo sollten wir sonst hin?« fragte John. Seine Stimme klang matt.

16.

Lieutenant Rogers war in der Unterwelt New Yorks berühmt für seine Hartnäckigkeit und seinen unerbittlichen Haß auf alle, die das Gesetz brachen, dem er seit dreißig Jahren diente. Er war kein blindwütiger Draufgänger, sein Haß war kühl und wurde genährt von der Erinnerung an den Tod seines jüngsten Bruders, den Gangster vor zwölf Jahren erschossen hatten, als er gerade ein frischgebackener Polizist geworden war.
Wir werden sie schnappen, dachte Lieutenant Rogers. Wo sollten sie schon bleiben? Jedes Hotel, jede Pension, jede Absteige war mit Bildern der drei versorgt worden. In allen Bahnhöfen von New York, auf den beiden Flugplätzen und im Hafen waren Beamte postiert – mit Fotografien. Der Lieutenant hatte außerdem bei einem Zeichner Bilder machen lassen: Benny und John Winston mit Schnurrbart, mit Backenbart, mit gefärbten Haaren. Dolly Landon würde sich natürlich als erstes die langen blonden Haare abschneiden und färben lassen. Auch für diesen Fall hatte er Zeichnungen anfertigen lassen. Die beiden Raubmörder und das Mädchen hatten keine Chance gegen die Polizei – dachte Lieutenant Rogers.
Die Zentrale meldete sich am Autotelefon: »Ein Makler hat eben angerufen. Das Mädchen hat bei ihm eine Luxuswohnung gemietet. Der Makler behauptet, es sei kein Irrtum möglich. Die Wohnung liegt in der Hundertsechsten Straße am Central Park...«
Lieutenant Rogers wartete noch, bis er Hausnummer und Stockwerk der Wohnung gehört hatte. Dann schrie er den Fah-

rer an: »Los, zur Hundertsechsten Straße! Schnell, noch schneller!«
Mit Blaulicht und Sirene rasten sie durch New York. Noch während sie unterwegs waren, peilten andere Einsatzwagen aus allen Richtungen das Haus in der Hundertsechsten Straße an.

In diesen Minuten hatte John eine Idee. Es gab keine andere Möglichkeit mehr. Er ging zum Telefon und bestellte einen Wagen vor das Haus. Dann befahl er Benny: »Maschinenpistolen auspacken! Magazine auffüllen, Ersatzmagazine in die Tasche! Jetzt läuft die Karre andersrum...«
Dolly sah ihn mit vor Schreck geweiteten Augen wortlos an. Sie hatte begriffen. Auch Benny verstand augenblicklich.
»Jeder trägt nur einen Koffer. Nur das Nötigste mitnehmen!« John war jetzt kalt wie Eis. »Wir tragen die Maschinenpistolen so unter dem Mantel, daß wir sie sofort in Anschlag bringen können. Es geht jetzt ums Ganze.«
Sie bestiegen den Lift, hatten die Wohnung verlassen, in der sie sich so wohl gefühlt hatten. Ein sicheres Nest, in dem sie es lange ausgehalten hätten. Aber nun glichen sie Hasen, auf die Treibjagd gemacht wurde. John wehrte sich gegen diesen Gedanken.
»Noch nicht! Noch nicht«, knurrte er, während der Lift nach unten surrte. »Wir schmeißen jetzt den Taxifahrer aus seinem Wagen, dann fahren wir damit zu Ellen. Wir haben keine andere Möglichkeit. Bei Ellen müssen wir uns verändern. Anderer Haarschnitt, vielleicht die Haare färben... Wenn Ellen nicht spurt, müssen wir sie überall mit hinschleppen. Mit Gewalt.«
Es war keine Zeit für Überlegungen. Auf dem Weg vom Lift zur Haustür sagte John: »Ich hoffe, sie hält ein paar Tage zu uns. Man darf ihr nicht zu viel zumuten. Sie ist nicht hart genug für so eine Sache. Wir werden sehen...«
»Ich nehme den Fahrer«, sagte John dann ganz ruhig. Ohne eine Sekunde zu zögern, ging er zum wartenden Taxi, riß die

Tür auf und hielt dem Fahrer die Maschinenpistole auf die Brust.
»Aussteigen! Wir brauchen dein Auto. Wir werden verfolgt!«
Der Fahrer streckte sofort die Arme hoch. Gegenwehr wäre Wahnsinn gewesen. Langsam rutschte er vom Steuerrad weg, stieg aus und blieb neben John stehen.
»Los doch, los doch!« drängte John. »Werft eure Koffer in den Wagen, und dann nichts wie weg von hier!«
Es war höchste Zeit. Als John sich hinter das Steuer setzte, hörte er die Sirene.
»Sie kommen!« schrie Dolly schrill auf. Ihrer Stimme war anzuhören, wie nahe sie dem Weinen war.
John fuhr an. Der Wagen war nicht übel, aber nicht mehr neu, ein Dodge, vielleicht vier Jahre alt. Als er in den Rückspiegel sah, erkannte John weit hinter sich das blaue Flackern des Blinklichtes auf dem Einsatzwagen. Er schätzte die Entfernung auf zweihundertfünfzig Meter.
Verdammt! Der Wagen gab tatsächlich nicht viel her. Vielleicht hätte man doch den Taxifahrer als Geisel mitnehmen sollen, anstatt ihm einen Schubs zu geben und ihm zu befehlen, sich davonzuscheren...
»Benny«, schrie John nach hinten, »wenn sie näher herankommen, mußt du schießen. Halte auf die Lampen, die Scheinwerfer! Du verstehst? Dann triffst du mit einem Feuerstoß den Motor.«
»Verlaß dich auf mich«, antwortete Benny. Es klang wie ein zorniges Knurren. Dolly saß zusammengekauert neben ihm auf dem Rücksitz und schluchzte hemmungslos. »Ich halte das nicht aus! Ich halte das nicht aus!«

Lieutenant Rogers sah einen wild gestikulierenden Mann vor dem Haus stehen, das die drei gerade verlassen hatten.
Es war der Fahrer des Taxis. Er rief: »Da vorn fahren sie. Sie haben mir mein Taxi abgenommen. Maschinenpistolen! Da vorn. Mein Taxi.« Er hatte sofort den Zusammenhang begrif-

fen und gewußt, daß er den Zwillingen Benny und John Winston gegenüberstand.
Lieutenant Rogers zögerte keinen Augenblick. Sein Wagen schoß los. Das Taxi war noch zu erkennen. »Fahren, mit allem, was drin ist!« befahl er seinem Fahrer. Vom Boden hob er die schwere »Thompson« auf, und er drehte die Scheibe des Wagenfensters herunter. Die beiden Männer auf den Rücksitzen taten es ihm gleich. »Wenn wir nahe genug sind, feuern wir. Ich gebe das Kommando.«
Das Rennen war ungleich. Lieutenant Rogers jubelte: »Wir kriegen sie! Sie haben eine alte Karre erwischt. Unser Wagen holt sie glatt ein. Wenn ich das Feuer eröffne, ballert ihr los. Volles Rohr!« Rogers war von seinem Sieg überzeugt.

Benny sah den Wagen kommen. Es war ein kalter Zorn in ihm. Mit der Maschinenpistole stieß er das Rückfenster hinaus, dann brachte er sie in Anschlag.
Dolly war jetzt nur noch ein schreiendes, heulendes Nervenbündel. Sie flehte Benny an: »Hört auf! Ergebt euch! Wir haben doch keine Chance. Ich bitte dich, Benny, wenn du mich liebst... Wenn du mich liebst, schieße nicht! Es ist Wahnsinn!« Mit angstvoll verzerrtem Gesicht hörte sie die Sirene des Einsatzwagens näher kommen.
John versuchte, alles aus dem Taxi herauszuholen. Es war nicht genug. Im Rückspiegel konnte er sehen, wie sie näher kamen. »Schießen!« brüllte er. »Benny, schießen!«
»Wenn du mich liebst...« flehte Dolly. »Wenn du mich liebst, wirst du nicht schießen. Benny, ich bitte dich, hör nicht auf ihn, hör auf mich! Er ist dein Untergang. Er hat uns in diese Situation gebracht.«
Benny zögerte. Er war für einen Augenblick wie gelähmt. Über die verlängerte Linie seiner Maschinenpistole sah er den Wagen kommen. Er hörte die beiden Stimmen, schwankte, welcher er folgen solle. War dies das Ende? Gestellt auf einer New Yorker Straße – wie bei einer Treibjagd?

»Schießen!« brüllte John, während er den Wagen über eine Kreuzung steuerte. »Schieß doch, du Idiot!«
»Hör nicht auf ihn! Wenn du mich liebst, Benny, dann schießt du nicht. Er ist schuld an allem. Benny, ich bitte dich, schieße nicht!«
Benny Winston sah den Wagen, der jetzt ganz nahe war. Vielleicht noch vierzig Meter entfernt. Wenn er schießen wollte, dann mußte er es jetzt tun.
Während Benny Winston die Maschinenpistole etwas anhob, wußte er, daß er jetzt töten würde. Er hörte, wie ihn Dolly anflehte, aber er sah den Wagen, in dem Lieutenant Rogers mit drei Kriminalbeamten saß. Er war sich klar, daß sie ohne Erbarmen sein würden.
Er zögerte eine letzte Sekunde.
Dann drückte er ab. Die schwere Maschinenpistole hüpfte in seiner Hand. Er sah das Mündungsfeuer. Und dann gingen die Lichter des verfolgenden Wagens aus. Es war ein Feuerstoß von etwa zehn oder zwölf Schuß gewesen, und es hatte genügt.
Er fühlte sich elend, so, als würde er sich jeden Augenblick übergeben müssen. Dolly schluchzte vor sich hin. John rief: »Gut! Du hast sie voll getroffen.« Es lag Triumph in Johns Ausruf, und Benny dachte: Ja, ja, ich habe sie voll getroffen. Eine bittere Feststellung, die nichts von der wilden Auflehnung Johns hatte. Es wäre ihm gleichgültig gewesen, jetzt in dem alten, gestohlenen Dodge zu sterben, denn in diesen Augenblikken, während der sie durch die Straßen New Yorks rasten, sah er klar, daß auf sie nach dem Gesetz nichts anderes warten konnte als lebenslängliche Haft oder der elektrische Stuhl.
Wie viele Menschen hatten sie bis jetzt erschossen? Er wußte es nicht. Zwei waren es auf jeden Fall vor der Bank. Und jetzt ...
Er schob die Frage von sich.
John fuhr rücksichtslos. Mit verkrampftem Gesicht saß er hinter dem Steuer. Es ging um Minuten. Es gab in diesem Augenblick in New York kaum einen Einsatzwagen der Polizei, der nicht eine genaue Beschreibung des gestohlenen Dodge gehabt

hätte. Die schweren Harley-Davidson der Einzelpatrouillen würden an allen möglichen Ecken stehen und auf den angekündigten Wagen warten.
John rief nach hinten: »Wir dürfen keine Sekunde verlieren! Vor Ellens Wohnung übernimmst du den Wagen und fährst noch zweihundert Meter weiter. Dann läßt du ihn stehen. Dolly und ich gehen inzwischen nach oben. Wir nehmen deinen Koffer mit...«
»Es ist gut«, sagte Benny. Er sah keine andere Möglichkeit. John reagierte wie immer richtig. Nur einmal waren seine Reaktionen falsch gewesen: in Las Vegas, als er das Geld verspielt hatte.
Er machte ihm das jetzt in Gedanken zum Vorwurf, aber seine Gedanken und Vorhaltungen waren ohne die Schärfe einer Anklage. Es war eher die melancholische Feststellung, daß sein Zwillingsbruder trotz der perfekten Planung ihr gesamtes Unternehmen zu einem Fehlschlag gemacht hatte.
Als John kurz vor einer Kurve einen Wagen schnitt und sich ein Fußgänger gerade noch mit einem Sprung auf den Gehsteig in Sicherheit bringen konnte, schrie Dolly laut auf: »Ich kann nicht mehr! Ihr seid ja wahnsinnig geworden! Wir haben doch keine einzige Chance!«
John fuhr sie hart an: »Hör endlich mit diesem Geplärre auf! Ich kann das Gequatsche nicht mehr hören. Als hätten wir jetzt nichts anderes zu tun...«
Sie wurde still, aber wenn sie jetzt die Möglichkeit gehabt hätte, sich von den Brüdern zu trennen, hätte sie es sofort getan. Sie war Mittäterin, soviel war ihr klar, aber sie hatte auch davon gelesen, daß ein Kronzeuge nach dem Gesetz frei ausgehen konnte. Und sie wollte frei sein – frei von Mord und Verbrechen. Eine Hutverkäuferin wäre sie jetzt gerne wieder gewesen... Was war sie? Eine Barfrau, die vom großen Leben geträumt hatte – und jetzt nur noch ein wimmerndes Bündel Angst.
»Wir haben nur noch ein paar hundert Meter«, rief John. Aber

was, wenn Ellen gerade in der Abendvorstellung Dienst machen mußte? Der Gedanke schoß ihm blitzartig durch den Kopf. Er ließ sich nichts anmerken. Sie hatten nur diese Hoffnung: die Wohnung von Ellen. Er erinnerte sich, daß ihre Dienstzeiten wechselten: Manchmal war sie am Tag im »Globe-Theatre«, mitunter bis spät in die Nacht. Wenn sie nicht in ihrer Wohnung ist? Dann vielleicht mit dem Wagen unter irgendeine Brücke, einfach in irgendeine Garage fahren und dort den Nachtdienst in Schach halten, mit einem neuen Wagen losfahren, jemand als Geisel mitnehmen... All diese Gedanken rasten durch Johns Kopf.
»Ellen wird uns verraten«, rief Dolly. »Sie war deine Freundin, und sie wird sofort denken, daß du sie wegen mir verlassen hast.«
»Mach dir darüber mal keine Gedanken, Baby«, sagte John. »Wir werden ihr keine Gelegenheit geben, uns zu verraten. Vierundzwanzig Stunden werden wir in Sicherheit sein. Das ist ein großer Vorsprung.«
»Daß ich nicht lache!« schrie sie hysterisch auf. »Einen großen Vorsprung nennst du das... In vierundzwanzig Stunden werden sie den ganzen Staat New York noch besser abgeriegelt haben als jetzt.«
Aus ihrem gehässigen Ton hörte John heraus, daß Dolly von jetzt an eine Gefahr sein würde. Natürlich: Wenn sie nur einen Funken Verstand hätte, würde sie versuchen, aus dieser ausweglosen Situation herauszukommen. Und da gab es nur einen Weg: Sie mußte sich der Polizei stellen, mußte als Kronzeugin auftreten und gegen ihn und Benny aussagen.
Aufpassen! dachte John.
Benny hatte die Gefahr noch nicht erkannt. Er versuchte, Dolly zu besänftigen. »Wir schaffen es schon, Dolly... Sei nur ganz ruhig... Wir kriegen das schon hin. Es ist jetzt alles ein bißchen schwierig. Aber wir haben genug Geld, um über Mexiko nach Argentinien zu kommen. Und dort fangen wir ein ganz neues Leben an...«

Sie hatte fast Mitleid mit ihm, weil sie wußte, daß sie auch ihn verraten würde, wenn sich nur eine winzige Chance für sie bot. Sie sagte kein Wort, starrte nur auf die Straße, die sie entlangrasten, auf die Häuser, die an ihnen vorüberzufliegen schienen.

»Wir sind da«, rief John.

Es war eine stille Straße, die Häuser vierstöckig aus Backstein, mit kleinen Treppen vor den Haustüren und häßlichen Feuerleitern bis in den letzten Stock. Dolly kannte Gegenden wie diese. Alleinstehende berufstätige Männer und Frauen wohnten hier in kleinen Wohnungen.

John hielt den Wagen an.

»Dolly und ich steigen jetzt aus. Du kommst nach, Benny. Fahr den Wagen noch ein paar hundert Meter weiter. Und mach schnell!«

Sie wechselten sich am Steuer ab. Benny fuhr allein weiter. Noch vierhundert Meter, dachte er. Noch dreihundert. Jetzt noch ein kleines Stück. Noch ein winziges Stück. Hier ist es gut, dachte er. Er stieg aus, schaute sich schnell um. Es war niemand in der Nähe. Er schlenderte lässig vom Wagen weg. Jetzt nur nicht auffallen... Keine Hast. Langsam gehen...

Als er nach oben kam, vor die Wohnungstür Ellens, standen Dolly und John mit verzweifelten Gesichtern davor. Sie hatten geklingelt und gewartet, aber Ellen hatte nicht geöffnet.

»Sie muß hier sein«, fluchte John leise, als könne er damit erzwingen, daß sich die Tür für sie öffnen würde. »Sie muß... Sie muß...« murmelte er vor sich hin.

Dolly und Benny sahen ihn mit beklommenen Gesichtern an. John drückte gegen die Tür. Sie wollte keinen Zentimeter nachgeben.

»Hör auf damit«, sagte Benny. »Sie ist nicht hier. Es hat keinen Sinn.«

»Aber wo sollen wir hingehen?« fragte John. Es war, als stelle er sich die Frage selbst, ohne auf eine Antwort von Benny und Dolly zu warten.

Es war still in dem Haus. Verschlossene Türen, hinter denen jetzt friedliche Bürger schliefen oder vor den Fernsehschirmen saßen, gefesselt von den neuesten Nachrichten. Und eine der aufregendsten Meldungen war der Bericht über eine Gangsterjagd in New York, bei der wieder ein Polizist erschossen worden war – von den Brüdern Benny und John Winston.

17.

Lieutenant Rogers hatte eine Sekunde zu lange gezögert. Diese Sekunde hatte ausgereicht für Benny Winston. Sein Feuerstoß hatte die Scheinwerfer des Wagens getroffen. Dann den Motor – danach den Fahrer.
Er starb hinter dem Steuer, hielt noch im Tode das Steuerrad fest, fuhr fünfzig oder sechzig Meter weiter, als wäre er noch am Leben. Dann scherte der Wagen aus. Lieutenant Rogers schoß. Aus dem schlitternden, herumschleudernden Wagen schoß er, ohne zu treffen.
Der Wagen krachte gegen den Bordstein, hüpfte einmal hoch, rammte einen Hydranten und blieb stehen. Lieutenant Rogers sah in diesem Augenblick ein, daß er versagt hatte.
Sie holten den Toten hinter dem Steuerrad hervor und legten ihn vorsichtig neben den zerbeulten und zerschossenen Wagen. Rogers kniete neben ihm und hielt seinen Kopf. Aber hier kam jede Hilfe zu spät. Ein paar neugierige Passanten sammelten sich um die Gruppe und starrten auf den Toten.
Rogers schrie sie an: »Gehen Sie weiter: Machen Sie, daß Sie weiterkommen!«
Sein Einsatzkommando sah ihn schweigend an. Er konnte aus ihren Blicken den stummen Vorwurf herauslesen. Als wolle er sich entschuldigen, sagte er leise: »Ich werde sie kriegen... tot oder lebendig.«
Es dauerte nur zwei Minuten, bis der nächste Einsatzwagen kam. Der Mann neben dem Fahrer machte Lieutenant Rogers unaufgefordert Platz.

»Was jetzt? Alle unsere Wagen haben die genaue Beschreibung des Dodge... Über das Fernsehen kamen die Zeichnungen mit allen möglichen Haarschnitten und Veränderungen... Was jetzt?« fragte Lieutenant Rogers noch einmal.
»Wir können nur darauf warten, daß sie uns irgendwo ins Netz gehen«, sagte der Sergeant, der den Wagen fuhr.
Rogers nickte vor sich hin.
Dann sagte er: »Vielleicht... vielleicht sollten wir...« Aber er führte den Satz nicht zu Ende. Er hatte daran gedacht, den alten Winston noch einmal zu verhören. Aber er verwarf den Gedanken wieder.
Von Ellen wußte er nichts. Sie war eine noch unbekannte Größe in dieser Jagd. Auch der Beamte, der die Wohnung der alten Winstons zu beschatten hatte, schöpfte keinen Verdacht, als er eine junge Frau in das Haus gehen sah. Es wohnten viele Familien hier.

Ellen hatte ihren Dienst versäumt. Als sie Johns Bild am Fernsehschirm sah und die Meldung des Ansagers hörte, war sie wie gelähmt.
Eine Zeitlang saß sie auf der Couch und weinte still vor sich hin. Sie wußte, was die Nachricht im Fernsehen bedeutete. John würde lebenslänglich im Gefängnis sitzen oder auf dem elektrischen Stuhl enden. Es schien ihr unfaßlich, daß er eine solche Tat begangen hatte. Wie wenig hatte sie ihn gekannt! War es etwas, das von jeher in ihm gewesen war? Oder hatte ihn schlechte Gesellschaft beeinflußt?
Sie warf ihm jetzt nicht vor, sie lange allein gelassen zu haben, obwohl sie sich denken konnte, daß eine andere Frau im Spiel gewesen sein mußte. Für sie war es, als habe sie die Todesnachricht von John erhalten.
Nach zwei Stunden machte sie sich auf den Weg. Sie hatte den alten Winston schon eine ganze Weile nicht mehr gesehen. Als sie in seiner Wohnung eintraf, sah sie sofort, daß er völlig nüchtern war. Er hatte nicht einen einzigen Schluck an diesem

Tag getrunken. Seit Lieutenant Rogers ihn verhört hatte, war die Flasche, die stets im Kleiderschrank stand, geschlossen geblieben. Und neben der Flasche, in einem Schuhkarton, lag das Bündel Dollarnoten, das ihm seine Söhne geschenkt hatten. Er hatte es bereitgelegt in der Hoffnung, ihnen damit vielleicht helfen zu können. Aber sosehr er auch sein Gehirn zermarterte, er fand keine Möglichkeit, mit ihnen in Kontakt zu kommen oder irgend etwas für sie zu tun.

Er war ein alter Mann, der auf einem Stuhl in einem kleinen Zimmer saß und immer wieder den Kopf schüttelte, wenn er sich vorstellte, daß seine Söhne zu Mördern geworden waren. Seine Söhne! In dieser Tatsache schien ihm eine maßlose Ungerechtigkeit zu liegen. Warum seine Söhne? Er erinnerte sich an sie als Kinder. In seinen Gedanken waren sie es noch. Er sah sie wie Halbwüchsige, zu einer Zeit, in der er noch nicht vom Alkohol zerstört war.

Er begriff aber auch, daß er versagt hatte. Er war eine von diesen labilen Naturen, die sich nie wieder fangen, wenn sie einmal gestrauchelt sind. Der Tod seiner ersten Frau hatte ihn endgültig zum Säufer gemacht. Er war kein richtiger Vater mehr gewesen. Und das war seine Schuld, mit der er nun allein im Zimmer saß.

Ellen kam herein und fragte sofort: »Ist es denn wahr? Kann das denn wahr sein?«

Er nickte langsam. Es war eine Bejahung der Frage. Er nickte lange vor sich hin. Es sah fast so aus, als wackelte eine Puppe mechanisch mit dem Kopf. Sein Gesicht war still und bitter, nachdenklich und irgendwie entschlossen, als wolle er etwas tun, habe aber die richtige Entscheidung noch nicht getroffen.

»Ich kann es nicht begreifen«, sagte Ellen. »Verstehen Sie? Ich kann es ganz einfach nicht fassen.«

»Meine Jungens«, murmelte er vor sich hin. »Ich bin mit schuld daran. Aber niemand wird daran denken, wenn sie jetzt Jagd auf sie machen ...« Er nickte wieder, sah dabei starr geradeaus. »Meine Jungens«, murmelte er.

»Wo werden sie jetzt sein? Du bist ein gutes Mädchen, Ellen... Wenn du sie siehst, dann sage ihnen, sie sollen sich stellen. Ich werde dem Richter sagen, daß ich an allem schuld bin, daß ich mich fast nicht mehr um sie gekümmert habe, seit sie zehn Jahre alt waren. Dann muß man sie doch am Leben lassen... Glaubst du nicht, daß man sie dann am Leben lassen muß?« Er blickte sie gespannt an, wollte eine Antwort hören, die ihm bestätigte: Sie würden am Leben bleiben.
Ellen sagte: »Ja, natürlich. Dann muß man sie leben lassen... Aber ich glaube nicht, daß ich sie sehen werde. Sie werden sich irgendwo versteckt halten. Es ist besser, man findet sie nicht. Nur, ich glaube nicht, daß sie sich lange halten können...«
»Man muß sie doch am Leben lassen, nicht wahr, Ellen?«
»Ganz sicher.« Ellen wiederholte, was der alte Mann hören wollte, aber sie merkte, daß sie jetzt nicht mehr viel mit ihm reden konnte. Sie wollte nach Hause.

Sie ging ein Stück zu Fuß, dann nahm sie ein Taxi. Sie fühlte sich müde, und es wäre ihr unerträglich gewesen, in dieser Nacht im »Globe-Theatre« die Plätze anweisen zu müssen. Während sie im Taxi saß, dachte sie: Ich werde jetzt schlafen... Schlafen... Das schien ihr die einzige Erlösung aus ihrer Verzweiflung.
Langsam ging sie die Treppe hinauf, und auf dem vorletzten Absatz begann sie bereits, in ihrer Handtasche den Wohnungsschlüssel zu suchen. Sie war damit beschäftigt, bis sie fast vor ihrer Tür angekommen war.
Erschreckt blieb sie stehen. Ihr Mund öffnete sich, als wolle sie etwas sagen, aber sie blieb dann doch ganz still. Die drei standen neben ihrer Wohnungstür und schauten sie wortlos an.
John, Benny und Dolly!
Sie standen zu dritt dicht an der Wand nebeneinander. Im Halbdunkel des Treppenhauses konnte Ellen den Lauf der Maschinenpistole sehen, die John unter dem Mantel trug. Sie starrte eine Sekunde auf die Waffe, dann wieder in die stum-

men Gesichter, die ihr gehetzt schienen, nicht feindlich, nicht freundlich, nur abwartend.
Ellen sagte das erste Wort. Sie wandte sich an John: »Ich komme von eurem Vater. Ich habe ihn besucht...« Sie wartete auf eine Entgegnung.
»Ellen«, sagte John leise, »wir müssen für eine Nacht oder für vierundzwanzig Stunden bei dir unterkommen. Wir haben keine andere Wahl...« Nun wartete er auf eine Antwort.
Sie sagte eine Weile nichts. Er sah genau, daß sie überlegte, sah auch noch etwas anderes in ihren Blicken, das ihn fast verlegen machte: Es war Mitleid. Er hatte sich nie vorstellen können, von einer Frau bemitleidet zu werden. Er wußte jetzt, was sie wert war, daß sie wahrscheinlich die Richtige für ein ganzes Leben gewesen wäre. Sie sah gut aus, schlank, groß, dunkelhaarig, mit einem zarten Gesicht, in dem die ersten herben Linien der Einsamkeit zu erkennen waren. Eine Frau, die allein lebte, die ihn geliebt hatte und, wie er jetzt wußte, die ihn immer noch liebte.
»Ich weiß, wie gefährlich es ist, euch aufzunehmen, aber ihr könntet mich gezwungen haben... Hat euch jemand gesehen?«
»Niemand hat uns gesehen. Wir sind hier still neben deiner Wohnungstür stehengeblieben«, erklärte John.
Sie steckte wortlos den Schlüssel ins Schloß und öffnete die Wohnungstür. Einer nach dem anderen gingen sie hinein. Sie sperrte von innen ab.
Als hätte sie Benny erst jetzt gesehen, begrüßte sie ihn: »Guten Tag, Benny...«
Er nickte ihr zu, deutete mit der Hand auf Dolly: »Sie ist meine Freundin. Sie heißt Dolly...«
Die beiden Frauen musterten sich. Es war ein stummes Abschätzen, keine Feindschaft, aber nicht Sympathie. Für Ellen ein seltsames Zusammentreffen. Sie hatte von Frauen gehört, die mit Gangstern zusammenlebten, sie hatte sie auch in Filmen gesehen. Diese hier sah anders aus. Mit dem feinen In-

stinkt einer erfahrenen Frau wußte Ellen, daß sie es mit einem verirrten Mädchen zu tun hatte.

Der Raum war nicht sehr groß. In einer Nische stand das Bett. Außerdem gab es noch eine breite Couch, ein paar billige Sessel und einen kleinen Eßtisch mit vier Stühlen. Alles nicht teuer, typischer Dutzendgeschmack.

Die drei Gejagten ließen sich müde auf der Couch und den Sesseln nieder. Ellen sah, wie John und Benny ihre Maschinenpistolen auf den Boden legten, als wollten sie diese vor ihren Augen verstecken. Sie tat so, als würde sie die Waffen nicht sehen.

»Können wir etwas essen bei dir?« fragte John. »Wir sind total ausgehungert.« Er war leise, nicht fordernd. Alles, was er sagte, klang wie Bitten.

»Ich habe nicht sehr viel im Haus, aber es wird für eine Mahlzeit ausreichen.«

Sie ging in die Küche. Dolly folgte ihr. »Darf ich Ihnen nicht etwas helfen?« fragte sie. Sie war unsicher gegenüber dieser Frau, von der sie wußte, daß sie nur eine Platzanweiserin in einem Kino war.

Ellen wehrte ab: »Bleiben Sie ruhig sitzen! Sie müssen sich ausruhen. Ich kann mir denken, was Sie hinter sich haben ...«

»Ja, es war schlimm ... Es war fürchterlich. Ich werde es niemals wieder vergessen können ...«

Die beiden Frauen sahen sich an. Es war keine Rivalität zwischen ihnen. Sie wogen in diesem Moment nicht einmal ab, wer von beiden wohl besser aussehe.

Während Dolly und Ellen in der Küche waren, sagte John zu Benny: »Sie ist sicher. Ich glaube, wir können uns auf sie verlassen. Es fragt sich nur, wie lange sie diese Situation aushält.«

Benny nickte. »Sie liebt dich noch immer ...«

»Ja, ich glaube es fast auch ... Und ich glaube, sie wäre auch die Richtige gewesen. Aber das ist jetzt vorbei, es spielt keine Rolle mehr.«

»Glaubst du denn, daß wir hier herauskommen? Der Weg nach Mexiko ist lang... Wir müßten getrennt fahren...«
»Getrennt?« fragte John. »Dolly ist nicht mehr sicher. Ich sage es dir. Sie würde jetzt jede Gelegenheit nutzen, von uns wegzukommen... Ich kann dich nur warnen: Paß gut auf sie auf!«
Benny glaubte es nicht: »Unmöglich! Dolly würde uns nie verpfeifen. Sie steckt doch mit uns in der Tinte. Was könnte sie tun?«
»Sie könnte beispielsweise die Kronzeugin gegen uns werden. Vergiß das nicht! Sie hat keine Kraft mehr. Es war zuviel für sie. Jetzt möchte sie aussteigen.«
Ellen und Dolly kamen aus der Küche zurück. Dolly trug die Teller und Ellen einen großen Topf mit Reis und Fleischklößen.
Sie aßen zu viert an dem kleinen Tisch. Danach kam die große Müdigkeit, eine bleischwere Erschöpfung. Der Tag lastete auf ihnen. Sie saßen stumm auf den Stühlen, voll trübsinniger Erwägungen.
Benny fragte plötzlich: »Und Vater? Du sagst, du hast ihn besucht...«
»Er ist sehr verzweifelt«, sagte Ellen. »Ich glaube, er trinkt keinen Schluck mehr. Übrigens, stellt euch vor, er hat zu mir gesagt: ›Wenn du sie siehst, dann sage ihnen, sie sollten sich stellen.‹ Als hätte er gewußt, daß ich euch noch treffe...«
Die Brüder sahen schweigend vor sich hin.
»Es war nicht unvernünftig, was er gesagt hat. Falls ihr vor Gericht gestellt werdet, will er dem Richter sagen, daß eigentlich er der Schuldige sei. Dann müßte man euch...« Sie unterbrach sich, hatte sagen wollen: Dann müßte man euch leben lassen.
Benny und John verstanden genau, was sie gemeint hatte: der elektrische Stuhl.
Erregt sprang John plötzlich auf. »Sie werden uns nicht kriegen. Wir werden uns durchschlagen. Es ist *keine* gute Idee von Vater gewesen, zu raten, wir sollten uns stellen. Wir können nicht auf Gnade rechnen.«

Wortlos räumte Ellen den Tisch ab. Sie trug die Teller und Bestecke in die Küche. Die anderen hörten, wie sie dort hantierte. John ging nach einer Weile zu ihr hinüber. Sie war beim Abwaschen, hatte aber sofort aufgehört, als er hereingekommen war. Sie trocknete die Hände ab. Dann standen sie sich gegenüber. Sie sah ihn unverwandt an.

Ohne Hast und ganz zart zog er sie an sich. Sie umschlang ihn mit den Armen und preßte ihr Gesicht gegen seine Wange. Er streichelte sie, fühlte jetzt ein großes Verlangen nach ihr. Unter seinen Liebkosungen wurden ihre Sinne wach. Ihr Schluchzen war lautlos. Er spürte nur, wie sie davon geschüttelt wurde und wie sie sich mit aller Macht dagegen wehrte. Während sie sich wie Verzweifelte umarmt hielten, dachte sie daran, daß sie ihn niemals wiedersehen würde. Welche Möglichkeiten gab es für ihn noch? Er konnte irgendwo auf einer Straße abgeknallt werden. Sie konnten ihn festnehmen, dann würde er durch das Gesetz getötet, oder er würde für immer hinter Zuchthausmauern verschwinden. Wenn ihm die Flucht gelänge? Aber auch dann würde sie ihn nicht mehr sehen.

Mit dem Fuß schob er leise die Küchentür zu. Sie war bereit für ihn. Auch an diesem Platz. Es war ein unendliches Mitleid, das ihm alles gewährte wie einem, der noch einen letzten Wunsch hat.

Sie dachte jetzt nicht an seine Schuld, obwohl sie als selbstverständlich annahm, daß er dafür büßen müsse.

Er hörte, wie sie immer wieder seinen Namen nannte. Es war, als würde er sich darin selbst erkennen. Ein Fremder und doch Vertrauter, der den Namen John trug, der unter diesem Namen ausgebrochen war aus der Gesellschaft und der jetzt ein letztes Mal geliebt wurde. Das alles ging durch seinen Sinn, während er es hörte: »John ... John ...« Eine Klage um ihn und um alles, was geschehen war.

18.

Am vierten Tag wurde Lieutenant Rogers zu Woodby, dem Polizeichef von New York, gerufen. Der Mann saß hinter seinem mächtigen Schreibtisch und begann laut und ohne Umschweife: »Rogers, bisher hielt ich Sie für einen unserer fähigsten Polizisten... Aber was diese Winstons mit Ihnen abziehen, ist doch ein bißchen stark. Die Kerle schlüpfen Ihnen ja ständig durch die Finger.«
»Ich habe getan, was ich konnte, Sir.« Rogers war rot angelaufen. Er kannte seinen höchsten Vorgesetzten und dessen schlechten Ruf. Es wurde über ihn gemunkelt, er habe Verbindungen zur Mafia, zu den Spitzen der Mafia. Einige der Bosse ständen geradezu unter seinem Schutz, dafür lieferten sie ihm gelegentlich gefährliche, nicht organisierte Außenseiter ans Messer.
Wie eine Bestätigung dieser Version sagte Woodby jetzt: »Ich habe mich ein bißchen umgehört. Die Winstons sind Amateure. Niemand kennt sie. In den Kreisen der ›ehrenwerten Gesellschaft‹ sind sie völlig unbekannt. Rogers, Sie wissen, ich habe manchmal unorthodoxe Methoden... Das Verbrechen ist nicht zu verhindern, aber man kann es in einem gewissen Rahmen halten. Wenn uns das in diesem verdammten New York gelingt, haben wir schon viel erreicht.«
Rogers hatte verstanden und nickte zustimmend.
Woodby war für Rogers ein Rätsel. Er hatte eines dieser Jungengesichter unter seinen schneeweißen, kurzgeschnittenen Haaren. Er konnte vierzig, fünfzig oder auch siebzig Jahre alt

sein. Es ging eine unangenehme Härte von ihm aus, die nicht zu definieren war.
»Diese Stadt verfault von innen, Rogers. Sie ist marode bis auf die Grundmauern. Wir wissen das alle, und wir können nicht viel dagegen tun. Härte ist die einzige Alternative. Aber jetzt wollen sie den elektrischen Stuhl auch noch abschaffen... Im letzten Jahr über tausend Morde, fast viertausend Vergewaltigungen, an die hunderttausend Raubüberfälle... Wir haben nicht genug Zellen, die Gefängnisse sind überfüllt. Die Rate der aufgeklärten Gewaltverbrechen ist beschämend. Uns fehlen mindestens noch dreitausend Polizisten. Härte, Rogers, nur Härte kann etwas in diesem Schlamassel ausrichten.«
Woodby lehnte sich in seinem Sessel zurück und schaute Rogers abwartend an. »Also, was haben Sie mir zu berichten über den Fall? Ich will auch Hintergrund, Hintergrund...«
»Hintergrund«, wiederholte Rogers. »Wir haben seit Tagen den Zwillingen nachgeforscht. Es gibt nichts Besonderes in ihrem Leben, außer der Tatsache, daß sie Zwillinge sind. Eine typische Jugend in Downtown Manhattan. Trotzdem High School, wo sie recht gute Schüler waren. Aufgewachsen mit ein bißchen Armut zwischen Iren, Juden, Chinesen, Deutschen, Puertoricanern und all dem Gemisch, das Sie ja kennen. Sie hatten die verschiedensten Jobs, nichts Dauerndes, keine ordentliche Berufsausbildung. Aber das will nichts heißen. Es gibt keinen Hinweis in ihrem Background, der auf Verbrechen deutet.«
»Die Militärpapiere?« unterbrach Woodby.
»Da gibt es allerdings eine Kleinigkeit«, sagte Rogers. »Sie wurden in Vietnam disziplinarisch bestraft. Schwerer Arrest für Befehlsverweigerung... Irgendwas hat den beiden nicht geschmeckt. Sie sollten mit ihrer Einheit ein Dorf ausräuchern. Dabei haben sie nicht mitgemacht...«
»Ah, jetzt kommt die berühmte Menschlichkeit der Gangster. Die böse Welt hat sie auf das Verbrechen vorbereitet...« Woodby winkte geringschätzig ab.

»Jedenfalls hat ihnen da etwas gestunken, Sir.«
»In Vietnam hat vieles gestunken, Rogers, aber das ist doch kein Freibrief für Raubmord!«
Woodby war unzufrieden, er hatte einen massiven, nicht zu übersehenden Hinweis auf das Verbrechen erwartet.
»Unzufriedenheit, Sir, ganz allgemeine Unzufriedenheit.«
»Ja, ja, ich weiß«, sagte Woodby. »Die Reichen beuten schamlos aus und führen genauso schamlos ihren Reichtum vor. Dann werden die Jungen entweder Kommunisten, gekränkte Idealisten, oder sie suchen sich einen Guru, oder auch: Sie flüchten ins Rauschgift. Alles bekannt, Rogers, alles bekannt. Aber der wahre Grund ist für mich ein anderer: Unsere Städte brechen zusammen. Es gibt einen Versuch mit weißen Laborratten, die auf engstem Raum gehalten werden, sich pausenlos vermehren und dann schließlich beginnen, sich gegenseitig aufzufressen. Es ist der Ratteneffekt, Rogers. Und dagegen hilft nur Härte. Sie haben alle Vollmachten, die Brüder Winston zu schnappen, besser noch: zu killen. Abknallen, wo immer sie ihnen begegnen.«
»Es ist gut, Sir. Ich werde mir das merken.«
»Was ist übrigens mit dem Mädchen?«
»Wir konnten nicht viel ermitteln. Ein Durchschnittstyp, die High School nur kurze Zeit besucht. Einmal war sie Hutverkäuferin, aber auch nicht lange. Die Eltern sind geschieden. Es gibt weder Verbindungen zum Vater noch zur Mutter...«
»Nutte?« fragte Woodby.
»Nein, keine Nutte, eher ein bißchen hilflos. Zuletzt war sie Barfrau, eine Barfrau mit Rosinen im Kopf. So jedenfalls schildert sie ihr letzter Chef, ein ehemaliger Boxer. Er hieß...«
Woodby winkte ab: »Nicht wichtig. Die Winstons müssen sie kriegen, tot oder lebendig. Besser wäre natürlich tot.«

Am fünften Tag begann die Stimmung zu sinken. Es war die unausbleibliche Krise. Vier Menschen auf engstem Raum, davon einer, der der ein Gefangener war.

Sie ließen Ellen nicht aus den Augen. John, der sich anders frisiert hatte und mit einer Brille schwer mehr zu erkennen war, begleitete Ellen zu jedem Einkauf und trug dabei seine Pistole in der Brusttasche.

»Du mußt verstehen, daß wir uns absichern müssen«, erklärte er ihr. »Ich glaube nicht, daß du uns ausliefern willst, aber deine Nerven könnten versagen...«

»Ich weiß nicht, wie es weitergehen soll«, sagte Ellen. »Ich werde meine Stellung verlieren. Es wird auffallen, daß ich mich dort nicht mehr gemeldet habe... Es könnte Besuch kommen von meiner Mutter. Es geht nicht länger so weiter! Und dann die Riesenmengen von Lebensmitteln, die ich einkaufe. Man sieht doch die leeren Konservendosen in den Mülltonnen...«

»Gib uns noch etwas Zeit«, bat John. »Noch zwei Tage.«

»Aber es wird doch immer schlimmer, denn ich bin jetzt mit in der Sache drin.«

Das war der Augenblick, in dem sich Dolly und Ellen zum erstenmal anschrien. Dollys Stimme schien zu kippen, als sie rief: »Was redet sie ständig davon, sie wäre in dieser Sache mit drin? *Ich* bin es, die in diese Sache hineingezogen wurde. *Ich* muß mich hier mit euch verkriechen und wie ein Hund leben, weil ihr meine Dummheit ausgenutzt habt, weil ihr mich mißbraucht habt für eure Zwecke.«

»Plärrt jetzt um Himmels willen nicht hier herum!« beschwichtigte sie John. »Dein Geschrei kann man durch das ganze Haus hören, Dolly! Ich werde jetzt mit Ellen einkaufen gehen, und danach wollen wir noch einmal überlegen, was wir tun können. Du hast deine Haare jetzt so gefärbt, daß dich niemand gleich erkennen wird, Dolly. Mich wird auch kaum jemand erkennen...«

Benny schaltete sich ein: »Hör auf, Dolly! Du gefährdest uns alle.«

»Ich kann nicht mehr!« schrie sie. »Ich kann es hier drin nicht mehr aushalten. Ich muß hier raus. Versteht ihr mich? Ich kriege hier keine Luft mehr.«

John schüttelte sie hart am Oberarm, sie wurde still. Aber es war jetzt etwas wie Feindschaft in ihrem Gesicht, und zum erstenmal glaubte auch Benny, daß sie dazu fähig sein könnte, sie zu verraten. Nun waren zwei Gefangene in diesem Zimmer: Ellen und Dolly.

John ging mit Ellen in eines der Kaufhäuser. Sie holten reichlich Lebensmittel und Bier. Dann nahmen sie ein Taxi und fuhren zurück. Er war jetzt seiner Sache nicht mehr so sicher. Er spürte, daß Ellen sich gegen ihn entschieden hatte. Unter dem Druck der Angst waren die Reste ihrer Liebe wie weggeschmolzen.

»Du verstehst, daß ich in einer unmöglichen Lage bin«, sagte sie zu ihm, als sie mit ihren Paketen wieder die Treppe hinaufstiegen. »Ich muß mich jetzt gegen euch wehren. Ihr zwingt mich dazu...«

»Und du zwingst mich, mich vor dir zu schützen«, sagte John ruhig.

»Soll das heißen, daß du mich erschießen würdest, wenn es die Lage verlangt?« Sie sah ihm genau in die Augen.

Er wich aus. »Ich weiß es nicht. Wenn ich es täte, müßte ich in großer Not sein. Die Not macht alles anders. Menschen können zu Bestien werden. Ich habe das früher nie gewußt... In Vietnam, da habe ich es zum erstenmal erfahren und auch begriffen.«

»Mein Gott«, seufzte sie. »Was soll geschehen, wenn meine Mutter zu Besuch kommt. Sie kommt immer mal auf einen Sprung zu mir herauf... Bitte, tut ihr nichts!«

Ellens Befürchtung traf am nächsten Nachmittag ein. Es klingelte an der Wohnungstür. John ging mit Ellen hinaus. Sie öffnete die Tür. Er blieb hinter der Tür stehen. Es war ihre Mutter.

»Du läßt ja überhaupt nichts mehr von dir hören! Seit Tagen warte ich auf deinen Anruf...« Geschwätzig und gutgelaunt kam die ältere Frau herein.

Ellen sagte: »Ich habe übrigens Besuch. Aber komm nur! Trink eine Tasse Kaffee mit uns...«
Die Mutter sah John, der so tat, als wäre er gerade aus der Toilette gekommen.
»Das ist ein Freund, John...« Im Zimmer stellte sie auch die zwei anderen Gäste als Freunde vor, aber sie erfand andere Namen. »Miß Miller und...« Sie stutzte, fürchtete, daß die Brüder trotz Johns veränderter Frisur und der Brille als Zwillinge zu erkennen waren, konnte nichts mehr sagen, hoffte nur noch, daß ihre Mutter vielleicht die Gesichter vergessen hatte, die so oft im Fernsehen gekommen waren.
Sie fiel jetzt völlig aus der Rolle der herzlichen Gastgeberin, sah ihre Mutter hilflos an, die mitten im Zimmer stehengeblieben war. Es gab jetzt keine glaubhafte Lüge mehr, die sie in dieser Sekunde hätte erfinden können.
Benny stand langsam von seinem Sessel auf. Er ging zum Fenster, deckte das Fenster ab. John blieb in der Nähe der Tür stehen. Die Frau blickte von einem zum anderen. Ganz langsam breitete sich der Schreck über ihr Gesicht aus. Aber noch sagte sie nichts. Sie schien zu überlegen, schien die Namen zu suchen und fand auch schließlich die Namen. Es klang wie ein Flüstern, als sie sagte: »Aber... aber, das sind doch die Winstons... die Zwillingsbrüder Winston sind es, die überall gesucht werden... die...«
Sie verschluckte das Wort Mörder. Aber in ihrem schreckensbleichen Gesicht konnten sie ihre panische Angst erkennen.
John ging auf die Frau zu. »Ja, wir sind die Winstons. Ich muß Sie bitten, sich ruhig auf die Couch zu setzen. Es wird Ihnen nichts geschehen, wenn Sie ganz vernünftig bleiben. Auch Ihrer Tochter wird nichts passieren. Also bleiben Sie vernünftig. Setzen Sie sich...« Er deutete mit der Hand auf die Couch.
Dieser Augenblick hatte genügt. Dolly erkannte blitzschnell ihre Chance. Sie war auf dem Flur, war bereits aus der Wohnungstür, als John merkte, daß sie flüchten wollte.
Mit einem schnellen Sprung war er draußen. Aber sie war

schon auf der Treppe. Ihre hochhackigen Schuhe trommelten ein Stakkato auf die Stufen. Sie hatte einen Vorsprung, und John wußte genau, wie gefährlich dieser Vorsprung war.
Dolly war schon auf dem untersten Treppenabsatz, als John sie einholte. Er packte sie am Arm und riß sie zurück. Sein Gesicht war weiß vor Wut.
»Du Luder!« fuhr er sie an. Er dachte in seinem Zorn nicht an die Gefahr, daß man ihn im Haus hören konnte.
Dolly wehrte sich. Sie wollte sich wieder losreißen. »Nein! Nein! Ich gehe nicht mit dir zurück in diese Wohnung.«
Es dauerte nur Augenblicke, aber es genügte. Türen öffneten sich, und Neugierige wurden auf die Treppe gelockt. Ein großer, breitschultriger Mann kam im Unterhemd heraus und sagte: »He, was ist denn hier los?«
John sah ihn. Die anderen Neugierigen irritierten ihn nicht, aber dieser muskelbepackte Athlet war gefährlich. John wußte, daß er gegen ihn der Unterlegene gewesen wäre. Oben im Zimmer saß Ellens Mutter auf der Couch. Vor Angst rührte sie sich nicht. Ellen stand ratlos am Fenster. Benny hatte die Tür blokkiert. Er beobachtete Mutter und Tochter, in der Hand hielt er die beiden Maschinenpistolen, ohne jedoch den Lauf auf die beiden zu richten. Es war nur eine stumme Drohung. Mehr als vor diesen Frauen hatte er Angst davor, was Dolly jetzt unternehmen würde. Das hätte er ihr nicht zugetraut. Sie wollte sie verraten. Es war ganz klar. Sie konnte keine anderen Absichten gehabt haben, als auf die Straße zu laufen, um dem erstbesten zu sagen, daß die beiden Raubmörder Benny und John Winston sich in einer Wohnung diese Hauses versteckt hielten. Aber er liebte sie auch jetzt noch.
Vom Treppenhaus her hörte er laute Stimmen. Etwas stimmte da nicht. Es war nicht die Stimme Dollys, es war auch nicht John.
Der Breitschultrige hatte John erkannt. Er rief durch das Treppenhaus: »Das ist einer der Winstons! Ruft bei der Polizei an! Irgendwer! Los, los!«

Er griff nicht an, denn John hatte seine Pistole gezogen und zielte auf ihn. Dolly begriff die Situation. Sie wußte, was sie ausgelöst hatte. Man hatte sie aufgestöbert, sie waren entdeckt, waren jetzt wieder Gejagte. Und sie war mit dabei. Langsam ging sie vor John die Treppe hinauf, zurück in Ellens Zimmer. Sie kamen vorbei an Frauen und Männern, die unter der Tür standen und sie schweigend musterten. Keiner wagte, sie anzugreifen, aber an ihren Gesichtern war zu erkennen, daß sie etwas unternehmen würden.

Als Dolly und John im Zimmer waren, sagte Benny: »Das hätte ich dir nicht zugetraut... Du willst uns ausliefern... Mir wird ganz elend, wenn ich dich ansehe...«

Sie antwortete nicht.

»Wir müssen hier sofort verschwinden«, sagte John. »Wir haben nicht mehr eine Minute Zeit. Sie hat ein solches Geschrei auf der Treppe gemacht, daß das ganze Haus zusammenlief. Einer hat mich erkannt.«

»Wo sollen wir hin?« fragte Benny. »Es ist noch hell auf den Straßen. Jeder wird uns erkennen.«

»Und hier werden sie jetzt in sämtlichen Wohnungen gerade telefonieren. Wir haben gar keine andere Wahl, als auf die Straße zu gehen. Mit den Maschinenpistolen. Habt ihr verstanden? Wir müssen uns durchschießen... Los jetzt, Dolly. Du kommst mit.«

Ellen und ihre Mutter starrten die drei an, sagten kein Wort, sahen ihre Vorbereitungen. Jeder der Brüder steckte sich noch drei Ersatzmagazine in die Manteltaschen. Als ein Koffer geöffnet wurde, sah Ellen dicke Bündel von Dollarnoten. Diesen Koffer nahmen sie mit, sie hatten das gesamte Geld hineingestopft.

Ehe sie hinausgingen, drehte sich John noch einmal um. Er sah Ellen an. »Es tut mir leid, Ellen. Laß es dir gutgehen...« Sie hörte, daß echtes Bedauern in seiner Stimme mitschwang, aber es rührte sie nicht mehr, sie war auf der anderen Seite.

Die Maschinenpistolen schußbereit, gingen sie durch das Trep-

penhaus. Die Neugierigen schlugen sofort ihre Türen zu. Kein Mensch war mehr zu sehen.
Es war eine stille Straße. Sie begegneten einer Frau, die vor Schreck ihre Einkaufstasche fallen ließ. Aber sie sagte nichts. Sie drückte sich nur gegen die Hauswand und starrte ihnen angstvoll und stumm nach.
»Wir können die Dinger wieder unter den Mantel schieben«, sagte John. »Außer der Alten hier hat uns niemand gesehen. Los, in die nächste Straße abbiegen...«
Die Straßen glichen einander. Die Häuser waren alle von der gleichen schmucklosen Zweckmäßigkeit. Nur wenige Menschen waren unterwegs.
Aber sie kamen trotzdem nicht weiter. Aus einem Fenster im Erdgeschoß rief ein Mann: »Das sind die Winstons!«
»Wir hätten uns doch die Haare färben sollen«, sagte Benny.
»Aber wann, Mann? Wir hatten doch keine Gelegenheit dazu«, brummte John.
Überall wurden Fenster aufgerissen. Die drei gingen wie durch ein Spalier von Zuschauern.
»Es hat keinen Sinn. Los, die Dinger wieder raus. Wir müssen die Leute hier in Schach halten«, zischte John.
»Wir brauchen ein Auto. Unbedingt ein Auto«, sagte Benny.
»Aber hier finden wir keines. Wir müssen zu einer Hauptstraße. Es hilft nichts, wir müssen es riskieren.«
Dolly trottete mit, sie war jetzt willenlos. In den Beinen hatte sie ein Gefühl von Schwere. Sie dachte, daß sie wohl bald zusammenbrechen würde und daß dies am besten wäre: in eine Ohnmacht zu fliehen, sich umfallen zu lassen und liegenzubleiben. Und dann konnte geschehen, was wollte.
»Los doch, Dolly«, sagte John ungeduldig. »Geh gefälligst etwas schneller!«
Sie gehorchte. Wie in Trance sah sie all die Gesichter an den Fenstern, sah, wie die Menschen vor ihnen flohen, sich schnell hinter Türen in Sicherheit brachten. Es war wie ein Traum, ein Alptraum. Sie gingen durch eine Stadt, in der alle Menschen

ihre Feinde waren, in der sie sich nur mit der Waffe in der Hand bewegen konnten.
John sagte: »Wir gehen mit Abständen. Du, Benny, gehst vorn, dann kommt Dolly. Drei Meter dahinter folge ich und sichere nach oben. Hier hat doch jeder dritte eine Knarre in der Schublade liegen.«
Benny und John schwitzten. Sie merkten kaum, daß ihnen der Schweiß in Strömen über das Gesicht lief. Sie hörten ihre Namen, immer wieder ihre Namen. Er schien neben ihnen herzulaufen, wurde weitergegeben. »Die Winstons... Das sind Benny und John Winston.«
Aus einem Fenster schrie ein älterer Mann: »Mörder! Ihr verfluchten Mörder!« Er ballte dazu die Faust und schüttelte sie drohend.
Sie gingen zwischen diesen Rufen hindurch, wurden von ihnen getroffen. Sie antworteten niemandem. Aber aus den Schimpfwörtern, die auf sie niedergingen, spürten sie den Haß der Menschen. Sie waren geächtet, vogelfrei. Jeder konnte es sich als ein Verdienst anrechnen, wenn er sie auf offener Straße abknallte. Es gab keine Gnade. Niemand würde sie ihnen gewähren, weder das Gesetz noch die Menschen. Sie waren weiß, kalkweiß in ihren Gesichtern, und in ihren Augen war der gequälte Ausdruck von gehetzten Tieren.
Jeder, der sie sah, wußte, daß sie bei einem Angriff schießen würden. Es ging eine verzweifelte Entschlossenheit von ihnen aus, eine tödliche Gewißheit, die alle Menschen warnte.
»Ein Auto! Wir brauchen ein Auto«, sagte John.

19.

Lieutenant Rogers hatte kaum den Anruf in seinem Büro empfangen, als er auch schon mit seinen Leuten aufsprang und zum Wagen rannte. Aus Ellens Haus war angerufen worden. Der Anrufer hatte hastig gesagt: »Sie müssen sich in der Wohnung versteckt gehalten haben...«

Rogers traf zwei verstörte Frauen an, die von Hausbewohnern umringt waren. Alle redeten auf die beiden ein. Ellen saß wie erstarrt, und die Mutter tupfte sich ständig mit dem Taschentuch die Tränen ab.

»Jetzt einmal alle raus hier!« befahl Rogers. »Halten Sie sich aber zur Verfügung! Wir brauchen jede Zeugenaussage.«

Vor dem Haus stauten sich die Neugierigen und drängten sich um den Einsatzwagen der Polizei, aus dessen Sprechanlage ständig Durchsagen von der Zentrale kamen. Die Menschen hörten, daß das gesamte Gebiet abgeriegelt war. Sie schlossen bereits Wetten ab. Ein paar Halbwüchsige, etwa fünfzehn Jahre alt, wetteten, daß die Winstons nicht ins Netz gehen würden. Sie hatten Sympathien für die Zwillingsbrüder, aber sie waren die einzigen Bewunderer. Sie sagten: »Die Winstons sind gottverdammt smart.« Die Erwachsenen hofften alle, daß Benny und John von der Polizei gestellt würden.

Oben bei Ellen begann Rogers das Verhör: »Alles der Reihe nach, Miß. Die drei kamen also hierher und zwangen Sie, sie aufzunehmen.«

Ellen stimmte zu. »Ich konnte nichts tun. Sie hielten mich ständig unter Bewachung...«

»Aber Sie gingen doch mit einem der beiden einkaufen? Hat ihn denn nie jemand erkannt?«
»Er trug eine Brille, und dazu hatte er noch den Hut tief in die Stirn gezogen. Ich glaube, man erkennt sie nur dann, wenn sie zusammen auftreten...«
Rogers sah Ellen scharf an. »Hatten Sie nicht auch ein bißchen Mitleid mit ihnen?«
»Zuerst ja. Ich war mit John Winston früher befreundet.«
»Wie eng?«
»Eng befreundet.« Sie sah zu Boden.
»Verschweigen Sie uns nichts. Jeder Hinweis ist wichtig.«
Sie beschrieb genau die Kleidung, erzählte, wie die Brüder bewaffnet waren, daß sie Ersatzmagazine mit sich trugen, einen Koffer, in dem sie Geld gesehen hatte.
»Und das Mädchen, was ist mit dem Mädchen?«
»Ich glaube fast, sie ist ihre Gefangene. Sie wollte nicht mehr mitmachen und lief hier die Treppe hinunter. So kam es ja auf, daß sie hier versteckt waren.« Fragen, Fragen. Ellen versuchte, alle zu beantworten.
Zu dieser Zeit waren zwanzig Wagen im Einsatz, dreißig Einzelpatrouillen auf Motorrädern durchkämmten die Straßen. Lieutenant Rogers sagte: »Sie haben keine Chance.«
Ellen hörte es. Es klang wie ein Urteil, das jetzt vollstreckt werden sollte. Vielleicht war es ein Rest von Mitleid, der sie sagen ließ: »Ich möchte Ihnen noch etwas mitteilen. Ich kenne den Vater der beiden. Ich habe mit ihm gesprochen. Er hat mir gesagt, wenn ich die beiden sehe, solle ich sie bitten, sich zu stellen. Vielleicht können Sie das verwenden und damit weiteres Blutvergießen verhindern...«
Rogers überlegte, er hatte eine Idee. Wenn er die beiden nicht in den nächsten zwei Stunden stellen konnte, wollte er den Vater im Fernsehen einsetzen. Draußen begann es zu dunkeln. Rogers sah auf die Uhr. In zwei Stunden, dachte er.
»Würden Sie mir helfen, den Vater dafür zu gewinnen, über das Fernsehen zu seinen Söhnen zu sprechen?«

»Ja, das würde ich tun. Ich glaube, er wird es machen.«
»Könnten Sie sich jetzt gleich auf den Weg machen, um mit ihm zu reden?«
»Wenn Sie es wünschen. Ich kann sofort gehen.«
»Tun Sie das! Vielleicht ist es nicht nötig. Aber es wäre besser, wenn er schon vorbereitet ist. Die beiden haben nur die Möglichkeit, sich in irgendeiner Wohnung zu verkriechen. Wenn dort ein Fernsehapparat steht, können wir sie erreichen. Das ist alles sehr fraglich, aber wir werden in zwei Stunden den Versuch machen.«
Lieutenant Rogers ging nach unten. Seine Beamten befragten noch ein paar Minuten lang einige Hausbewohner. Sie hörten jedoch nichts mehr, was für sie von Wichtigkeit gewesen wäre.
Als Rogers sich in den Wagen setzte, kam gerade die Meldung, daß die Zwillingsbrüder und Dolly Landon mit schußbereiten Maschinenpistolen durch die Menton Street gingen. Es waren etliche Anrufe eingegangen, und der Weg der drei ließ sich genau verfolgen.
Rogers schrie wütend in den Apparat: »Wieso sind sie nicht gestellt? Seid ihr denn alle verrückt geworden?«
Die Erklärung war einleuchtend. Die drei waren nur anfangs durch kleine unbelebte Straßen gegangen, wurden dann gesehen, immer noch in Nebenstraßen. Die Anrufe kamen um einige Minuten zu spät. Die Menton Street gehörte schon zu den verkehrsreicheren Straßen, und als die nächsten Anrufe kamen, waren die Leitungen überlastet. Es schien, als sei das Glück auf der Seite der Verfolgten.
Rogers befahl: »Sofort losfahren! Alle Wagen konzentrisch zur Menton Street leiten! Das ganze Gebiet abriegeln!«
Während der Wagen anfuhr, kam die Nachricht, daß die Winstons in der Menton Street geschossen hatten, um eine Zusammenrottung von Neugierigen auseinanderzutreiben. Sie hatten in die Luft geschossen. Keine Verletzten.
»Diese verdammten Narren!« schimpfte Rogers. »Sie laufen

Amok...« Zu seinem Fahrer sagte er: »Es ist nicht zu glauben... Unsere Leute haben versäumt, die kleinen Straßen durchzukämmen...« Der Fall Winston war längst zu einer Prestigefrage für ihn geworden. Nie zuvor hatte er Gangster auf diese Weise gejagt, mit dem Einsatz aller Mittel, mit Fernsehen – und der totalen Unterstützung des New Yorker Polizeichefs.

Es war eine Salve von sechs Schüssen, die John in der Menton Street abgegeben hatte. Sie genügte, um alle Neugierigen einzuschüchtern. Die von vielen Verbrechen heimgesuchten Bürger New Yorks reagierten sofort richtig. Sie warfen sich zu Boden oder drückten sich an die Hauswände und blieben bewegungslos stehen.
Wieder gingen sie durch ein Spalier, nur daß diesmal niemand etwas sagte. Die Menschen standen schweigend, während der Verkehr auf der Straße unablässig in beiden Richtungen weiterlief. Wie zu Statuen erstarrt, ließen die Eingeschüchterten die Zwillinge und Dolly passieren.
»Ich kann nicht mehr«, klagte Dolly.
»Wir brauchen ein Auto! Unbedingt ein Auto«, sagte Benny.
Sie wußten, daß sie kaum einen Vorsprung hatten. Vielleicht blieben ihnen noch zwei Minuten, vielleicht blieb noch eine Minute Zeit. An der Verkehrsampel handelten sie. Sie stand auf Rot. Eine Reihe von Wagen hielt an. John ging auf einen Chevrolet zu, in dem ein einzelner Mann saß. Er riß die Tür auf, drückte ihm die Maschinenpistole gegen den Magen und befahl: »Aussteigen! Wir sind die Winstons. Wir brauchen Ihr Auto!«
Hinter ihm standen Benny und Dolly.
Der Mann wurde bleich. Er war nicht mehr jung, schon ein wenig fett und kurzatmig. Als er ausstieg, zitterten ihm die Hände. »Aber natürlich«, stammelte er. »Ich habe gar keine Einwände. Bitte, nehmen Sie meinen Wagen...« Er verschwand sehr schnell zwischen den anderen Autos, aus denen

Hunderte von Augen zusahen. Aber niemand rührte sich oder wagte einzugreifen.
Schnell wie ein Augenzwinkern verwandelte sich das rote Licht in Grün. Freie Fahrt! Der erste Wagen fuhr an. Benny saß hinter dem Steuer. »Wir können ihn höchstens zehn Minuten benutzen«, rief er nach hinten zu Dolly und John.
»Das reicht, um aus dem Kessel herauszukommen. Fahr los!« befahl John.
Er sicherte nach hinten, beobachtete, daß nicht *ein* Wagen die Verfolgung aufgenommen hatte. Sie waren nicht unmittelbar bedroht, und es gelang Benny, den Wagen aus der verkehrsreichen Straße zu steuern, ohne daß irgendwer sagen konnte, wohin sie fuhren.
»Das erste hätten wir geschafft«, sagte John. »Jetzt bleibt uns keine andere Wahl, als in irgendeine Wohnung zu verschwinden. Auf der Straße sind wir höchstens ein paar Minuten sicher...«
Die Dunkelheit würde helfen. Niemand konnte sie erkennen, wenn sie getrennt gingen. Als Benny, der nun langsamer fuhr, in einer Nebenstraße einen Torbogen sah, hielt er an. »Steigt aus! Ich fahre ein Stück weiter und komme dann zurück.«
»Gut«, rief John. »Das ist unsere Chance. Wir warten hier im Torbogen. Wenn jemand kommt, mimen wir ein Liebespaar. Da oben sind Wohnungen. Am besten nehmen wir eine in den obersten Stockwerken.«
Dolly und John stiegen aus. Sie gingen in den dunklen Torbogen, stellten sich in eine Ecke neben die Mülltonnen. Es roch nach Abfällen. In der völligen Stille hörte John, daß Dolly leise schluchzte. »Ich kann nicht mehr. Es ist endgültig. Ich falle jetzt bald um. Ich habe keine Kraft mehr. Laßt mich doch laufen! Ich kann euch weder schaden noch nützen.«
John versuchte, sie zu beruhigen. »Wir werden es schaffen. Wir werden über Mexiko nach Argentinien kommen. Aber jetzt müssen wir hart sein. Wir verstecken uns zwei, drei Tage. Du mußt dich ausruhen. Deine Nerven sind jetzt schlapp...«

Dann kam Benny. Niemand hatte ihn gesehen. »Ich glaube, hier sind wir sicher, wenn wir uns nur geschickt verhalten. Vor allem: Die Leute nicht zu sehr einschüchtern. Sie müssen wissen, daß wir nichts von ihnen wollen außer ein wenig Ruhe.«

»Das ist doch ganz klar«, erwiderte John. »Denkst du denn, ich will hier mit der Maschinenpistole losballern?«

Sie gingen in das Haus hinein und hielten ihre Waffen unter dem Mantel versteckt. Es war ein ärmliches Haus. Das Treppenhaus wirkte schmutzig, und überall roch es penetrant nach Essen.

»Wo sind wir eigentlich?« fragte Benny.

»Wir sind in irgendeiner Straße von Downtown Manhattan. Genau weiß ich es nicht. Auf jeden Fall sind wir ihnen nicht ins Netz gegangen.« Sie flüsterten, stiegen leise die Treppe hinauf. Das Haus hatte sechs Stockwerke. Oben waren drei Wohnungstüren. John lauschte an der ersten Tür. Er hörte drinnen kein Geräusch.

Hinter der nächsten Tür erklang Radiomusik. Gleich darauf hörten sie Stimmen. Sie kamen aus einem Fernsehapparat. Wahrscheinlich saßen die Leute vor dem Fernseher.

»Das ist gut«, flüsterte John. »Dann haben wir sie alle in einem Raum.«

»Was machen wir, wenn eine Frau an die Tür kommt, die plötzlich anfängt zu schreien?« fragte Benny.

Sie überlegten, fanden aber keinen Ausweg. Sie waren gezwungen, dieses Risiko einzugehen. Dolly weigerte sich, hinter Benny und John vor der Tür zu warten. Sie ging drei Meter nach links.

»Ich habe dich im Auge, Dolly, mach keine Dummheiten«, warnte sie John.

Sie schüttelte den Kopf, hatte völlig resigniert. Ihr Gesicht wirkte in dem Halbdunkel wie eine Maske. John sah sie prüfend an. Nein, mit dem Mädchen war jetzt nichts mehr los. Dolly würde bald endgültig schlappmachen. Da half auch kein Zureden mehr. Er spürte an sich selbst, wie sehr ihn diese Flucht

strapaziert hatte. Vor allem wollte er schlafen, wenigstens zwei Stunden schlafen.
Benny klingelte. Sie standen nebeneinander, warteten, hörten dann Schritte drinnen.
Ein Mann, etwa fünfzig Jahre alt, öffnete die Tür. Er sah die beiden fragend an. Dann sagte er: »Was wollen Sie?«
John hob seine Maschinenpistole und hielt sie ihm vor die Brust. Der Mann wich einen Schritt zurück, blieb aber dann stehen und starrte auf die Waffe.
»Hören Sie zu, Mann«, sagte John. »Wir sind die Winstons. Wir sind auf der Flucht. Alles, was wir wollen, ist ein Versteck. Wenn Sie vernünftig sind, wird Ihnen nichts passieren. Wir brauchen vierundzwanzig Stunden...«
Der Mann sagte nichts, aber er war eingeschüchtert. Benny zog Dolly am Arm heran. Sie zögerte hineinzugehen.
»Los, los«, drängte John. Er schob den Mann vor sich her. Benny schloß die Tür. Sie standen jetzt im Flur der Wohnung. Der Mann sah sie noch immer unverwandt an. Er war mager und hatte eine gelbliche Gesichtsfarbe, als sei er krank.
»Wieviel Personen sind in der Wohnung?« fragte John.
»Meine Frau, ich und meine älteste Tochter.« Er begann jetzt zu reden. »Unsere Wohnung ist zu klein. Wir haben nur zwei Zimmer. Hier können Sie doch unmöglich bleiben.«
»Wir werden hierbleiben. Wir wollen nur abwechselnd schlafen und dann wieder verschwinden. Wir müssen etwas essen und uns rasieren... Wir werden Ihnen alles gut bezahlen...«
»Ich will Ihr Geld nicht«, entgegnete der Mann mürrisch.
»Warum? Haben Sie soviel davon?« fragte John höhnisch.
»Ich habe kein Geld. Aber Ihres will ich auch nicht.«
»Na, los doch, gehen wir ins Zimmer!« John nötigte ihn, sich umzudrehen, drückte ihm die Pistole in den Rücken. So schob er ihn vor sich her. Der Mann wehrte sich nicht.
In dem nicht besonders großen Zimmer, das karg und einfach eingerichtet war, saßen zwei Frauen, Mutter und Tochter. Die Frau etwa fünfundvierzig, die Tochter höchstens zwanzig Jahre

alt. Die beiden starrten die Eindringlinge an. Sie begriffen nicht gleich.
John sprach sie sofort an: »Sie brauchen keine Angst zu haben. Wir wollen Ihnen nichts tun. Wir wollen uns hier nur verstekken. Wir sind die Winstons. Wir werden gesucht und haben auf der Straße keine Chance. Überall steht Polizei. Wenn Sie uns allerdings zwingen ...« Er vollendete den Satz nicht, hob die Maschinenpistole.
Benny und Dolly hatten sich einen Stuhl genommen. Die Frau musterte die drei Gesichter. Sie fand, sie waren eigentlich gar nicht so übel. Sie hatte sich Raubmörder immer anders vorgestellt.
Sie faßte sich als erste und begann ein regelrechtes Gespräch mit John. Ihr Mann und die Tochter hörten schweigend zu. Die Tochter war sommersprossig und häßlich. Sie wunderte sich über ihre Mutter, die anscheinend überhaupt keine Furcht vor den dreien hatte.
»Glauben Sie nicht, es wäre das beste, Sie würden sich stellen? Sie können doch gar nicht mehr entkommen ... Jeder kennt Ihre Gesichter. Man wird Sie nach kurzer Zeit überall finden ... Die Jagd nach Ihnen wird nie aufhören.«
Ihr Mann schaute mürrisch zu, als sie in die Küche ging und von dort Kaffee, Fleisch und Brot brachte. Er überlegte, wie er die ungebetenen Gäste wieder loswerden könnte. Er hatte Angst vor ihnen. Dies waren für ihn keine Menschen, sondern Raubtiere. Ohne Zweifel würden sie schießen, wenn er etwas Riskantes versuchen sollte. Vielleicht sind sie gesehen worden, hoffte er. Aber im gleichen Augenblick verwarf er diesen Gedanken wieder, denn er begriff, daß er und seine Familie Geiseln waren.
Dolly schlief auf dem Stuhl. Die Frau sah es und sagte: »Sie kann sich hier auf die Couch legen. Kommen Sie, Miß.«
Dolly ließ sich willenlos zur Couch führen. Sie schlief schon wenige Augenblicke später ganz tief.
»Wir müssen auch schlafen. Aber wir müssen uns ablösen.

Schlaf du zuerst, Benny. Ich werde hier aufpassen, daß die keine Dummheiten machen.«
»Ich lege mich auf den Boden. Haben Sie nicht ein Kissen oder so was?« fragte Benny die Frau.
Sie ging ins Schlafzimmer und brachte ihm eine Decke und ein Kissen. Er legte sich neben die Couch auf die Decke. Er brauchte nur Minuten, dann war auch er eingeschlafen. John saß neben der Tür. Er hatte die Maschinenpistole auf den Knien und rauchte unablässig Zigaretten. Trotzdem spürte er, wie die Müdigkeit bleischwer über ihn herfiel. Er hoffte, es zwei Stunden aushalten zu können, danach wollte er schlafen.

Ellen, die sofort bereit gewesen war, den alten Winston zu besuchen und mit ihm zu sprechen, sah den Wagen des Lieutenant noch davonfahren. Sie hoffte, daß ihre Mission erfolgreich sein würde. Benny und John mußten mit Dolly irgendwo Schutz suchen. Sie mußten in irgendeine Wohnung, denn auf der Straße würden sie todsicher gefaßt. In fast jeder Wohnung aber stand ein Fernsehgerät. Sie glaubte daran, daß der Appell des alten Winston an seine Söhne diese vielleicht umstimmen konnte.
Die Lage der drei schien ihr aussichtslos. Wenn sie nur etwas Verstand besaßen, würden sie die letzte Chance nutzen. Die war winzig, aber immerhin sah das Gesetz doch Möglichkeiten vor, einen Verbrecher vor dem elektrischen Stuhl zu bewahren, wenn er sich selbst gestellt hatte.
Sie brauchte nur eine Minute, um dem alten Winston das klarzumachen. Er war sofort bereit. »Ich werde es tun. Aber natürlich werde ich es tun. – Du hast sie gesehen, Ellen? Wie geht es ihnen? Was ist denn in die gefahren, sind sie denn ganz und gar von Gott verlassen?«
Der alte Mann zitterte vor Aufregung und Sorge. Seine Frau hatte bisher kein Wort gesagt, aber jetzt schaltete sie sich ein: »Bist du denn verrückt? Du willst über das Fernsehen sprechen? Dann wird doch jeder hier wissen, daß du der Vater die-

ser Raubmörder bist. Aber ich ziehe aus. Darauf kannst du dich verlassen!« Ihr Gesicht war ein einziger Protest, ein Abbild der Selbstgerechtigkeit.
Der alte Winston drehte sich langsam nach ihr um. Der Haß, der seit Jahren zwischen ihnen geschwelt hatte, kam jetzt zum Ausbruch. Es war ein endgültiger Bruch mit der Frau, die er aus Versehen geheiratet hatte, einfach, weil er damals der Meinung gewesen war, ein Mann müsse eine Frau im Haus haben und die Söhne brauchten eine Mutter. Es war von Anfang an eine verkorkste Ehe gewesen.
»Geh!« sagte Winston. »Geh, und laß dich nie wieder sehen! Nicht eine Minute will ich mehr mit dir unter einem Dach leben.« Es schien fast, er würde sie anspucken, als er sagte: »Du herzloses, kaltes Biest! Geh aus dieser Wohnung!«
Ellen versuchte, ihn zu beruhigen, aber sie konnte ihn jetzt nicht bremsen. Er wollte die Trennung sofort vollziehen, auf der Stelle. »Meine Jungens«, schluchzte er. »Ich soll meine Jungens im Stich lassen! Auf den elektrischen Stuhl möchte sie sie bringen... meine Jungens...«
Er weinte noch eine Weile still vor sich hin, war von vielen Dingen geschlagen, ein zerbrochener alter Mann. Aber dann raffte er sich plötzlich auf und sagte ganz ruhig: »Was muß ich tun? Wir wollen es schnell tun.«

20.

Das Fernsehen lief, wie durch einen Nebel sah John Reklamesendungen, irgendein Kriminalfilmchen, wieder Reklame. Er beobachtete die Familie. Die drei hatten sich wieder so gesetzt wie vorher, ein kleiner Halbkreis vor dem Bildschirm. Sie redeten fast nichts mehr. Die Tochter starrte mitunter herüber, der Mann saß mit verkniffenen Lippen, als kaue er ständig auf seiner geheimen Wut herum. Nur die Frau war völlig ruhig und schien unberührt und uneingeschüchtert von der Gefahr. Sie fragte John nur einmal: »Wie ist es mit unserem Schlafzimmer? Können wir dort schlafen?«
»Wir brauchen Ihr Schlafzimmer nicht. Sie können dort schlafen, wenn die Tür offenbleibt, so daß wir sicher sind, daß Sie keine Signale aus dem Fenster geben.«
Die zwei Stunden wurden für John endlos lang. Er kämpfte mit dem Schlaf, konnte aber nicht verhindern, daß ihm immer wieder für ein paar Sekunden die Augen zufielen. Es war unmöglich, noch länger zu warten. Wenn ich noch eine Viertelstunde hier sitze, werde ich einschlafen. Alles, was der Mann dann zu machen hat, ist einfach. Er nimmt mir die Maschinenpistole ab – und das Spiel ist aus.
Es wurde ihm fast schwindlig, als er sich zwang aufzustehen, um zu Benny zu gehen. Als wäre ich betrunken, dachte er. Er nahm noch einen Schluck Kaffee aus der Tasse. Der schmeckte kalt und bitter. Die Familie bildete noch immer einen Halbkreis um den Fernseher.
Benny war fast nicht wachzukriegen. John mußte ihn rütteln.

Danach erst machte er die Augen auf, aber er begriff noch nicht, wo er sich befand.
»Das kann ja heiter werden«, sagte John. »Los, steh auf! Nimm dich doch zusammen, Mann! Ich muß jetzt wenigstens eine Stunde schlafen.«
Benny brauchte Minuten, bis seine Gedanken klar wurden. »Mein Gott, was bin ich müde!« klagte er. Aber er stand doch auf und ging zu dem Stuhl, auf dem vorher John gesessen hatte.
Als sich John gerade hinlegen wollte, kam eine Durchsage. Der Sprecher erklärte: »Wir sprechen zu Benny und John Winston. Wir wissen, daß Sie sich irgendwo in Manhattan versteckt halten. Ihr Vater will zu Ihnen sprechen...«
Benny und John standen vor dem Fernsehgerät. Sie starrten auf den Bildschirm. Da war ihr Vater: alt, vergrämt. Seine Stimme zitterte. Sie hatten ihn auf einen Stuhl gesetzt, und die Kamera fuhr dicht an ihn heran.
»Benny und John... Ich will zu euch sprechen, weil ihr nicht mehr wißt, was ihr tut...« Seine Stimme versagte. Er weinte.
Sie sahen ihren Vater, der aus einem New Yorker Fernsehstudio zu ihnen sprach. Es ging ihnen an die Nerven. Die Maschinenpistolen in der Hand, standen sie in der fremden Wohnung und stierten auf den Bildschirm.
Der alte Winston wischte sich über die Augen. Er faßte sich, begann von neuem. Die Kamera holte sein Gesicht nahe heran. »Benny und John... Ich spreche zu euch, weil ihr nicht mehr wißt, was ihr tut. Ihr habt jetzt drei Menschen umgebracht. Es gibt für euch nur eines: Stellt euch der Polizei! Hört auf, Menschen zu töten! Es hat keinen Sinn. Wenn ihr euch versteckt haltet, habt ihr auch nur noch eine kurze Frist. Es sind zu viele gegen euch. Wenn ihr vernünftig seid, könnt ihr mit dem Leben davonkommen. Ihr habt Strafe verdient, aber erspart euch und mir den elektrischen Stuhl. Ich habe mit dem Staatsanwalt gesprochen. Er will euch eine Chance geben, wenn ihr euch freiwillig stellt...«

Er kämpfte wieder mit seinen Tränen. Sie sahen, wie er hilflos nach links schaute. Er schien nicht mehr zu wissen, was er noch sagen sollte. Benny und John vermuteten, daß dort die Kriminalbeamten oder der Staatsanwalt postiert waren.
Er fuhr fort, in seiner ungelenken Art zu sprechen: »Benny und John... Vielleicht bin ich an allem schuld. Ich war bestimmt kein guter Vater. Und eine Mutter hattet ihr ja auch nicht. So ist das alles gekommen... Die Menschen werden das vielleicht verstehen, aber ihr müßt euren guten Willen zeigen... Wenn ihr mich hört, dann werft eure Waffen weg und ruft vom nächsten Telefon aus die Polizei an. Man wird euch abholen... Ihr seid noch jung. Eines Tages wird sich für euch das Gefängnistor wieder öffnen... Ihr könnt so nicht weitermachen. Jetzt sind alle Menschen gegen euch. Sie werden euch fassen. Nehmt Vernunft an! Bei Gott, nehmt Vernunft an...«
Er schaute wieder nach links, fand aber keine Worte mehr. Benny und John sahen, wie er aufstand, mühsam und erschüttert. Dann verschwand er nach links aus dem Bild.
Das normale Programm wurde fortgesetzt. In dem Zimmer blieb es fast eine halbe Minute lang völlig still. Sie standen nebeneinander, Zwillingsbrüder, mit den gleichen Gesichtern, von gleicher Gestalt, einer die Kopie des anderen: jung, gutaussehend, verzweifelt.
Es war jetzt kaum Hoffnung in ihnen. Sie waren mit Gewalt in diese Wohnung gekommen. Der schmächtige Mann um die fünfzig, seine Frau und seine Tochter hatten sich der Gewalt unterworfen. Für kurze Zeit waren sie sicher, aber wohin sollten sie von hier aus gehen?
»Mein Gott«, sagte da die Frau. »Der arme Mann. Es wird ihn umbringen...«
Die drei blickten in die Gesichter der Zwillinge, warteten auf eine Regung, auf die Antwort, die sie wohl geben würden. Dolly lag noch immer in einem tiefen Schlaf der Erschöpfung auf der Couch. Sie hatte nichts gesehen, nichts gehört.
»John...« Benny sagte es mit fast tonloser Stimme. »Ich

glaube, Vater hat recht... Ja, wir sind am Ende. Er hat recht. Ich kann jetzt auch nicht mehr. Das ist mehr, als ein Mensch ertragen kann...«

John antwortete nicht sofort. Er starrte nach wie vor auf den Bildschirm, als sehe er noch immer das Gesicht seines Vaters. Aber er wehrte sich noch.

»Nein! Sie haben ihn beschwatzt, daß er zu uns sprechen soll. Ich glaube nicht, daß sie uns eine Chance geben. Aber sie nutzen alle Chancen, um uns zu schnappen. Das ist doch der ganze Trick bei der Sache. Hast du das nicht kapiert?«

»Und Vater?« fragte Benny. »Glaubst du nicht, daß er es gut gemeint hat?«

»Natürlich hat er es gut gemeint«, murmelte John. »Aber sie nutzen ihn aus – gegen uns. Er durchschaut das Spiel nicht.«

Benny schüttelte nur den Kopf. Die Frau, die von Anfang an keine Furcht gezeigt hatte, schaltete sich ein. Sie war nicht aufdringlich, ihr Ton war mütterlich. Sie sagte: »Laßt euch einen Rat geben! Ihr wollt doch leben... Wenn ihr von hier weggeht, mit den Maschinenpistolen, erwartet euch ein schlimmes Ende. Laßt es nicht bis zum Schlimmsten kommen! Es ist doch schon schlimm genug, was geschehen ist... Seid einmal wieder menschlich! Ihr seid doch gar keine schlechten Menschen! Das spüre ich. Ihr seid in einen Strudel hineingeraten. Ihr wollt doch nicht wieder morden?«

Sie sah die beiden bekümmert an. Ihre Worte blieben nicht ohne Wirkung. Es war der Zuspruch einer Mutter, echte Sorge, die sie anrührte.

»Nein!« sagte John. »Jetzt sind alle unsere Feinde. Pardon wird uns jetzt nicht mehr gegeben. Laß dich nicht täuschen, Benny. Wir sind ein paarmal durchs Netz gegangen, und nun versuchen sie es auf die weiche Tour. Wenn sie uns erst haben, werden sie ganz hart mit uns umspringen...«

»Wer von den Menschen nie etwas Gutes erwartet, der wird auch nie etwas Gutes empfangen«, sagte die Frau. »Vertrauen gegen Vertrauen... Nur so geht es. Man wird euch doch an-

rechnen müssen, daß ihr das Irrsinnige eurer Taten selbst eingesehen habt, daß ihr euch selbst gestellt habt. Solche Menschen kann man doch nicht mehr auf den elektrischen Stuhl bringen...«
Sie stand auf und ging furchtlos auf Benny zu. Sie konnte die beiden Brüder auseinanderhalten. »Benny«, sagte sie leise. »Komm, gib mir deine Pistole...«
Benny stand bewegungslos da. Sie nahm ihm die Maschinenpistole aus der Hand. Er ließ es geschehen.
»Benny!« schrie John. »Bist du wahnsinnig geworden?« Er richtete die Maschinenpistole auf die Frau.
Sie schüttelte nur den Kopf. »Ich will nicht damit schießen. Du brauchst mir nicht zu drohen. Ich will euch nur helfen wie auch euer Vater...« Sie hielt John die Maschinenpistole hin. »Du kannst sie wiederhaben, aber es wäre viel besser, wenn ich sie hier in die Ecke legen würde.«
John nahm ihr die Maschinenpistole aus der Hand und gab sie Benny zurück. Benny empfing sie wie einen Gegenstand, mit dem er nichts anzufangen wußte. Er war wie gelähmt, schien ganz mechanisch zu handeln.
Dolly war wach. Sie hatte den letzten Teil des Gesprächs mitgehört. Jetzt setzte sie sich auf und sagte: »Ihr müßt euch stellen.«
Der Mann sagte: »Ihr müßt euch stellen.«
Die Tochter sagte es, die Mutter wiederholte: »Ja, ihr müßt es tun... Benny, du mußt es tun. Er wird dir folgen.« Sie deutete mit dem Kopf auf John.
Benny nickte. Er schien aus seiner Erstarrung aufzuwachen, raffte sich auf: »Ja, ich stelle mich. John, ich stelle mich.«
Ratlos sah John den Bruder an. »Bist du wahnsinnig geworden? Du kannst doch jetzt nicht aufgeben! Wir beißen uns durch. Es kommen ein paar schwere Tage, dann sind wir in Sicherheit. Du weißt, wo...«
»Bis dahin kommen wir nie«, sagte Benny. Er glaubte jetzt nicht mehr an die Flucht nach Südamerika. Ein schöner Ge-

danke, sich vorzustellen, sie würden Argentinien erreichen und dort Rinder züchten, unerkannt, nicht gejagt, freie Menschen auf einer großen Hazienda. Ein zu schöner Gedanke – aber er stimmte nicht. Benny wußte es. »Nein, ich werde mich stellen ...«

»Was ist da vorgegangen?« murmelte John. »Das war doch nicht nur unser Vater ... Da stehen andere dahinter.«

Ellen hatte mit dem alten Winston in der Wohnung auf Leutenant Rogers gewartet. Rogers kam mit dem Staatsanwalt, einem Mann mit graumelierten Haaren und einer randlosen Brille, hinter der die melancholischen Augen auffielen. Winston hatte Vertrauen zu dem Mann. Aber er war ohnedies von Anfang an bereit gewesen, über das Fernsehen zu sprechen.

Er saß am Tisch, als wäre er ein Fremder in seiner eigenen Wohnung. Sie sprachen vorsichtig mit ihm wie mit einem Kranken.

Der Staatsanwalt sagte: »Das Gesetz hat Möglichkeiten, auch für einen Raubmörder. Wenn sich Ihre Söhne freiwillig stellen, kann ich die lebenslange Haftstrafe beantragen. Sie verstehen ... Das Letzte kann ihnen erspart bleiben. Sagen Sie ihnen das! Ich garantiere Ihnen, daß ich in diesem Fall nicht auf Todesstrafe plädiere ...«

Rogers erklärte: »Alle Sender sind verständigt. Wir haben zweimal drei Minuten. Es wird über alle Programme ausgestrahlt. Zum erstenmal ...«, er schaute auf seine Uhr, »... zum erstenmal in genau fünfundzwanzig Minuten. Dann noch einmal siebzig Minuten später, falls bis dahin der Anruf nicht gekommen ist ...«

Winston nickte vor sich hin. Er überlegte bereits, was er sagen würde. Am liebsten hätte er gesagt: Ihr seid doch meine Jungens, und ihr hört doch auf euren Vater ... Ihr seid aus meinem Holz geschnitzt. Wir sind doch eins, ein Fleisch und Blut. Ihr werdet mir doch glauben, wenn ich es gut mit euch meine ...

Sie erklärten ihm alles, während sie im Wagen zum Fernsehstudio fuhren. Der Staatsanwalt gab Ratschläge. Lieutenant Rogers sagte: »Es ist ihre letzte Chance, wenn Sie ihnen das klarmachen können ...«

»Ja, ja«, sagte der alte Winston. Sie führten ihn zum Lift. Ellen war mit dabei. Er hatte darum gebeten: »Kann sie nicht mitkommen?« Sie war jetzt seine Stütze, das einzige bekannte Gesicht in seiner Nähe.

Im Studio hatte sich inzwischen herumgesprochen, daß diese ungewöhnliche Sendung gebracht werden sollte. Etwas, das es noch nie gegeben hatte.

Er sah all die Neugierigen, die ihn anstarrten. Als sie ihn auf den Stuhl setzten, auf einem kleinen Podest, begann er zu zittern. Er hatte sich noch nie in seinem Leben so einsam gefühlt und so fern von allen Menschen wie in diesen Augenblicken, in denen er, für Millionen sichtbar, zu seinen Söhnen sprach.

Links von ihm standen der Staatsanwalt, Lieutenant Rogers mit seinen Beamten und einige Fernsehleute. Sie nickten ihm alle aufmunternd zu, waren voller Mitgefühl für den Mann, der vor der Kamera endlose Qualen litt.

»Bei Gott, nehmt Vernunft an!« hatte er als letzte Worte noch herausgebracht, nun war er erschöpft. Rogers und der Staatsanwalt sahen es. Sie ließen ihm Kaffee bringen, und Rogers schickte leise nach einem Arzt.

Sie warteten in einem kleinen Büro. Ellen war noch immer mit dabei. In den schweren Sesseln saßen sie und warteten. Der Arzt war unauffällig gekommen und hatte Winston zwei Beruhigungstabletten gegeben. Der alte Mann begriff nicht, daß es sich um einen Arzt handelte.

Er war jetzt wie abgeschnitten von seiner Umwelt und hatte nur die eine Hoffnung, daß das Telefon klingelte und seine Söhne sagten: Kommt uns abholen!

Es war still wie vor einem Begräbnis. Niemand redete mehr. Alle warteten auf den Augenblick – auf das Schrillen des Telefons. Unendlich langsam kroch der große Zeiger der elektrischen Uhr über das Zifferblatt. Die Minuten dehnten sich.

Nach der ersten Viertelstunde fragte Winston: »Kein Anruf?«
»Kein Anruf.« Rogers zuckte mit den Achseln. »Nein.«
»Ob sie mich gesehen haben?«
Rogers antwortete: »Sie sind meinen Leuten durchs Netz gegangen. Ihr Wagen wurde schon zwanzig Minuten später in Downtown Manhattan gefunden. Dort unten in diesem Gebiet müssen sie sich irgendwo versteckt halten. Wahrscheinlich in einer Wohnung. Wenn sie klug sind – und daran zweifle ich nicht –, werden sie das Fernsehen einschalten, um Informationen zu bekommen. Das tun sie garantiert...«
»Dann müssen sie mich doch gesehen haben«, murmelte Winston. »Sie müssen es doch begreifen...« Es schien ihm undenkbar, daß sie es nicht begreifen würden, daß er sie nicht hatte überzeugen können. Ich kenne sie doch, dachte er. Sie müssen mich doch verstehen...
Nach weiteren zwanzig Minuten wiederholte er seine Frage: »Noch immer kein Anruf?«
»Kein Anruf«, sagte der Staatsanwalt.
»Kannst du das verstehen, Ellen? Sie müssen doch zur Vernunft kommen...«
»Vielleicht haben sie es *doch* nicht gesehen«, sagte Ellen. »Vielleicht schlafen sie.«
»Ja, wahrscheinlich schlafen sie«, sagte der alte Winston.
Und dann, nach einer halben Stunde, wieder die Frage: »Kein Anruf?«
»Nein, kein Anruf...«

21.

Mit einem Ruck riß John die Maschinenpistole Benny aus der Hand. »Schluß jetzt mit dem Gefasel! Glaubt ihr etwa, ich lasse mich beschwatzen? Ich bin *so* weit gegangen, ich muß jetzt bis zum Ende gehen... Hier kommt keiner raus. Auch du nicht, Benny.« Nun war wieder der wild flackernde Zorn in seinem Gesicht, den Benny schon als Kind gefürchtet hatte. John war jetzt unberechenbar.
»Willst du etwa auf mich schießen?« fragte Benny.
»Rede kein dummes Zeug! Ich will nur nicht, daß du dich schwach machen läßt oder noch einmal deine Maschinenpistole aus der Hand gibst.«
»Können wir nicht schlafen gehen?« fragte der Mann. »Es ist schon spät. Außerdem habe ich die Gelbsucht gehabt.«
»Schön, dann gehen Sie schlafen. Wieviel Betten haben Sie im Zimmer? Zwei? Dann kann die Tochter bei der Mutter im Bett schlafen. Zeigen Sie mir das Schlafzimmer«, befahl er dem Mann. Er drehte sich plötzlich um und fragte: »Wie heißen Sie übrigens? Und was machen Sie?«
»Mein Name ist Fisher. Ich bin Hilfskontorist in einem Lagerhaus im Hafen.«
»Im Hafen?« wiederholte John. Er ging voraus und warf einen Blick in das Schlafzimmer. Zwei Betten, einfache Einrichtung. Ein Spiegel an der Wand. Ein Bild, schlechter Druck: Christus auf dem Weg nach Golgatha.
»Sind Sie etwa auch noch fromm?« fragte John und wies auf das Bild.

»Jeder Mensch muß an etwas glauben, sonst kann er nicht leben«, erwiderte der Mann mürrisch.
John ging zum Fenster. Er prüfte die Jalousien und ließ sie herunter. Dabei sagte er: »An etwas glauben? Ja, ich glaube an mich. An sonst nichts. Verstehen Sie, Mr. Fisher? Was wirklich zählt auf dieser Welt, ist, ob Sie was in der Brieftasche haben. Aber das glauben Sie wohl nicht?«
»Nein, das glaube ich nicht.«
Sie gingen zurück ins Wohnzimmer. Es war wie eine Befehlsausgabe. John stand vor der Familie und erklärte: »Wir lassen Sie jetzt schlafen. Die Tür bleibt offen. Ich rate Ihnen, nicht die Jalousie hochzuziehen...«
»Wir werden schlafen, sonst nichts«, erwiderte Mrs. Fisher. »Ihr solltet auch schlafen. Aber vorher solltet ihr euch noch einmal überlegen, was euer Vater gesagt hat. Dann gute Nacht.« Sie nickte ihnen zu und ging als erste zum Schlafzimmer. Ihr Mann folgte ihr ohne Gruß, danach die Tochter, die scheu und verlegen an ihnen vorbeiging.
Benny saß auf seinem Stuhl und hatte alles mißbilligend beobachtet. »Ich habe es satt. Das ist nicht zum Aushalten! Ich will dir nicht in den Rücken fallen, John, aber ich könnte mich allein stellen. Du brauchst nicht mit. Dolly und ich sind eigentlich nur Ballast für dich...«
»Mein Gott, willst du mich denn im Stich lassen?« sagte John laut und drängend. »Natürlich brauche ich dich. Zu zweit kommen wir durch. Zwei Maschinenpistolen können allerhand ausrichten. Einer allein hat immer eine ungeschützte Stelle. Das hast du doch schon gelernt bei mir. Oder etwa nicht?«
»Ja, ja«, murmelte Benny. Sein Entschluß blieb in der Schwebe. Aber er ließ sich doch die Maschinenpistole wieder aufdrängen.
Sie rückten näher zusammen. Sie redeten leise, obwohl der Fernseher lief und sie vom Schlafzimmer aus ohnehin nicht gehört werden konnten. John versuchte wieder, die beiden anderen zu überzeugen. »Ich habe eine Idee... Aber dabei muß ich

mich auf euch verlassen können.« Er blickte Dolly und Benny beschwörend an.
Er sah wenig Hoffnung in ihren Gesichtern, und er dachte: Wenn sie nur durchhalten! Wenn sie nur noch einen Tag durchhalten!
»Der Hafen... Beim ›Harbour Side Terminal‹ habe ich einen ganzen Haufen von großen Yachten liegen sehen. Da ist oft nur ein Matrose als Wache an Bord. Die Burschen können auch das Schiff bedienen... Wenn wir bis zum Hafen kommen, dann gehen wir einfach an Bord, zwingen am Morgen den Matrosen aufzutanken und fahren die Küste entlang in Richtung Florida. Wenn wir den Golf von Mexiko erreicht haben, ist es ein Kinderspiel, von Tampico aus oder von Veracruz nach Argentinien zu kommen. Mit dem Geld, das wir in der Tasche haben, kriegen wir alles. Falsche Pässe, falsche Namen. Alles...«
Benny widersprach. »Du bist doch verrückt. Wenn das Schiff am Morgen getankt wird, ausläuft und dann die Küste entlang tuckert, wird es doch von jedem gesehen.«
»Na und? Ganz offiziell, ganz ungeniert fahren wir aus dem Hafen heraus, aber ich stehe mit der Pistole in der Hand hinter dem Matrosen.«
»Und wenn der Eigentümer es merkt?« schaltete sich Dolly zum erstenmal ein.
John überlegte. Er hatte oft am Hafen gestanden und die weißen Luxusschiffe beobachtet. Er erinnerte sich an eine Yacht, die unter dem Namen SWALLOW arabische Schriftzeichen getragen hatte. Einmal hatte er erfahren, wem die Yacht gehörte. Irgend so einem persischen Ölprinzen, der zwischen den Großstädten der Welt hin und her pendelte, um sein Geld auszugeben. Er hatte sein Bild in einer Zeitung gesehen. Vielleicht lag die Yacht dort. Sie war etwa zwanzig Meter lang und konnte von einem Mann bedient werden.
»Ich weiß eine Yacht, deren Eigentümer garantiert erst nachmittags um fünf aufsteht, weil er seine Nächte zum Tag macht...«

»Und wie kommen wir hin?« fragte Benny.
»Im Leichenwagen...«
Erschrocken sah Dolly John an.
Benny hob interessiert den Kopf. Er begriff die Zusammenhänge. Die Idee schien ihm gut. John hatte diesen Wagen ständig gefahren.
»Jawohl, ich weiß, wie ich das Tor aufmachen kann. Ich weiß, daß in jedem Fahrzeug der Schlüssel steckt. Schließlich habe ich lange genug dort gearbeitet. Gegen vier Uhr morgens mache ich mich auf die Socken. Ich fahre mit einem Taxi dorthin, hole den Wagen, komme hier vorbei, und ihr steigt ein. Dann fahren wir sofort zum Hafen. Wir überrumpeln den Matrosen, lassen ihn tanken und fahren los...«
Zum erstenmal hatte Benny wieder Hoffnung. Es war ein ausgezeichneter Plan. Alle Flugplätze und Bahnhöfe standen unter Kontrolle, aber er zweifelte daran, daß die Polizei auch Luxusyachten überprüfte.
»Bis die merken, daß die Yacht gestohlen wurde, haben wir Hunderte von Meilen hinter uns. So ein Ding läuft ziemlich schnell, an die fünfundvierzig Meilen in der Stunde...«

Während sie leise berieten, wurde auch im Schlafzimmer geflüstert. Mr. Fisher sagte zu seiner Frau: »Wir müßten die Jalousien hochkriegen. Aber wie? Sie machen Lärm...«
»Nein, laß das sein! Wir machen gar nichts. Die rennen auch ohne uns ins Verderben. Die sind am Ende. Vielleicht nehmen sie doch noch Vernunft an.«
»Das Mädchen und dieser Benny vielleicht, aber der andere ist hart wie Eisen«, flüsterte Fisher. »Der hält sie zusammen, und sie folgen ihm...«
Sie lagen zu dritt nebeneinander und konnten nicht einschlafen. Fisher war wütend, daß er keine Möglichkeit fand, sich gegen diese Banditen zu wehren. Sie saßen in einer Falle.
»Verdammt, man muß doch irgend etwas unternehmen.«
»Nein, wir unternehmen nichts«, bestimmte seine Frau.

»Du hast wohl noch Mitleid mit den Kerlen?« fragte er.
»Ja, ich hätte Mitleid mit allen Menschen, die da angekommen sind, wo die jetzt sind...«
Manchmal lauschten sie hinüber zum Wohnzimmer, aber von dort war nichts zu hören. Benny und John lagen auf dem Boden. Sie wollten es riskieren, etwas zu schlafen, glaubten, die Familie genug eingeschüchtert zu haben.
»Ich muß jetzt unbedingt etwas schlafen«, sagte John. »Ich habe einen sehr leichten Schlaf. Wenn die sich rühren, bin ich sofort wach. Paß du auch ein bißchen auf.« Er gähnte lange, dachte an Schlaf, nur an Schlaf.
Und dann kam die nächste Durchsage. Sie hatten den Fernseher leise weiterlaufen lassen. Benny hörte es und richtete sich auf, auch John war sofort wach. Nur Dolly schlief weiter.
Da war er wieder mit seinem vergrämten Gesicht.
»Benny und John, habt ihr mich nicht gehört? Das ist eure letzte Chance... Ich kann noch einmal zu euch sprechen. Danach ist es vorbei. Wenn ihr mich hört... Wenn ihr mich hört... Dann kommt...«
John hatte abgeschaltet. Benny protestierte: »Laß es an!«
John packte Bennys Arm. »Nein!« knurrte er. »Das nimmt uns die Kraft. Glaube ja nicht, daß es mir nicht an die Nieren geht, wenn ich ihn da sehe... Aber wir müssen hart bleiben, sonst schaffen wir es nie.«
Benny sah Johns gequältes Gesicht. Er glaubte ihm, daß ihn der Anblick des Vaters traf. Etwas in ihm schien sich zu krümmen. Es war wie ein Schmerz in der Magengrube. Wahrscheinlich würden sie ihn nicht wiedersehen. Natürlich konnte man ihm einiges vorwerfen, aber schließlich war er doch ihr Vater.
Resigniert hockte sich Benny wieder auf den Boden. Ehe er sich hinlegte, seufzte er einmal lange auf, ohne Worte.

Sie fielen in einen nervösen Halbschlaf, aus dem sie immer wieder hochschreckten, um nach dem Schlafzimmer hinüberzulauschen und dann ächzend wieder einzuschlafen. Ihre Ge-

danken wurden nicht frei. Sie kamen zurück: die drei Toten. Erschossen auf offener Straße. Ausgestoßen, gejagt. Eine ganze Welt gegen sie. Und morgen? Was ist morgen? Was wird sein an allen anderen Tagen? Wo werden wir sein?
Familie Fisher war schließlich doch eingeschlafen. Die Frau hatte ihren Mann und ihre Tochter davon überzeugt, daß sie im Augenblick nichts von den Winstons zu befürchten hatten. Der Mann hatte zwar mürrisch gebrummelt, aber er sah ein, daß seine Frau recht hatte.
John hatte drei Stunden fest geschlafen. Dann wurde sein Schlaf leicht, er begann zu träumen, sah sich wieder durch die Straßen gehen, beschimpft und geschmäht von Tausenden von Menschen. Im Traum war es fast noch schlimmer als in der Wirklichkeit, und im Traum litt er große Angst.
Als er aufwachte, war er in Schweiß gebadet. Er setzte sich auf. Alles war still. Benny schlief. Im Halbdunkel sah er das Gesicht seines Bruders, das auch im Schlaf von Sorge gequält schien. Dolly rührte sich nicht. Ihr Gesicht konnte er nicht erkennen. Als er auf die Uhr sah, dachte er: Ich werde bald losgehen und den Leichenwagen holen. Es ist drei Uhr früh. Ich darf jetzt nicht mehr schlafen...
Gegen vier Uhr weckte er leise Benny. Er flüsterte ihm zu: »Ich hole jetzt den Wagen. Paß gut auf, daß hier nichts passiert. In spätestens einer Stunde bin ich wieder zurück. Warte unter allen Umständen in dieser Wohnung, ganz gleich, was geschieht...«
Benny war schlaftrunken. Er sagte zu allem ja.
John nahm nur seine Pistole mit. Er hatte die Brille aufgesetzt und zog den Hut tief in die Stirn. Er wollte versuchen, vom nächsten Taxistand aus mit einem Wagen zum Bestattungsinstitut zu fahren.
Auf Zehenspitzen schlich er leise aus dem Zimmer, ging über den Flur und zog die Tür fast geräuschlos hinter sich zu. Auf der Treppe blieb er stehen. Das Haus war still. Sie schlafen jetzt alle, dachte er.

Er sah keinen Menschen, als er auf die Straße trat. Von weitem hörte er hin und wieder ein Auto, sonst nichts. Die Stadt schlief.

Er ging langsam, jeder Nerv in ihm war angespannt. Jetzt durfte er keinen Fehler machen. Dieses Vorhaben war die letzte Möglichkeit, aus New York hinauszukommen. Wenn das mißlingt, dachte er, wenn das mißlingt, dann sind wir erledigt. Er glaubte an seinen Plan, wollte daran glauben, weil ihm nichts anderes blieb.

Zwar rechnete er mit Polizeikontrollen in den Straßen, aber ein einzelner Mensch konnte kaum Verdacht erregen. Und der Leichenwagen würde wohl nicht so genau überwacht werden wie ein Personenwagen. Er kalkulierte die Scheu vor dem Tod in seinen Plan ein.

Als er aus den stillen, verrotteten Straßen von Downtown Manhattan herauskam, begegneten ihm die ersten Menschen. Zwei Paare, die aus irgendeiner Nachtbar angetrunken nach Hause gingen. Sie redeten laut, er ging an ihnen vorbei, spürte das seltsam prickelnde Gefühl der Gefahr. Seine Hand hatte in der Manteltasche die Pistole umspannt. Aber die Männer und Frauen beachteten ihn nicht.

Dann, auf einer belebten Straße, wurde er ganz sicher. Autos fuhren an ihm vorbei, immer wieder begegnete er Passanten. Er war unauffällig, wurde von niemandem behelligt. Vor einer kleinen Bar, die noch geöffnet hatte, blieb er stehen. Nur ein paar Sekunden. Er hätte jetzt hundert Dollar für ein Glas Whisky gegeben. Nein, sagte er sich, über solche Kleinigkeiten sind sie alle gestolpert. Er dachte jetzt wieder an große Namen der Unterwelt: John Dillinger und andere, und alle hatten sie einmal einen winzigen Fehler gemacht. Ich werde ihn nicht machen!

Ein Taxi fuhr langsam an ihm vorbei. Er winkte dem Fahrer. Jetzt spielte er den angeheiterten Bargänger.

»Fahren Sie mich nach Hause... Genug Whisky. Mir reicht's für heute...« Er gab eine Adresse in der Nähe des Bestattungsunternehmens an. Der Fahrer schöpfte keinen Verdacht. John war sicher.

Nachdem er ausgestiegen war, ging er die Straße entlang. Von weitem sah er das Gebäude. Das Hoftor war um zwei Meter zurückgesetzt. Er würde nicht zu sehen sein, wenn er es öffnete. Zuerst mußte er aber über das Tor klettern. Es war nur von innen zu öffnen.

Er sicherte nach der Straße hin, sah niemanden kommen und kletterte gewandt über das zwei Meter hohe Tor. Drinnen schob er den Riegel hoch, probierte, ob er es öffnen konnte. Alles ging nach Plan. Das Tor gab nach. Mit einem leichten Ruck öffnete er es, lehnte aber die Flügel wieder an.

Da waren die drei Garagen. Sie waren unverschlossen wie immer. Er schlich in die Garage Nummer zwei. Dort stand der schwarze Cadillac, mit dem er seinen ersten Raubüberfall gemacht hatte. Er öffnete die Tür, griff nach dem Zündschloß. Der Zündschlüssel steckte.

Er kannte den Wagen genau. Als er ihn anließ, sprang der Motor sofort an. Leise surrend lief er. Es war kaum möglich, daß ihn jemand im Haus gehört hatte.

Langsam stieß er mit dem Wagen zurück, stieg dann aus, öffnete schnell das Tor und fuhr hinaus. Er nahm sich noch Zeit, das Tor wieder zu schließen. Dann war er unterwegs. Er jubelte bereits innerlich. Seine Rechnung würde aufgehen. Dolly und Benny werden jetzt einsteigen. Dann zum Hafen. Der Matrose auf der Yacht des persischen Ölmagnaten oder auf irgendeiner anderen Yacht würde leicht zu überwältigen sein.

Während er fuhr, suchte er im Handschuhfach nach den Wagenpapieren. Sie lagen darin. Er griff hinter sich, wo die Fahrermützen immer abgelegt wurden. Auch die Mützen waren an ihrem Platz. Er setzte eine auf, und während er sich so tarnte, dachte er: Jetzt kann nichts mehr schiefgehen.

Er war gezwungen, die Fifth Avenue zu kreuzen. Von da aus konnte er dann kleinere Straßen benutzen. In der Höhe des Washington Square sah er die Polizeikontrolle.

»Verdammt!« murmelte er zwischen zusammengebissenen Zähnen. Er war schon zu dicht herangefahren. Jetzt konnte er nicht mehr wenden. Sie hätten es gesehen und wären mißtrauisch geworden.

Er sah, daß sie einen Wagen anhielten. Es waren mindestens sechs Polizisten. Ein Einsatzwagen und zwei schwere Motorräder. Im Licht der Straßenlaternen schimmerten ihre Maschinenpistolen mit mattem Glanz.

Er stand jetzt dicht hinter dem kontrollierten Wagen. Zwei Polizisten traten heran. Sie leuchteten ihm mit Taschenlampen ins Gesicht. »Wo fahren Sie hin um diese Zeit?«

»Muß zwei Träger abholen, und dann haben wir 'ne Leiche. Bin ganz schön in Eile, Mann...«

Er war bis zum Zerreißen gespannt. Würden sie ihn erkennen? Würden sie ihn aussteigen lassen, ihm die Brille abnehmen, um sein Gesicht ohne Brille zu prüfen? Er spürte, wie sich kalter Schweiß auf seiner Stirn sammelte. Er beobachtete jede Bewegung der kontrollierenden Polizisten. Schwer bewaffnet standen sie um den Leichenwagen herum. Ich habe keine Chance gegen sie, dachte er.

Und dann kam die große Erleichterung. Sie fragten ihn nicht weiter. Sie hatten ihn nicht erkannt. Die Fahrermütze und die Brille hatten sie getäuscht, und als er hörte, wie der Polizist sagte: »Es ist gut. Sie können weiterfahren«, fuhr er an, ohne noch einmal nach links oder rechts zu schauen. Er ließ sie hinter sich, atmete einmal lang und befreit aus.

Er hatte den Leichenwagen ohne jede Schwierigkeit aus dem Bestattungsunternehmen geholt. Er würde jetzt zu Dolly und Benny fahren und dann auch sicher zum Hafen. Wahrscheinlich schliefen die wachhabenden Matrosen um diese Zeit. Er plante, sah die Abläufe bereits. Lautlos an Bord, die Pistole würde schon davon überzeugen, daß sie nichts anderes zu tun hatten, als zu tanken und auszulaufen.

Während er mit dem schwarzen Wagen durch das nächtliche New York fuhr, dachte er wie im Fieber immer wieder: Wir

müssen den Golf von Mexiko erreichen. Von da nach Argentinien ist es nur ein Katzensprung. Wir müssen es schaffen!
Ohne einen Zwischenfall erreichte er die Straße in Downtown Manhattan. Er stellte den Wagen vor dem Haus ab. Dann ging er leise hinauf. Er klopfte dreimal, aber niemand öffnete. Dann drückte er auf die Klingel. Verdammt, wir haben vergessen, ein Zeichen auszumachen. Drinnen regte sich nichts. Sollten Benny und Dolly etwa verschwunden sein? Waren sie vielleicht irrsinnig genug, sich der Polizei zu stellen?
Er wartete vor der Tür. Er hörte leise Schritte, die bis dicht hinter die Tür kamen. »Wer ist da?« Es war Benny.
Gott sei Dank! Benny war also nicht weich geworden.
»Ich bin es, John«, sagte er leise durch die Tür.
Benny hatte geschlafen. Ein wenig Hoffnung regte sich in ihm.
»Hat alles geklappt?« fragte er, als sie im Wohnzimmer waren.
»Ja, alles ging nach Plan. Macht euch jetzt fertig! Wir fahren gleich ab. Der Wagen steht unten vor dem Haus...«
Dolly war aufgewacht. Mit weinerlicher Stimme sagte sie: »Laßt mich doch hierbleiben. Ich kann euch überhaupt nichts nutzen...«
»Aber du kannst uns schaden«, sagte John. »Glaubst du etwa, du könntest ein Verhör von zwölf Stunden durchstehen? Alles würdest du ausspucken, alles, was du weißt. Und du weißt zuviel...«
Schweigend begann sie, sich zu kämmen. Sie würde mitkommen. Sie wußte, daß alles weitere Bitten zwecklos war.
Im Morgenrock kam Mrs. Fisher aus dem Schlafzimmer. Sie hatte die Bewegungen der drei wahrgenommen. Noch einen letzten Versuch machte sie: »Habt ihr euch alles gut überlegt? Wollt ihr euch nicht der Polizei stellen? Denkt doch an euren Vater... Der Staatsanwalt hat euch doch garantiert, daß er nicht die Todesstrafe beantragen wird... wenn ihr euch stellt...«
»Geben Sie sich keine Mühe, Mrs. Fisher. Wir wissen schon,

was wir zu tun haben. Sie könnten uns aber noch schnell einen Kaffee machen. Und wie wäre es mit ein paar Eiern, einer Portion Schinken mit Eiern?«
Mit bekümmertem Gesicht sah sie die drei an. »Ich habe noch genug im Haus. Ich werde euch Frühstück machen...« Sie schüttelte den Kopf. »Es ist ein Jammer um euch. Ihr rennt in euer Verderben. Man kann euch nicht helfen...« Danach ging sie hinaus in die Küche.
Ihr Mann und die Tochter blieben im Schlafzimmer. Mr. Fisher flüsterte: »Geh nicht hinaus! Mutter kann am besten mit ihnen umgehen.«

Während die Frau in der Küche das Frühstück zubereitete, sagte John: »Wir müssen uns absichern. Sowie wir die Wohnung verlassen, wird der Mann anrufen. Ich werde das Telefonkabel durchschneiden und die Tür von außen abschließen. Den Schlüssel lassen wir stecken. Bis die Nachbarn aufmachen können, sind wir längst davongefahren.«
Benny nickte. »Ja, das ist gut. Und wie stellst du dir die Sache im Hafen vor?«
»Wir schleichen uns an Bord und überwältigen, wen immer wir antreffen. Mehr als zwei Matrosen sind nie auf so einer kleinen Yacht, wenn sie im Hafen liegt. Oft ist es nur einer. Das Überraschungsmoment ist auf unserer Seite. Wenn die aufwachen, gucken sie in die Mündungen unserer Maschinenpistolen...«
Mrs. Fisher brachte das Frühstück herein. Brot, Butter, eine Pfanne mit gebratenen Eiern, dazu Kaffee. Sie saß schweigend in einem Sessel, während die drei aßen. Sie hatte jetzt die Hoffnung aufgegeben, die Zwillingsbrüder umstimmen zu können. Es war ihr unbegreiflich, daß Menschen so hart sein konnten.
Als sie gegessen hatten, sagte John: »Ich würde Ihnen gern ein Bündel Dollar geben, aber ich glaube, Sie wollen es nicht haben...«
»Nein, wir nehmen euer Geld nicht an.« Sie schüttelte den Kopf.

»Schön, das habe ich mir gedacht. Sie werden verstehen, daß wir uns sichern müssen«, sagte John und ging mit einem Messer zum Telefon. »Ich muß das Kabel durchschneiden, und ich muß Sie einschließen. Wenn wir weg sind, können Sie aus dem Fenster rufen. Dann werden Nachbarn von draußen öffnen.«
»Macht, was ihr wollt. Euch ist nicht zu helfen. Ihr seid verloren...«
Sie antworteten nicht. Als sie gingen – John trug den Koffer mit dem Geld –, wandte sich Benny noch einmal um. Er zuckte hilflos mit den Achseln und sagte: »Ich weiß nicht, wer recht hat, Sie oder John. Wir werden es bald wissen. Jedenfalls: Vielen Dank!« Er nickte ihr zu und ging vor Dolly aus dem Zimmer.
Wortlos sah ihnen die Frau nach.
Draußen schloß John die Wohnungstür ab. Leise gingen sie die Treppe hinunter. Niemand hörte sie. In der Wohnung der Fishers blieb alles still.

22.

Auf der Straße stand der Leichenwagen. Dolly sah ihn mit Abscheu. Sie fröstelte, aber sie sagte nichts.
»Ich werde den Wagen fahren. Benny, du sicherst. Wenn wir jetzt in eine Kontrolle kommen, müssen wir schießen und durchfahren. Ich bin auf dem Weg hierher kontrolliert worden. Ich hatte Glück, weil ich allein war. Sie leuchteten in den Wagen hinein. Natürlich würden sie uns jetzt erkennen; wir sind jetzt zu dritt. Wir sind gezwungen zu schießen. Merk dir das, Benny!«
»Ich weiß. Aber mir wird jetzt schon übel bei dem Gedanken...« Er hoffte, daß es ihm erspart bleiben würde. Drei Morde, das war mehr, als ein Mensch ertragen konnte.
Dolly saß in der Mitte. Benny hatte auf seiner Seite die Scheibe heruntergekurbelt und hielt die Maschinenpistole auf den Knien. John fuhr in mittlerem Tempo durch Manhattan.
»Wenn wir zum ›Harbour Side Terminal‹ fahren, müssen wir entweder durch den Holland-Tunnel oder durch den Hudson- oder Manhattan-Tunnel«, sagte Benny. »Wenn sie da eine Sperre aufgebaut haben, was dann?«
John erklärte: »Wir müssen rüber nach Jersey. Also bleibt keine andere Wahl. Auf jeden Fall nehmen wir den Holland-Tunnel, der ist breiter. Da könnte ich mit dem Wagen besser wenden, falls es nötig sein sollte... Aber warum den Teufel an die Wand malen? Uns kann nichts passieren, wenn wir die Augen offenhalten.«
»Ich will raus aus diesem komischen Wagen!« rief Dolly plötz-

lich. »Wie lange wollt ihr mich denn noch mitschleppen? Gebt mir zehntausend Dollar, dann fahre ich in irgendeine Stadt im Mittelwesten und tauche dort unter. Versteht mich nicht falsch. Ich will kein Geld aus euch herauspressen, aber ich brauche es, um mindestens ein Jahr unabhängig leben zu können. Danach wäre Gras über die Sache gewachsen, und niemand würde mich noch suchen. Ich verspreche es euch. Ihr könnt völlig sicher sein. Eine Frau allein kommt besser durch. Ich kann mich anders schminken, die Frisur ...«

John unterbrach sie hart. »Halt die Klappe! Du kommst mit!«

Sie sah ihn von der Seite her an und haßte ihn jetzt. Er war der Hauptschuldige. Er hatte sie hineingezogen ins Verbrechen, und er hatte versagt: in Las Vegas. Er war es, der Benny gezwungen hatte, in die große Bank zu gehen, am hellen Tag, eine Wahnsinnsidee. Und dort hatte es die ersten Toten gegeben. Er, immer er war der eigentliche Schuldige. Er hatte ihr und Benny seinen Willen aufgezwungen.

Ihr plötzlich wachsender, verzweifelter Zorn suchte ein Ventil. Sie schrie ihn an: »Du bist kein Mensch mehr! Du bist ein Ungeheuer!«

Sie sah, daß er einen Augenblick stutzte, daß sie ihn getroffen hatte. Während er hinter dem Steuer saß und die Straße genau im Auge behielt, brüllte er sie an: »Was redest du für ein dummes Zeug? Ich habe immer nur dann geschossen, wenn die anderen schon damit angefangen hatten. Ich wollte nicht das Leben dieser Männer, ich wollte nur wie ein Mensch leben, endlich mit einer Zukunft. Du wolltest auch nicht eine Hutverkäuferin bleiben. Als alles gutging, hattest du kaum Bedenken ...«

»Hört endlich auf mit dieser Zankerei!« schaltete sich jetzt Benny ein. »In zwei Minuten sind wir am Tunnel ...«

»Sie hat angefangen«, sagte John ruhiger.

Sie erreichten die Hudson Street. Nur noch ein paar hundert Meter bis zur Tunneleinfahrt. Jetzt sprachen sie nicht mehr.

Benny und John blickten gespannt nach vorn. Alles schien in Ordnung zu sein. Keine Polizei.
Dann schluckte sie die große Einfahrt zum Tunnel. Sie waren in dieser dumpfen Luft, in dem langen, röhrenförmigen Gewölbe, das unter dem Fluß durchführte. Das leise Brummen des schweren Cadillacmotors lief neben ihnen her, kam gedämpft von den Wänden zurück. Dolly spürte eine Beklemmung, auch Benny fühlte sich beunruhigt, wie jemand, der Unheil ahnt, aber noch nicht weiß, welche Gestalt das Verhängnis haben wird.
John fuhr jetzt schnell. Er saß mit verbissenem Gesicht hinter dem Steuerrad und starrte nach vorn auf die Tunnelstraße, die endlos zu sein schien.
Sie wußten nicht, wie spät es war, aber es war ihnen bewußt, daß sie ihren Zeitplan überzogen hatten. Sie fanden es seltsam, hatten während der Flucht ihre Uhren irgendwo liegengelassen. Nicht einmal ein Rasierapparat war jetzt noch in ihrem schmalen Gepäck.
Etwa alle zweihundert Meter waren auf der rechten Seite des Tunnels Einbuchtungen, kleine Parkplätze für drei oder vier Wagen. Sie waren für etwaige Unfälle vorgesehen. Die Polizei hatte sich die günstige Lage dieser Plätze zunutze gemacht.
John sah die beiden Polizisten, die mit der beleuchteten Kelle plötzlich hervortraten. Das unmißverständliche Stoppzeichen schwang langsam hin und her, weit auspendelnd wie der Perpendikel einer großen Uhr.
Noch hundertzwanzig Meter, noch neunzig Meter... Benny und John schrien zu gleicher Zeit auf. Es war ein unartikulierter Wutschrei. Kreischend bremste der schwere Cadillac. Mit höchster Geschwindigkeit und vor Anstrengung verzerrtem Gesicht manövrierte John den Wagen: Bremsen, zurückstoßen, Steuerrad einschlagen, Vorwärtsgang, Vollgas. Der bullige Wagen schnellte nach vorn, den Weg zurück.
»Schießen! Schießen!« schrie John.
Dolly kreischte irgend etwas, die Brüder hörten nicht darauf.

Die Lampen zischten rechts und links mit scharfem Geräusch vorbei. Von hinten kam jetzt das Heulen der Sirene.
Benny sah den Wagen, das blaue Signallicht. Und dann kam noch ein Geräusch. Es hallte wie Donnerschläge eines schweren Gewitters. Die Polizei schoß.
Benny überlegte jetzt nicht. Er nahm die Maschinenpistole hoch, zielte nur kurz. Dann drückte er ab. Die Maschinenpistolen füllten den Tunnel mit dem Klang von Detonationen. Es war, als gingen Bomben hoch. Der Schall vervielfältigte sich zu einem infernalischen Getrommel.
Blau züngelte das Mündungsfeuer aus dem Streifenwagen. Sie hörten die Einschläge, aber der Leichenwagen war stabil gebaut. Die Kugeln trafen die drei auf dem Vordersitz nicht. Sie blieben irgendwo stecken, hatten dreimal Metall durchschlagen, trafen dann die Rücksitze. Sie drangen nicht durch.
Achtundvierzig Schuß hatte Benny in seinem Magazin. Die Maschinenpistole hüpfte, tanzte in seiner Hand, immer wieder den Wagen streifend, Kimme und Korn. Dann schien der verfolgende Wagen zu torkeln, beschrieb zuerst kleine Kurven wie der Wagen eines Betrunkenen. Er stieß gegen die Tunnelwand, schleifte an ihr entlang, einen gewaltigen Funkenregen hinter sich herziehend gleich dem Schweif eines Kometen. Der Wagen drehte sich um die eigene Achse, krachte an die gegenüberliegende Tunnelwand. Kein Feuer mehr aus den Pistolen der Polizisten. Dann war es still. In rasender Geschwindigkeit entfernte sich der schwere Cadillac aus dem Tunnel. Sie sahen vor sich die große Öffnung. Draußen war es schon hell. Ein sonniger Tag. Und aus dem Tunnel kommend, schnellten sie in das helle, gleißende Licht, als wären sie plötzlich, von einer Sekunde zur anderen, aus der Nacht in den Tag gefahren.
»Gut!« rief John vom Steuer her. »Gut, Benny!«
Benny hörte das Lob seines Bruders, aber es konnte nicht seine Verzweiflung mildern. In diesen Sekunden sah er das Ende vor sich. Keine Chance mehr! Keine Chance mehr! Sein Gesicht verkrampfte sich, als wolle er anfangen zu weinen.

23.

Sie waren wieder dort, wo sie angefangen hatten – in Manhattan, Downtown Manhattan. Und Benny dachte, daß sie sich im Kreis bewegt hatten, aber der Kreis war jetzt geschlossen. Die Stadt New York würde sie jetzt nicht mehr loslassen, würde ihnen kein Schlupfloch bieten, aus dem sie flüchten könnten.
John fuhr jetzt langsam. Er merkte nicht, daß er sich selber die Frage laut stellte: »Wohin? Wohin jetzt?« Er fand keine Antwort auf seine Frage. Zum erstenmal war er ohne einen Rat. Er quälte sich ab, irgendeine Möglichkeit zu finden – einen Platz, irgendeinen Platz, wo sie sicher wären, sicher für wenigstens zwei, drei Stunden.
»Wohin?« rief auch Benny.
»Es ist aus«, sagte Dolly ganz ruhig. »Es ist aus. Ihr wißt es. Keine Chance mehr...«
Die Brüder antworteten nicht. Der Wagen war jetzt auf der Höhe von Greenwich Village. Nicht sehr weit von da hatten sie gewohnt, waren sie als Kinder mit ihren zerrissenen Hosen herumgestromert, Söhne eines trinkenden Witwers.
Es gab in dieser Gegend Hunderte von leerstehenden Häusern, ganze Blocks, die verwahrlosten und zu Schutt zerfielen. Könnten wir nicht da hinein? überlegte John. Aber er verwarf den Gedanken sofort. In diesen Ruinen hauste der Abschaum der Obdachlosen, von dem jeder einzelne mit Freuden zum Verräter würde. Eine Belohnung oder ein »Freibillett« für kleine Vergehen könnte dabei herausspringen.
»Wir müssen aus dem Wagen raus«, sagte John. »Der Wagen

wird jetzt überall durchgegeben. Außerdem haben wir Einschußlöcher hinten. Wir müssen raus.«
»Aber wohin?« fragte wieder Benny.
Sie kamen an einer Reihe von Geschäften vorbei, die zum Teil noch geschlossen hatten. Dazwischen sah John eine kleine Snackbar, eines von diesen winzigen Lokalen, in denen die Berufstätigen morgens im Stehen schnell eine Tasse Kaffee trinken.
»Da gehen wir hinein. Steck die Maschinenpistole unter deinen Mantel, und geh mit Dolly hinein! Drinnen nimmst du die Knarre raus und hältst alles in Schach! Ich muß den Wagen mindestens dreihundert Meter von hier in eine Seitenstraße bringen. Ich komme dann nach. Nehmt den Koffer mit! Unser Geld... Los, aussteigen!«
Wortlos stieg Benny aus. Er zog Dolly mit sich, die den kleinen Koffer trug. John fuhr weiter. Er fand eine stille Straße und zweifelte nicht im geringsten daran, daß Benny die wenigen Personen in der Snackbar überwältigen würde.
Benny war jetzt kalt wie ein Stück Eis. Aber es war nicht die Kaltblütigkeit, die hinter einer planvollen Aktion steht, sondern die vollkommene Resignation.
Er ging mit Dolly hinein, hob die Maschinenpistole unter dem Mantel hoch und sagte ganz ruhig: »Machen Sie keine Umstände! Ich bin ein Winston. Bei einer falschen Bewegung muß ich schießen. Wir werden gejagt...«
Der Barkeeper und die vier männlichen Gäste hoben die Arme sofort hoch. Sie starrten den Mann an, sahen sein müdes, verzweifeltes Gesicht und begriffen, daß er schießen würde.
»Machen Sie keinen Unsinn, Winston«, sagte der Barkeeper. »Wir sind nicht so verrückt und unternehmen etwas gegen Sie. Das hier sind meine Gäste. Ich kenne sie alle. Niemand wird etwas tun...«
»Dann ist es gut«, sagte Benny. »Sie könnten uns eine Tasse Kaffee machen.«
Als John hereinkam, war der Kaffee bereits fertig. John schaute

sich kurz um, sah, daß alles in Ordnung war, und sagte: »Für mich auch einen.«
Danach prüfte er das Lokal. Es hatte einen Nebenraum, eine kleine Küche mit einem vergitterten Fenster, ohne Ausgang. Eine schlotternde Negermammy stand vor dem Elektroherd und reckte die Arme hoch. Ihr Gesicht war grau, und sie sagte: »Vier Kinder habe ich, Sir. Vier Kinder, die brauchen ihre Mutter. Wenn ich Ihnen sage, Sir, die brauchen ihre Mutter...«
»Schon gut, schon gut«, sagte John. »Setzen Sie sich hier auf einen Stuhl, und seien Sie schön ruhig.« Dann rief er nach draußen: »Ihr vier... Kommt herein in die Küche!«
Die vier Männer, keiner jünger als dreißig, keiner älter als vierzig, gehorchten. Er betrachtete jeden einzeln: Dutzendtypen, nichts Besonderes. Als sie in der Küche waren, schloß John die Tür.
Dann prüfte er die Bartheke. Sie war brusthoch und stabil. Im Notfall würde sie einen guten Schutz bieten. Er sagte zum Barkeeper: »Haben Sie ein Schild: HEUTE GESCHLOSSEN? Hängen Sie es raus, und schließen Sie die Tür zu.«
Der Mann griff wortlos nach einem Pappschild und hängte es ins Fenster. Danach schloß er die Tür ab und sah John fragend an.
»Auch da hinein! Wenn Sie da drinnen Dummheiten machen, knallt es.«
Durch das Fenster blickte man auf einen düsteren Hinterhof. John hatte keine Bedenken, daß sie nach dort irgendwelche Signale geben könnten. Dieser Hinterhof war begrenzt von grauen, fensterlosen Hauswänden und hatte nur einen schmalen Durchgang zur Straße. Von weitem hörten sie die Sirene eines Streifenwagens. »Sie suchen uns«, murmelte John.
Dolly saß auf einem Stuhl und schlürfte Kaffee. Ihr Gesicht war wie erloschen. Sie reagierte jetzt kaum noch, hatte sich aufgegeben und war bei dem einen Gedanken stehengeblieben: Es ist aus.

Dafür gab es nur einen Schuldigen: John war es, ausschließlich John.
Von draußen wurde plötzlich laut gegen die Tür geklopft. Ein Mann rief: »Frank! Was ist los mit dir? Ich will meine Eier mit Schinken! Gestern hast du keinen Ton davon gesagt, daß du heute deinen Laden dichtmachst.«
Der Barkeeper rief: »Tut mir leid, ich mußte schließen. Meine elektrische Anlage streikt.«
Der Gast murmelte etwas und trollte sich dann.
John sagte: »Es ist besser, wenn wir alle in die Küche gehen. Durch die Milchglasscheibe kann man unsere Umrisse sehen. Schafft Stühle hinein, wir können nicht die ganze Zeit stehen.«
Er wandte sich an den Barkeeper Frank, der einen Augenblick unschlüssig gezögert hatte: »Los, los, Sie auch.«
»Wie lange soll denn das Theater dauern?« fragte Frank und schaute John aus seinen hellen Augen zornig an. Es war keine Furcht in seinem Gesicht, das konnten alle im Raum erkennen. Auch John wußte, daß dieser Mann gefährlich werden konnte. Er war groß und schlank, hatte kräftige Schultern und lockere, geschmeidige Bewegungen.
John sagte zu ihm: »Kommen Sie auf keine krummen Ideen ... Das wäre Ihr Ende.«
»Haben Sie nicht schon genug Menschen umgebracht?« fragte Frank, während er mit zwei Stühlen in die Küche ging.
»Das waren Unglücksfälle«, antwortete John. »Wir wollten es nicht, aber sie haben uns dazu gezwungen.«
»Ja, ich weiß, Sie sind Stümper«, sagte Frank. »Sie haben Fehler über Fehler gemacht. Jetzt sitzen Sie in der Mausefalle und haben die Hosen voll ...«
»Sie reden sich noch um Kopf und Kragen«, sagte John. Sein Gesicht war weiß geworden vor Wut. »Wir können hier nicht raus. Sie hören doch, was draußen los ist. Lassen Sie Ihr Geschwätz, Sie reizen meine Nerven ...«
»Ich habe keine Angst vor Ihnen«, antwortete Frank. »An Ihnen beiden ist nichts Besonderes, außer der Tatsache, daß Sie

Zwillinge sind. Ich kann eigentlich nicht verstehen, daß so viel Aufhebens um Sie gemacht wird in New York, wo alle zwanzig Minuten ein Raubüberfall passiert...«
John schwieg, er saß neben der Küchentür, hielt die Maschinenpistole auf den Knien, deren Lauf er auf Frank gerichtet hatte.
Benny sagte: »Frank, hören Sie auf zu quasseln. Er legt Sie um, wenn Sie ihn noch mehr reizen.«
Frank sagte: »Es sind zwanzigtausend Dollar Belohnung auf Sie ausgesetzt. Es kam über alle Stationen.«
Sie saßen um den großen Elektroherd herum, auf der einen Seite Frank mit seinen vier Kunden, die sich völlig passiv verhielten, auf der anderen Seite John, Benny und Dolly. An der Schmalseite des Herdes hockte auf einem Schemel die Negerköchin, die fortwährend ängstlich nach dem Fenster schielte, denn um diese Zeit erschien jeden Morgen Jimmy, ihr vierzehnjähriger Sohn, dem sie dann Brot und Hamburger durchs Fenster hinausreichte, während Frank in der Bar bediente. Mit diesem bescheidenen Diebesgut rannte Jimmy nach Hause und verpflegte sich und seine drei Geschwister. Sie zitterte und hoffte, er würde an diesem Morgen nicht kommen.
Als sie Jimmys Wollkopf wie einen Schatten vor dem Fenster auftauchen sah, wußte sie sich zu helfen. Sie schrie plötzlich laut auf: »Ich halte das nicht mehr aus! Bei Jesus, das ist zuviel für eine geplagte Mutter, die dazu noch ihren Mann verloren hat!«
Alle im Raum waren abgelenkt worden und hatten diese eine wichtige Sekunde nur auf sie geschaut. Diese Zeitspanne genügte, daß Jimmy begriff, was in der Snackbar vorging.
Er rannte davon, wußte, was er zu tun hatte. Zwei Männer mit Maschinenpistolen, dazu noch eine junge, sehr hübsche Frau: Es waren die Winstons. Und dafür gab es zwanzigtausend Dollar. Die gehören mir, dachte Jimmy. Ich muß nur smart sein. Ich bin es, der sie entdeckt hat. Smart war sie, meine Mammy, und ich bin auch smart...

Mit Riesensprüngen hetzte er die Straße entlang, und die Freude glänzte in seinem Gesicht. Einige Ratten stoben rechts und links vor ihm davon.

Benny war eingeschlafen, sein Kopf war ganz allmählich nach unten gesunken. Dolly hatte es als erste gemerkt, als ihm die Zigarette aus der linken Hand fiel. Es war die Eingebung eines Augenblicks: Sie griff schnell nach Bennys Maschinenpistole, riß sie an sich und richtete sie von der Seite her auf John.
»Schluß jetzt!« rief sie. »Laß deine Maschinenpistole fallen! Es ist genug, ich werde schießen.«
Benny schaute Dolly erschrocken an. John legte seine Pistole auf den Boden, aber er grinste. »Und wie soll das weitergehen, Dolly?« fragte er, während er langsam aufstand und auf sie zuging.
»Telefonieren«, rief sie, »die Polypen sollen kommen!« Sie schaute dabei Frank bittend an.
Und während sich John ganz langsam Dolly näherte, sagte Frank ruhig, aber eindringlich: »Jetzt mußt du schießen, Mädchen.«
»Tu es nicht!« rief Benny. Die Angst vibrierte in seiner Stimme.
Sie zitterte, war bereit zu schießen, wollte auch schießen. Ihr Entschluß brach jedoch zusammen, als John mit der rechten Hand die Mündung der Waffe erreicht hatte und sie mit einer sanften Bewegung zur Seite schob. Das war der Augenblick, in dem Dolly weinend aufgab. Vom Schluchzen geschüttelt, kauerte sie sich auf ihrem Stuhl zusammen. Sie schloß die Augen, bedeckte ihr Gesicht mit den Händen und rief: »Er war schuld an allem!«
John gab Benny die Maschinenpistole zurück und setzte sich wieder an seinen Platz. Zwei, drei Minuten lang sagte er kein Wort, starrte nur vor sich hin, dann begann er zu murmeln: »Die Welt, in der wir gelebt haben, war trostlos ...«
»Unser Leben war auch trostlos«, sagte Frank, »aber wir sind

trotzdem nicht losgegangen und haben geraubt und gemordet.«
John schwieg, er schaute seinen Bruder an, blickte auf die zusammengekauerte Dolly, und in diesem Augenblick überkam ihn eine verzweifelte Reue, während gleichzeitig die Erkenntnis in ihm wuchs, daß es für alles zu spät war.
Zum Beispiel Dolly! Warum hatte er sie mitgeschleppt? Er hätte sie gehen lassen können, allein oder mit Benny. Die Liebe hatte nicht standgehalten. Kein großes Format: noch sehr jung, aber sehr hübsch. Vielleicht wäre Benny mit ihr glücklich geworden.
»Und du wolltest wirklich schießen?« fragte Benny und schüttelte Dolly am Oberarm.
»Sie wollte es, aber sie hatte nicht die Nerven dazu«, sagte John. »Und den da hätte es gefreut, wenn sie es gekonnt hätte.« Er nickte zu Frank hinüber: »Nicht wahr, Sie wollten, daß sie schießt?«
»Ja, es wäre gerecht gewesen«, antwortete Frank. »Sie beide haben es verdient.«
»So, Sie wissen genau, was wir verdient haben ... Und was wäre das?« höhnte John.
»Ich weiß nicht genau, was Sie verdient haben, aber ich weiß, was auf Sie wartet.«
»Was?«
»Der elektrische Stuhl.«
Dolly und Benny hörten schweigend zu, während John einen nach dem andern aufforderte, ein Urteil zu sprechen.
Er deutete auf den Mann, der neben Frank saß: »Was haben wir verdient?«
Der Gast, der wie ein biederer, schwerfälliger Handwerker wirkte, überlegte nicht lange: »Den Stuhl ...«
John deutete auf den nächsten Gast: »Was?«
»Den Stuhl.«
Und das hörten sie nacheinander fünfmal, denn auch der letzte Gast, der aussah wie ein Tagedieb und dem man ohne weiteres

Diebstahl, Unterschlagung oder sonst ein läppisches Delikt zugetraut hätte, stimmte in den Chor ein: »Ja, den elektrischen Stuhl.«
Es war fast wie eine Gerichtsverhandlung, das Grundmuster einer Gerichtsverhandlung, und die fünf Männer spielten die Rolle der Geschworenen. John überging die dicke Negerin; ihre Stimme war nicht wichtig für ihn. Nach dem Urteilsspruch schwiegen die Männer. Als wäre ihr erst jetzt die Härte des Urteils bewußt geworden, schrie Dolly plötzlich: »Aber ich doch nicht! Ich komme doch nicht auf den elektrischen Stuhl! Ich bin doch unschuldig!«
»Oh, sei still, du Hutverkäuferin«, sagte John angeekelt. Dann rief er: »Wir werden nicht auf dem elektrischen Stuhl landen. Es gibt noch andere Möglichkeiten.«
Frank schüttelte nur den Kopf. Er war so etwas wie der Vorsitzende, die andern vier folgten seinem Beispiel: viermal nein. Von draußen hörten sie wieder Sirenen. Sie kamen näher, fuhren vorbei, entfernten sich langsam. Alle hatten lauschend den Kopf gehoben. Die Negerköchin zitterte am ganzen Körper und starrte mit angstvollen Augen auf Benny und John. Dabei betete sie lautlos vor sich hin.

Später waren sie wieder in die Bar hinausgegangen. John hatte zu Frank gesagt: »Machen Sie uns noch einen Kaffee! Ich halte es in dieser Küche nicht mehr aus.« Nun saßen sie an einem der winzigen Tische, hielten die Maschinenpistolen auf den Knien und tranken ihren Kaffee. Neben Dolly stand der kleine Geldkoffer.
Frank war noch hinter der Theke. Er beobachtete die Brüder und Dolly und wartete auf eine Regung von ihnen. Etwas mußten sie tun, irgend etwas mußte doch geschehen.
John sah, wie Frank sie belauerte. Er grinste ihn an: »Kommen Sie auf keine faulen Ideen! Ich habe Sie im Auge ... Sie rechnen wohl mit einem kleinen Glücksfall, der Ihnen unter Umständen zwanzigtausend Dollar bringen könnte ...«

Frank lächelte: »Ja, mein ganzes Leben lang habe ich auf so einen kleinen Glücksfall gehofft.«

»Sie hätten Ihrem Glück auch ein bißchen nachgeholfen, wenn Sie sicher gewesen wären, daß man Sie dabei nicht erwischt...«

»Klar, ich hätte einiges dafür riskiert, aber niemals hätte ich einen Menschen umgebracht, auch nicht für hunderttausend Dollar.«

»Wir mußten es schon einmal für weniger tun – für nichts mußten wir es tun. Und das waren Unschuldige.«

»Für wen? Für was?«

»Für die Vereinigten Staaten und auf Geheiß eines ehrenwerten Präsidenten. In Vietnam nämlich, mein Freundchen.«

»Wir haben jetzt einen anderen Präsidenten, und der hat gesagt...«

»O ja«, unterbrach ihn John. »Schauen Sie ihn sich an, dann wissen Sie genug.«

»Sie meinen, weil er mal ein bißchen in sein eigenes Haus hat einbrechen lassen? Das ist Politik, das bringt Amerika nicht um.« Frank lachte und rief in die Küche: »He, Mary, wie denkst du über unseren Präsidenten?«

»Böse Augen, böse Augen«, murmelte die Negerin.

»Sie haben keine Chance«, sagte Frank.

»Wir könnten zwei von Ihnen als Geiseln mitnehmen«, überlegte John.

»Die Polizei hat Scharfschützen, die verpassen Ihnen einen sauberen Kopfschuß, Mann.«

John schwieg verbissen.

»Ich habe einen Artikel über Sie beide gelesen... Wissen Sie, wie Sie genannt werden? Die Amok-Zwillinge... Den Namen werden Sie behalten.«

Noch ehe John etwas erwidern konnte, dröhnte eine mächtige Stimme zu ihnen herein. Sie fiel über sie her wie eine Detonation und erschreckte alle.

»Hier spricht Lieutenant Rogers von der New Yorker Polizei:

Benny und John Winston, Sie sind umstellt! Wir geben Ihnen eine Minute Zeit, dann schießen wir Gas. Kommen Sie ohne Waffen und mit erhobenen Händen heraus!«
Sie starrten sich an, waren ein paar Sekunden wie gelähmt. Von wo war diese Stimme gekommen? Von der anderen Straßenseite? Niemand war vorher zu sehen oder zu hören gewesen. Lautlos hatte sich die Polizei eingenistet. Sie verstanden es nicht.
»Ergebt euch!« flehte Dolly. Sie flüsterte, als befürchtete sie, draußen gehört zu werden. »Ergebt euch!«
»Es hat keinen Sinn mehr«, sagte Benny und schaute seinen Bruder hilflos an.
Doch John dachte sich noch einen letzten, verzweifelten Plan aus: »Geht in die Küche! Mit dir sind es sechs Männer, Benny. Zu sechst könnt ihr das Gitter des Fensters hinausdrücken. Geht dann durch das Fenster und verschwindet über den Hinterhof in irgendein Haus! Hier, nehmt das Geld mit!« Er griff nach dem Koffer und wollte ihn Benny aufdrängen. »Da hinten sind sie nicht, sonst hätten sie nämlich von dort aus angefangen. Zu zweit kommt ihr durch. Vielleicht... Nach Argentinien. Ich bleibe hier und halte sie auf.«
»Nein, *ich* bleibe hier!« rief Benny. »Geh du mit Dolly durchs Fenster! Ich werde die Polypen aufhalten, zwei Magazine habe ich noch.«
»Geht da hinein!« brüllte John seinen Bruder an. Die anderen sahen sein schneeweißes, im Zorn auflodserndes Gesicht und wollten ihm folgen, aber in diesem Augenblick rief Frank: »Sind Sie übergeschnappt? Lassen Sie mich mit der Polizei reden, wir sind schließlich auch noch da!«
»Was wollen Sie sagen?« fragte John.
»Sie sollen kein Gas schießen, sondern warten.«
»Laß ihn«, bat Benny.
»Gut«, überlegte John. »Aber ihr geht ans Küchenfenster, wie ich gesagt habe.«
»Ergebt euch!« rief Dolly weinend.

Benny zog sie am Arm in die Küche, den Koffer nahm er mit. Die vier gefangenen Gäste gehorchten, gingen ans Fenster und stemmten sich gegen die Eisenstäbe, die bald nachgaben. Benny stand dabei und schaute zu, als wäre er tief in Gedanken versunken.

Die Negerin watschelte aufgeregt in der Küche herum und kreischte in höchstem Diskant: »Mann, Mann... Jesus Christus... Jesus Christus!«

Vorn in der Bar beobachtete John wortlos, wie Frank die Tür aufschloß, mit einem weißen Handtuch winkte und dann, in der Tür stehend, hinausrief: »Ich bin Frank Harris, der Besitzer der Snackbar. Hier sind außer den dreien, die ihr sucht, und mir noch fünf andere Personen. Schießt kein Tränengas, denn damit trefft ihr auch uns.«

Frank sah Lieutenant Rogers, der im ersten Stock des gegenüberliegenden Hauses in einem Fenster stand und das Megaphon an den Mund setzte: »Ist in Ordnung. Legen Sie sich alle flach auf den Boden. Die Winstons haben keine Chance, versuchen Sie, ihnen das klarzumachen. Hier stehen acht Mann mit Maschinenpistolen, hinten ist auch alles abgeriegelt...«

»Geben Sie mir zehn Minuten Zeit, ich will noch einmal mit den Winstons reden«, rief Frank.

Nach einer kleinen Pause kam die Antwort: »Okay, wir geben noch fünf Minuten.«

Frank kam herein und sagte: »Sie haben es gehört, alles ist abgeriegelt.«

Benny rief, aus der Küche kommend: »Es stimmt, sie sind auch hinten im Hof. Ich habe sie gesehen.«

Die Brüder standen sich gegenüber. Nur ihre Augen redeten, ein stummes Zwiegespräch, in dem sie sich sagten: Es ist aus.

In der Türöffnung zur Küche drängten sich die vier Männer und schauten Benny und John an, aber sie wagten nicht, sie anzusprechen. Draußen fuhren jetzt keine Autos mehr vorbei, eine vollkommene Stille schlich heran und breitete sich aus, war wie ein schweres Tuch, unter dem alles erstarrte.

Aus der Küche klang plötzlich das Lamentieren der Negerin: »O Mutter Maria, hilf uns in der Stunde der Not und Gefahr! O Mann, o Mann!«
»Halt das Maul!« rief Frank. »Deine Mutter Maria kann jetzt auch nicht helfen.«
Mary war still, verdrückte sich in eine Ecke zwischen zwei Geschirrschränke und jammerte leise vor sich hin.
Frank sagte: »Benny und John, begreifen Sie doch, daß es vorbei ist! Sie haben es gehört... Ihr Amoklauf ist hier zu Ende.«
Die Zwillingsbrüder sahen sich an, nickten, als hätten sie alles ausreichend besprochen und seien sich nun klargeworden.
»Jetzt haben Sie Angst!« rief Frank triumphierend.
John musterte ihn mit einem verächtlichen Grinsen und sagte: »Wir haben keine Angst. Aber es wird eine Zeit kommen, da werdet ihr alle schreien vor Angst.«
»Wie machen wir es?« fragte Benny leise.
»Wir gehen hinaus und schießen. Sie schießen zurück...«
Dolly saß mit weit aufgerissenen Augen auf einem Stuhl und hörte ihnen zu. Sie hatte alles begriffen.
Sie blieben neben der Tür stehen, warteten noch, zögerten den Aufbruch noch hinaus, bis von drüben Lieutenant Rogers rief: »Noch eine Minute!«
»Gehen wir«, sagte John.
»Ja«, sagte Benny.
Nebeneinander kamen sie aus der Tür. John riß die Maschinenpistole hoch und begann zu feuern, als habe er ein bestimmtes Ziel auf der gegenüberliegenden Straßenseite. Benny hielt seine Waffe gesenkt, er schoß nicht.
Sie machten ein paar Schritte in Richtung der Straße. Und dort wurden sie von einem Feuerstoß aus acht Maschinenpistolen festgehalten, die alle im gleichen Augenblick aufbrüllten. Wie von unsichtbaren Fäusten geschüttelt bewegten sie sich, waren wie Marionetten, die noch einmal grotesk zucken, ehe ihre Spielfäden schlaff werden. Nebeneinander fielen die Brüder auf die Straße.

Drinnen schrie Dolly.

Dann war es wieder still, aber es war eine andere Stille als vorher, denn das Echo der Hinrichtung dröhnte in ihr nach.

Die Straße war plötzlich belebt mit Dutzenden von Menschen, die hin und her rannten, darunter viele in blauer Uniform. Wagen fuhren heran, Sirenen jaulten auf. Eine weiße Ambulanz erschien, aus der Männer in Arztkitteln sprangen, als könnten sie noch helfen, wenn sie nur schnell genug zur Unfallstelle kämen.

Dolly wankte nach draußen. Frank sah ihr nach, sah auch die anderen, die alle die Snackbar verließen, weil sie sehen wollten, was sie bereits wußten.

Frank blickte auf den Koffer, der unbeachtet in der Küche stand und nur ein Schnappschloß hatte, das leicht aufzumachen war. Als er ihn geöffnet hatte, griff er zu. Er nahm zwei dicke Bündel Hundertdollarnoten heraus. Mehr, als er in fünf Jahren verdiente. Er legte sie in einen Kochtopf, stellte einen kleineren Topf darüber und verschloß beide in einem Geschirrschrank. Dann erst ging er hinaus.

Dolly war zusammengebrochen. Sie saß auf der Straße und stammelte vor sich hin: »Ich bin doch nur eine Hutverkäuferin...«

Als Lieutenant Rogers sie am Arm faßte und ihr aufhalf, wiederholte sie es immer wieder: »Ich bin doch nur eine Hutverkäuferin...«

Rogers gab einem der Ärzte einen Wink. Sie wurde zu der zweiten Ambulanz geführt, die inzwischen eingetroffen war. Am Ausdruck ihrer Augen konnte man erkennen, das etwas in Dolly zerbrochen war.

Die Negerköchin rief ein paarmal: »Eine Katastrophe! Ein Desaster, bei Jesus Christus!« Da sah sie ihren Sohn Jimmy, der vor Freude von einem Bein auf das andere hüpfte.

»Mammy, Mammy!« rief er. »Was für ein Tag! Ich habe die zwanzigtausend Dollar gemacht.«

»So«, sagte sie, »das warst du? Man sollte sich da nicht einmischen, Sohn, wenn man schwarz ist... Du wirst sie nicht kriegen, die zwanzigtausend...«

»Warum nicht?«

»Weil du schwarz bist«, sagte sie barsch.

Jimmy starrte seine Mutter ungläubig an, und die Freude glitt aus seinem Gesicht. Er sah, wie die Leichen fotografiert und dann abtransportiert wurden. Er wollte den Chef suchen, wollte mit dem Chef sprechen und seine Belohnung sichern. Aber Lieutenant Rogers war nicht mehr auf der Straße. Er war in die Snackbar gegangen und hatte Frank gefragt: »Gab es was Besonderes, während sie euch festhielten?«

»Sie werden es nicht glauben: Die wollten sich füreinander opfern...«

»Ich meine, haben sie etwas Besonderes gesprochen, etwas, das wichtig wäre?«

»Eigentlich nicht«, überlegte Frank. »Wahrscheinlich nichts für eure Akten. Nur ganz am Schluß sagte John Winston: ›Es wird eine Zeit kommen, da werdet ihr alle schreien vor Angst...‹ Was glauben Sie, was er damit wohl gemeint hat?«